天
的
北之星
Alderamin on the Sky
1
宇野朴人
…Uno Bokuto
…Illustration さんば挿
Kadokawa Fantastic Novels

contents

Designed by AFTERGLOW

雅特麗希諾・伊格塞姆

和伊庫塔有故知之誼的十七歲少女。雖然經常斥責伊庫塔的偷懶習慣，但是卻比任何人都理解他的才能。出身於舊軍閥的名門「伊格塞姆」家，文武雙全。在挑戰高等軍官甄試這道窄門時，原本計畫要在伊庫塔的協助下以首席身分合格，然而──

西亞

身為雅特麗搭檔的火精靈。寡言又木訥，和雅特麗之間建立起不需多言的信賴關係。

庫斯

身為伊庫塔搭檔的光精靈。溫和又有禮，對於伊庫塔有著略為過度保護的一面。

伊庫塔・索羅克

居住在卡托瓦納帝國，總是面露想睡表情的十七歲少年。興趣是睡午覺、游手好閒和泡妞，因此被周遭暗地裡罵作「懶惰鬼」。從帝立希嘉爾高級中學畢業之後，和雅特麗一起參加高等軍官甄試。

in on the S

síno

馬修・泰德基利奇

…加伊庫塔與雅特麗同輩的十七歲少年。…從高中時期開始敵視兩人，過去只要逮…到機會就找雅特麗的麻煩，也因此動不…動被伊庫塔嘲弄。雖然對身為舊軍閥的…泰德基利奇家感到自豪，然而卻屢屢發…生沒有人理會這件事的悲慘情況。

圖

身為馬修搭檔的風精靈。有點軟弱，有時候面對馬修會無法堅持自己的意見。

沙菲

身為托爾威搭檔的風精靈。能很快判斷出狀況，總是對托爾威提出適切的建言。

托爾威・雷米翁

外型爽朗個性羞澀的美男子，十七歲。是帝國內和伊格塞姆並列的舊軍閥名家「雷米翁」家的三少爺，被視為雅特麗在高等軍官甄試的最強競爭對手。和以白刃戰術聞名的伊格塞姆家不同，雷米翁家擅長戰列火槍兵戰術，不過……

・Characters・・・・

雅特麗希諾・伊格塞姆

夏米優・奇朵拉・
卡托沃瑪尼尼克

托瓦納帝國第三公主，十二歲。雖然是個小孩，然而卻散發出符合皇族身的威嚴。不過另一方面，也同時是個愛但不做作的少女。因為造化作弄，她和參加高等軍官甄試的伊庫塔等人遇，也讓她往後的命運產生變化。

米爾

身為哈洛瑪搭檔的水精靈。對哈洛瑪很嚴厲，一旦她生活態度鬆懈就會率先提出忠告。

哈洛瑪・貝凱爾

帝立憫・米哈耶拉護理專校的畢業生，十九歲。表情和語氣都很柔和的少女，受到溫柔——難以拒絕的個性拖累，導致她落入頻頻遭受伊庫塔甜言蜜語示好的狀況，經常感到困擾。以成為醫護兵為目標參加高等軍官甄試，並因此和伊庫塔與雅特麗等人一起行動。

Alderamin on the Sky

天鏡的極北之星

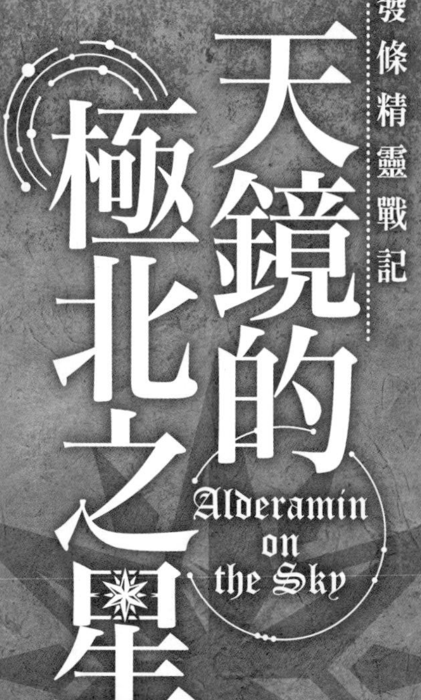

1

宇野朴人

Illustration さんば挿

Kadokawa Fantastic Novels

天才，大概有兩種類型吧——

巴靖在昏暗的樓梯上一步跳過三階往下衝，同時思索著這件事。

一種是因應時代需求出現的英雄型；另一種則是無視那些條件，自然產生的怪人型。這兩種類型並沒有分成哪種好或哪種不好，只是根據巴靖的親身經歷能夠指出——必須配合後者的凡人實在是承受了非比尋常的辛苦。

「博士！我要進去了！」

以像是要把那扇難以開闔的大門直接踹破的動作進入房間之後，一如往常，迎接他的是悶在地下研究所裡的空氣。隨手寫下的筆記用紙或是實驗用的沸石等物品毫無秩序地四散在地，甚至到了幾乎沒有空間可落腳的地步。

「嗚哇！啊啊真是的！我明明昨天才打掃過啊……」

巴靖忍不住嘆了口氣，不過立刻重新打起精神，以即使踩到東西也無所謂的態度往前走。有什麼好在意呢？反正這房間裡的東西有大半將會被拋棄。

「博士！請回答我，阿納萊博士！」

他開口喊叫後，昏暗房間的最深處傳來動靜。有個挺直著腰桿的矮小老人單手拿著提燈，晃著身上那件沾滿顏料的白衣出現。

「別大聲嚷嚷，巴靖。差點害我最後的收尾工作出問題。」

這樣說道的老人右手裡握著一支被染成淡黃色的畫筆。巴靖皺起眉頭。

「什麼最後的收尾工作……居然連畫具都拿來使用，您到底在做什麼呢？」

「嗯，你要看嗎？不過表面還沒乾。」

跟著轉身離去的阿納萊前往房間深處後，只見那裡並排放著四個各自被塗成紅、藍、綠、黃等顏色的人偶。雖然形狀說起來的確呈現人類的外型，但高度約只到巴靖的膝蓋以下，腦袋很大而手腳很短。換個講法，就是呈現出人體被變形成二點五頭身左右的模樣。

然而一般來說，人們並不會把這個形態稱作「人類外型」。之所以這麼說，是因為某個擁有這副模樣但不同於人類的存在，原本就理所當然般地陪伴在他們的身邊。也就是所謂的——

「——這些是……四大精靈嗎？」

「沒錯，是我阿納萊．卡恩製作的『人造精靈』試作品。」

阿納萊滿足地哼了一聲。在他的催促下，巴靖從正面右手邊開始依序觀察具備四大精靈外型的人偶。首先是第一個……被塗成綠色的人偶。它的腹部模仿本尊擁有的「風穴」挖了個圓洞，裡面吹出陣陣微風。

「這是風精靈吧？動力是……」

巴靖彎下身子看向洞內。一開始是正在旋轉並製造出微風的六片葉片映入眼簾，接下來在更深入內側的另一端，可以確認在和葉片連結的滾輪裡，有個持續奔跑的小動物身影。要是豎起耳朵，還能夠聽到吱吱叫聲。

「……原來是老鼠嗎……」

「講到能放進這個空間還要可以成為動力的生物，除此之外沒有其他選擇。」

「簡而言之，這就是靠老鼠傳動的圓扇吧。」

以要把失望感傳達給製作者的語氣徹底否定後，巴靖把注意力放到下一個「人造精靈」上。

「藍色表示這是水精靈……原來如此，身上的『水口』正流出液體呢。」

「身體和臉的部分做成了能夠開闔的樣式，你可以打開來看看裡面。」

按照阿納萊的指示揭曉「水精靈」的內部情況後，首先可以看到頭部裡有個小小的水槽。水槽中使用從粗粒小石到細沙的各種砂石分別堆疊成層狀構造，最上面積著泥水。鋪在水槽最下方的紙張滲出清澈的水並注入一條管子，通往在水精靈本尊身上會被稱為「水口」，一個類似水龍頭的器官。

「……這個……我記得是博士您滿久以前製作的『過濾器』吧？」

「沒錯。透過這個結構，能夠濾掉泥水裡的不純物質並獲得乾淨的清水。」

巴靖試著舔了舔水龍頭下方碗裡積著的水，接著皺起眉頭。

「……博士，這水有股很嚴重的臭味耶。」

「作為飲用水應該沒問題才對……看來濾紙的強度和纖維密度是必須解決的課題。」

巴靖雖然對一臉若無其事的阿納萊感到頗不以為然，但還是把視線移往旁邊的精靈。而這一個除了顏色以外，還有與另外三個精靈不同的地方——即雙手往上高舉，彷彿做出歡呼動作，在手的上方還罩著蓋子。

「接下來是火精靈……也就是說，果然會從兩手的『火孔』裡冒出火焰嗎？」

「嗯，你看著。」

把覆蓋著雙手的圓蓋子拿開後，阿納萊立刻從白衣的口袋中拿出打火石，緊貼著「火精靈」身旁敲打。接下來雖然只維持了短短一瞬，然而才剛看到石頭相碰產生火花，火勢就立刻擴大成好幾倍，在空中熊熊燃燒。

「哇哇哇！好危險！」

「在這個『火精靈』的體內，儲存著以蒸餾法分離出的高純度油。正如你所知，油這種東西放著不管就會一點點揮發……也就是會汽化。因為汽化後的油會飄向在手上挖出的『火孔』，所以把油保存在蓋子內側並點火，就是這麼一回事。」

「比起說明，請您先想清楚在充滿可燃物的室內什麼可以做什麼不該做！」

眼中含淚的巴靖拍掉略為燒焦的白衣下襬，同時望向剩下的最後一個「人造精靈」。身體的正中央開著和一開始的風精靈類似的洞穴，還從罩著玻璃蓋的洞裡隱約透出不可思議的光芒。

「身體上有『光洞』……這是光精靈吧。不過，這光芒到底是……？」

興趣被勾起的巴靖把臉靠近洞穴窺視內部，只見在隔著薄薄玻璃蓋的另一側有無數的黑影正不斷蠢動。在察覺到數百隻從尾巴部分散發出微弱光芒的那些東西到底是什麼的那瞬間，全身都冒出雞皮疙瘩的巴靖整個人往後退。

「這……這不是光蟲嗎！有……有夠噁心！您是從哪裡抓來這麼多隻！」

「什麼噁心！既然自認是我的助手，在基於情感衝動產生厭惡之前，應該要先觀察事物的本質。這些蟲子可是活生生的證據，教導我們不伴隨著『火』和『巨大熱量』的『光』並非光精靈專屬的特權。」

「呃……是啦……雖然話是那樣說沒錯啦……」

巴靖努力把深深烙印在眼中的昆蟲殘像抹去後，瞪著比自己矮一個頭的老師。

「……博士。老實說，這次真的連我也感到難以理解。」

「唔……？」

「我是指您製作這些『人造精靈』的目的。雖然我也知道您長期以來都把精靈當成研究對象持續關注，但做出這種類似玩笑的劣級品又有什麼意義呢？只會讓人覺得您是在輕率地挑釁教團那些傢伙。您該不會真的認為能夠以人工再現出精靈的存在吧？」

「你也認為無法辦到嗎？」

「很困難吧。畢竟在目前這個時間點，我們甚至連一隻蟲子都無法造出。」

阿納萊並沒有反駁這嚴格的意見，只是靜靜凝視著自己製作出的四個試作品。老賢者的心思難以估量，現在的巴靖也沒有時間悠哉想像。

他一言不發地把一直握在自己手中的信件直接遞到阿納萊面前。

「……這是什麼玩意？」

「您應該多少有察覺到吧，這是來自阿爾德拉教團的最後通牒！因為時間寶貴，所以就由我讀出重點內容吧……『給瀆神者阿納萊・卡恩。無視再三的忠告，直至現在，你的研究仍舊嚴重背離神之意志，行徑也遠超出主神所能寬容的範圍。命你在三日後的正午之前攜帶所有惡行之產物到神殿自首。若不遵從，要知道這次你再也無法逃離身為異端必須接受的嚴格處罰』……」

巴靖念到這邊，阿納萊抖著喉嚨發出苦笑聲。

「居然說我是瀆神者，看來教團那些傢伙對我確實相當厭惡……簡而言之，就是要我扛起目前在這裡的所有研究成果，在三天以內前往神殿討饒吧？」

「正是如此。至今為止我們曾經接過好幾次類似的警告，但這次的溫度明顯不同。別說三天後，或許明天就會有手持鐵杖的異端審問官來敲響這裡的大門。」

「如果對方確實認真，應該會發生那種事吧。失去軍方這後盾的我們無法逃過極刑。」

「我也無法置身事外……再怎麼說我也是『阿納萊的弟子』之末席，原本就已經做好陪伴您前往地獄的心理準備……不過博士，接下來您打算怎麼做呢？」

聽到助手以嚴肅的語氣如此發問，阿納萊嘆口氣環視房間內部。

「……在這個世界上，神明嚴密監管著每一個角落。光是地上的一切還不滿足，連書本內容和發言的每一字每一句也不放過。到最後甚至連人的內心，那位神都要從天上監視我等……」

「…………」

「因為覺得這樣既受限又受辱，希望至少在研究期間可以忘記神，所以我才成立了這個研究室……然而就連這個充滿霉味又陰暗，應當受到我等熱愛的聖域，現在面對神明的怒火也只是風前的殘燭嗎？」

「……我能體會您的痛苦。無論如何說明，教團的神學者們都無法理解老師您的『科學』。他們只是盲目信仰『在一切理論的根源都必須有神之存在』這種阿爾德拉神學的戒律……才會堅決不肯認可探究純粹真理的行為。」

「沒錯，『科學』……這是不仰賴神明引導的人類學問，也正是我等在這裡學到的一切。」

當阿納萊帶著感慨如此喃喃說道的瞬間，從天花板垂掛而下的鈴鐺演奏出尖銳的警告聲。隨後，區隔這空間和地上的鐵製大門因為粗暴的敲門聲而嘎吱作響。兩人全身緊繃地看向彼此。

「……等不及警告的期限就來了嗎？儘管還在預料之中，不過真是些沉不住氣的傢伙。」

阿納萊以不以為然的聲音喃喃這麼說完，接著一轉身走向自己的桌子。他在桌前先喘了口氣轉換心情，才動作迅速地開始收拾。

「——巴靖，這下得收攤了。除了特別想要保留的資料，其他都放棄吧。別在意，反正成果全部都記載在我和你的腦袋裡，而且原本學問就不挑地點。下次要竭盡全力，更高明地逃過神明的監視。」

「啊……是！……不過，博士，您心裡有可去之處嗎？無論逃往這國家——卡托瓦納帝國的任何地方，教團都會糾纏不清地追捕我們吧……」

「既然我剛剛才說過學問不挑地點，有必要執著於帝國嗎？隔壁的齊歐卡共和國不愧是標榜技術立國，也具備包容我們這類人種的度量。」

「齊歐卡……！那是與帝國戰爭中的鄰國啊！您有流亡的門路嗎？」

「那邊多少有幾個『阿納萊的弟子』，而且我已經先在至今為止的信件往來中談妥了，這是所謂的未雨綢繆……好了，巴靖，你的火精靈在哪？」

「啊……是，拉咯正在後面的焚化爐燒垃圾……」

「那麼焚化爐裡已經點起火了吧？正好，有些東西要是被教團那些石頭腦袋沒收會讓我感到極不痛快。你先去那邊讓他把火燒旺點，畢竟只有這點，被討厭的我無法開口拜託。」

收到指示的巴靖從後門衝出房間，三步併兩步地跑上通往地面的樓梯。目送他離去背影的阿納萊把視線轉向自己的桌上，接著伸出雙手，用力抱起用繩索仔細捆成一疊的大量信件。

「這是和遍布於世界各處的弟子們的對談記錄……如果能做到，實在很想帶去齊歐卡。但看這個分量，應該很難辦到吧。」

阿納萊以慈愛的眼神望著這些信件，一一唸出寄件者的姓名並緩緩走上樓梯。即使追兵已經逼近眼前，也只有現在可以把這情況拋開。對於老賢者來說，這些就等於是身處遠方的兒女或孫子們送來的信件。

「約爾加非常擅長於算術；米爾巴奇耶喜歡極端理論；奈茲納是能夠深入淺出詳盡說明困難理論的孩子，讓我幾乎想當成助手帶在身邊。至於伊庫塔……」

講到這名字的瞬間，敘述回憶的聲音稍有停頓。比起懷念之意或親愛之情——對於這名字的主人，阿納萊的內心會先跳出悲痛的回憶。

「……伊庫塔．索羅克他不只沿襲了我所提倡的『科學』這種方法，還將其昇華成獨特的哲學並付諸實踐……是個很像你的聰明孩子，巴達。你可以在荒煙漫草之下感到驕傲。」

他來到樓梯的終點，打開裝設在磚牆上的鐵窗後，只見對面的焚化爐裡已經燃起了熊熊火焰。阿納萊克服內心的些微躊躇，把成堆信件丟進焚化爐裡——之後便帶著嚴肅表情原地佇立，面對逐漸回歸塵土的無數記憶。

「在我這邊安頓下來之前要先暫別了，『阿納萊的弟子』們。不久之後，一定會再度見面——只願下次，我們也能在神明監視的目光無法到達的理性荒野中心相會。」

結束道別後，阿納萊關上焚化爐的窗戶轉身離去，再也不曾回頭。

帝曆904年，史上第一位「科學家」阿納萊．卡恩帶著一名助手逃離卡托瓦納帝國。其後，他流亡到齊歐卡共和國並繼續研究。

第一章

Alderamin on the Sky

日落西山的帝國

在卡托瓦納帝國的領土內，基本上並不存在著所謂的四季，因為是熱帶。沒有春天、秋天，當然也沒有冬天。只有分成夏將軍認真進擊的時期，和稍微收手的時期。即使形容帝國的歷史有一半是在和這酷暑交戰的歷史也不為過。

因此，在筆直聳立的龍腦香樹幹之間——綁上吊床，把身體整個沉在吊床裡熟睡的某人身影，或許也可以說是人類戰勝夏將軍的一種形式。

「伊庫塔，請你快起來，伊庫塔。」

有個小巧可愛外型像人的「某東西」爬到隨著呼吸上下起伏的某人胸前，拚命地搖晃他的身體。大大的腦袋和短短的手腳，圓圓的外型，還有身體上具備的「光洞」。這個模樣毫無疑問是人類友好搭檔的四大精靈之一，光精靈。

「……唔……什麼，庫斯……我不是說過要睡掉畢業典禮嗎……」

拿開蓋在臉上用來遮蔽陽光的帽子後，那人用雙手捧起名為庫斯的光精靈。他是個雙眼中還帶著朦朧睡意的黑髮少年，雖然穿在身上的襯衫和深藍色長褲已經凌亂到不成模樣，但配上帽子看起來似乎是某種制服。

「所以說，已經結束了。」

「……嗯？」

雖然和自己抱起來的精靈上下對望，但依然睡眼矇矓的少年——伊庫塔歪了歪腦袋。

「如果有按照預定進行，那麼帝立希嘉爾高級中學的第一三一期畢業典禮應該已經在剛剛結束，換成了由畢業生和監護人一起參加的餐會才對。要是沒趁現在去用餐會不妙吧？」

聽到這番話，伊庫塔隨性地把視線朝向上空。原來如此，和睡覺前看過的景象相比，太陽已經上升到相當高的位置。由此判斷，現在大概是剛過了正午的時間吧。

「的確很不妙，會錯過難得的美食。」

伊庫塔慢吞吞地從吊床上下來，站在地上並大大地伸了個懶腰。背脊發出啪啪聲響，原本處於睡夢中的意識才剛清醒，空腹和口渴的感覺立刻一口氣襲擊而來。

「嗚……頭好痛……大概是輕微的脫水症狀吧。」

「這是因為你在酷暑中睡了這麼久，先繞去水井邊補給水分吧。」

伊庫塔用雙手捧起提出這些忠告的庫斯，把他的身體移動到掛在自己腰間的專用腰包處，接著放進大小剛好的空間裡。對於腳程緩慢的精靈來說，這裡是移動時的固定位置。

「不，稍微忍耐一下吧。因為用那種溫水來滋潤喉嚨實在太浪費僅限今天的機會。」

伊庫塔迅速從樹幹上回收吊床，雖然因為頭痛而板起臉孔，但還是意氣飛揚地在森林中往前跑。

「我是教體育的雅古。恭喜畢業，伊格塞姆小姐。高等軍官甄試已經近在眼前，雖然我認為妳必定會合格，但是要記得千萬別大意。」

「非常感謝您的忠告，雅古老師。我會在正式考試時活用在這裡學習到的事物。」

畢業典禮結束後，和酷暑合作無間的校長以漫長演講把多達八位學生送進了醫務室。好不容易流程已經進入在大帳篷下舉行的餐會，然而這名少女——雅特麗希諾·伊格塞姆依舊無法好好用餐，而是在品嚐只有優等生才會碰到的厭煩應酬。

「哦哦，雅特麗希諾同學，恭喜畢業。我是生活指導老師的科巴庫。首席畢業生這成績妳著實當之無愧，我想高等軍官甄試應該也可以期待同樣的結果吧？」

「謝謝您，科巴庫老師。我會盡全力達成期待。」

——不需要你們多說我也會得到首席，所以快點放過我啊！

雖然表面上持續做出完美的應對，但其實她內心不斷重複著這句話。

如果只是來祝賀自己畢業那還好，然而教師們在賀詞後個個都要加上自己名字的行為讓她不愉快到了極點。而且會做出這類行為的人物，基本上都是些在至今為止的學校生活中和雅特麗沒有什麼關聯的傢伙。

因為害怕被忘記，所以想趁最後再多少留下一點印象。真是有夠愚蠢的行為。即使如此，身為智勇與品行兼備的首席畢業生，她必須表現出畢恭畢敬的態度。

「哦！太棒了！追加的刨冰來了！」

不遠處其他學生大叫的內容讓雅特麗的耳朵一動……刨冰！

不愧是帝立高級中學的畢業慶祝會，會場的桌上排列著外觀看來還算豪華的餐點。例如灑上滿滿辛香料的炸全魚；使用小山般多的辛香料熬煮的肉湯；還有加入量多到簡直會死人的辛香料後煮成的菜飯。以消毒、調味、促進代謝等為目的而使用辛香料來增添風味的做法是卡托瓦納的國家特色，對於這點本身雅特麗已經習慣，也並不在意。

然而，現在她才剛剛熬過校長的漫長訓話。汗水早已經流光，嘴唇又乾又澀，甚至連體溫都輕鬆鬆地地比正常數值飆高了兩度。在這種時候實在無法執行「吃下充滿香料的餐點以促進代謝↓出汗並降低體溫」這種迂迴曲折的行程。雅特麗的身體正渴望著更直接的「清涼」。

好不容易在話題告一段落時結束和教師們的對話後，她朝著剛才聲音傳來的方向快步走去。刨冰——毫無疑問，對這國家的每一個人來說，這都是最有魅力的名詞。在不要說是雪，甚至連霜都不曾下過的卡托瓦納，只有水精靈們能夠製造出名為「冰塊」的寶石。而且一次無法大量製造，大部分會被拿去作為冷卻材料。所以「吃冰」這種奢侈行為，是只有在特別值得慶賀的日子裡才能享受到的樂趣。

不出所料，大盤裡原本應該堆積如山的刨冰以非常驚人的速度分配到人們手上，剩下的份量已經宛如風前的殘燭。雅特麗勉強克制住想要往前跑的衝動，邊走邊祈禱祈還能剩下自己的份，並到達大盤的前方。

她不由得放心地呼了口氣。大盤中剩下的刨冰真的非常少，大約是即使全都蒐羅起來放進小盤裡也只能勉強算是一人份的程度。在千鈞一髮之際趕上了……雅特麗想像著冰塊滑落喉嚨時的冰涼感受，同時把手伸往盛裝用的大湯匙……

「「啊。」」

她搭上大湯匙長柄的手指，和同一時間試圖拿起湯匙的少年手指相互重疊。

「……伊庫塔。」

「嗨，雅特麗，恭喜畢業啊。真不愧是妳，能以首席畢業，連同屆的我也為妳感到驕傲。」

黑髮的少年講述著言不由衷的稱讚，並在握住湯匙的手上更加強力道。雅特麗也是一樣，兩人一左一右地搶奪一根湯匙，在大盤前展開對峙。

「……你根本沒參加畢業典禮吧？」

「真沒禮貌，我的心隨時都和大家同在。」

「我對你特有的那顆可以視情況分割的內心沒有興趣。那麼，關鍵的身體上哪去了？」

「在校舍後方的樹林裡沉沉睡了一覺。我實在很擔心今年會有多少人倒下。」

「你聽到會很驚訝，總共是八人……那，為什麼偷懶沒參加畢業典禮的你卻悠悠哉哉地只跑來出席餐會？」

「就是因為有這餐會，所以今天宿舍不會提供午餐。畢業典禮可以睡掉，但午餐可不行。」

「我沒興趣考量你的情況，總之快把你那隻手拿開。」

雅特麗以充滿威迫感的聲音下令，伊庫塔則聳聳肩露出小混混般的笑容。

「全校第一的首席畢業生居然連個刨冰都無法禮讓給別人……」

「嗚……」

「我覺得好失望，老師們一定也會感到很不以為然吧？沒想到伊格塞姆家的長女竟然如此膚淺……」

聽到家族名譽被拿來舉例讓雅特麗手上的力道逐漸鬆懈，成功奪取盛裝用湯匙的伊庫塔興高采烈地把剩下的刨冰都裝進小盤裡。

「不愧是雅特麗希諾．伊格塞姆。妳的尊嚴比山還高，度量比海還寬闊。看來我真的擁有很傑出的朋友——嗚好痛！」

當伊庫塔把裝完刨冰的小盤端到胸前的那瞬間，他的左手臂傳來一陣痠麻。這是因為雅特麗希諾以眼睛無法看清的高速擊出拳頭，命中他手肘上的神經。

小盤從伊庫塔手上滑落，雅特麗在小盤落下的途中確實抓住並據為己有，露出誇耀勝利的得意微笑。

「謝謝你特地幫忙盛裝，伊庫塔先生。能以女士為優先真是紳士的行徑。」

「……承蒙誇獎實在光榮。」

即使含著淚水揉著手肘，伊庫塔還是死要面子地講了這些話。

「…………嗯～～～～～！」

在口中擴散的冰涼和甜美，穿過鼻腔的肉桂香味，還有因為體溫融化的冰塊沿著喉嚨滑落的感觸。這些透過感官傳來的感覺讓雅特麗不由得含著湯匙發抖。

「復活了，刨冰真的是太棒了。」

「那真是可喜可賀啊。相對之下我卻快熱死了，不，我早就熱死了。」

伊庫塔單手拿著裝有飲料的陶製杯子，懶懶散散地癱在放置於宴會會場角落的長椅裡，還斜著眼充滿怨恨地瞪著雅特麗那一臉似乎很幸福的表情。

「你太誇張了，椰子酒不也挺冰涼嗎？」

「酒精很少而且熟成度也不足，基於以上我不承認這種玩意是酒。」

雖然嘴上這麼說，但伊庫塔坐著的長椅上放著裝有椰子酒的大甕，他已經重複許多次喝完杯子裡的酒後從那裡再倒一杯的動作。解除喉嚨的乾渴後，接下來他前往餐桌那邊用雙手抱回滿懷的餐點，一口氣塞進嘴裡。

「唔……唔……味道一年不如一年……嚼嚼……種類也減少了……」

「有夠厚臉皮，不要一邊狼吞虎嚥一邊只會抱怨好嗎？」

「……唔……以『這是帝立高級中學的慶祝會』這點來考量，提供的餐點品質正代表帝國的威信。所以逐年縮水的事實可是非常嚴重的情況啊，雅特麗小姐。」

「給我閉嘴，和每年都偷偷混進來的你不同，一般的學生只會參加一次，才不會注意到餐點的品質。」

雅特麗一邊回嘴，同時依依不捨地把最後一湯匙刨冰送進嘴裡。她不由自主把視線投向餐桌，然而目前並沒有出現會送上下一份的跡象，讓她即使不願意也會聯想到伊庫塔的發言。

「可惡～今年連刨冰也這樣就結束了嗎？畢竟先不論可以在廚房直接生產的冰塊，連淋在冰上的牛奶和蜂蜜的價錢，在進入今年之後似乎也高漲不少。」

伊庫塔喃喃這麼說完，以像是自暴自棄的態度把椰子酒灌進嘴裡。他放在腰包裡的搭檔光精靈·庫斯以擔心的態度抬頭望著他這副模樣。

「伊庫塔，喝酒要有節制，對身體有害。」

「別那樣說，庫斯。能喝到對身體有害的機會很少啊。」

兩人一如平常地你一言我一語，而旁觀的雅特麗則不經意地把手移向自己的右腰，摸了摸收在那裡的搭檔頭部。那是雙手上擁有「火孔」的大紅色火精靈·西亞。

「看你還是老樣子很辛苦呢，庫斯。西亞也在擔心。」

「謝謝妳，雅特麗。西亞運氣很好，遇到了不需要多費心照顧的主人。」

「贊同。」

西亞只說了這句話，接著再度陷入沉默。雖然看來冷漠，然而真要分類，其實這樣才比較接近精靈的標準模式。雖然精靈的個性會受到主人影響而形成，然而很少有精靈擁有像庫斯這麼高的溝通能力，尤其是跟著軍人的精靈大部分都會變得比較沉默寡言。

「啊！雅特麗大人！恭喜您第一名畢業！」

這時，有六名學生注意到雅特麗的身影，並走出人群前來給她鼓勵。畢竟也不能冷淡對待他們，所以跟先前面對教師們時相同，她也以笑容來對應。

「謝謝，也恭喜大家畢業。」

雅特麗回應之後，開口搭話的學生們不分男女都既緊張又興奮——長度到肩膀以下，混合了外卷與內卷髮稍的一頭紅髮；彷彿象徵著聰慧和誠實的明亮大眼；還有即使身處酷暑依然穿得整整齊齊的制服。實際表現出何謂堂皇風範的身姿就存在於眾人的眼前。

再配合文武雙全的優秀才能，以及出身於舊軍閥名家「伊格塞姆」的這種經歷，讓同屆的學生們對雅特麗希諾．伊格塞姆寄予比其他任何人更多的尊敬與期待……然而也因為這樣，當在一起的對象配不上她時，對方就會顯得非常刺眼。

「……那個，伊庫塔．索羅克該不會是在騷擾您吧？」

不出所料，一名女孩注意到在旁邊長椅上喝得醉醺醺的「配不上她的某人」，於是壓低音量對著雅特麗輕聲發問。

「咦？不，只是聊了幾句而已。」

「建議您別跟這種懶惰又沒出息的傢伙打交道，因為愚蠢會傳染。」

對於這辛辣的評價，雅特麗只能回以曖昧的微笑。少女繼續在她的耳邊說道：

「……而且也不知道他是憑什麼做出這種不自量力的判斷，聽說那傢伙也要參加高等軍官甄試。雖然我想他很快就會被淘汰，但還是請您小心別被他扯了後腿。」

聽到這番言論，就連雅特麗也差一點笑出來，但在那之前少女先轉換了話題。

「這件事先放一邊去，請問雅特麗大人您什麼時候能以指揮官的身分參加實戰呢？」

明明連甄試都還沒開始，再心急也該有個限度。不過當然，雅特麗完全沒有表現出內心這種真正想法，而是親切地回答少女的天真提問。

「雖然現在還不能斷定任何事情，但一般來說似乎要先訓練四到五年左右並獲得少尉軍銜，然後才會被視為正式的軍官。」

「四年……我想雅特麗大人需要的時間應該會更短一點，但再怎麼說還是趕不上吧……」

「趕不上……？趕不上什麼呢？」

雅特麗歪著頭反問，這次換成少女背後的男孩回答。

「她其實有親戚住在卡托瓦納的東域。我想您也知道……我國的東域鎮台目前正在國境對抗齊歐卡共和國的侵略吧？」

「對對，所以我們剛剛在聊要是雅特麗希諾同學能以援軍身分前往東域那該有多可靠。」

另一個少年也跟著補充。他們沒有注意到雅特麗根本不知道該如何回應，繼續著這話題。

「不過，再怎麼說到那時候共和國的傢伙們也已經放棄侵略了吧。畢竟東域鎮台的司令官是那位名將哈薩夫·利坎大人。儘管目前似乎有點因為莫名其妙的新兵種而處於弱勢，但我相信他很快就會克服……」

「趕快叫妳親戚避難，因為東域在不到一個月內就會落入齊歐卡軍手中。」

對話的途中，伊庫塔淡淡地插嘴說道。聽到這些不吉利的發言，少女們皺起眉頭。

「……等一下，你這話是什麼意思？」

「字面上的意思。東域鎮台會吃敗仗，那一帶會被齊歐卡共和國接收。我打從心底同情利坎中將，要不是被套上成了重擔的項圈，就不會落到這樣的結果吧。」

「……伊庫塔·索羅克，你這些話我們可不能當作沒聽到。明明哈薩夫·利坎中將率領的東域鎮台目前正為了擊退野蠻敵人的侵略而拚盡全力，你這混帳的嘴為什麼要散布敗北的謠言？」

「必勝的信念才會帶來結果，不過像你這種敗北主義者肯定無法理解這一點吧？」

七嘴八舌反駁伊庫塔的人，大部分是決定以從軍作為畢業後出路的學生。他們的骨子裡對本國軍隊有著到了盲目的信賴，而這點又改名為「必勝信念」這種放棄思考的態度，也因此對東域戰況產生了堪稱愚蠢的樂觀。

「聽說你也要參加高等軍官甄試，哼！你瘋了嗎？先不論考得上還是考不上，帝國軍怎麼會想要你這種懦夫？聽到了嗎，『懶惰鬼伊庫塔』？」

「學科和術科都只會蹺課，至於那些時間拿來做什麼呢？睡午覺、游手好閒、要不就是到處泡妞。懶散廢物的範例，好吃懶做的真傳——這就是你吧，伊庫塔·索羅克。」

「嗚啊啊，真是無話反駁。」

伊庫塔以敷衍表情哀號著。這種態度更觸怒了少年們，他們正想進一步提出糾彈，雅特麗卻在這時迅速地介入雙方，調解劍拔弩張的氣氛。

「好了各位，何必這麼衝動。今天是值得慶祝的日子，不要吵架開開心心度過吧。」

聽到站在現場中心的雅特麗如此一說，其他人也只能克制自己。他們帶著略為不滿的神色離去後，留在原地的雅特麗嘆著氣向旁邊的少年問道：

「……東域鎮台果然還是會淪陷嗎？」

「妳認為拳頭被封住的拳擊手有勝算嗎？」

伊庫塔的比喻很簡單也很辛辣。他又往杯子裡倒了一杯椰子酒，同時繼續往下說：

「這是只要冷靜思考就能馬上明白的結果吧。追根究柢來說，為什麼到現在還是東域鎮台在前線作戰？所謂的『鎮台』是平時常設的地方軍事機構。齊歐卡軍開始侵略後已經過了三個月以上，如果真的有心打贏戰爭，沒有盡早從中央調遣兵力並重新組織成東域方面軍實在非常奇怪。」

由於身為常設組織的鎮台缺乏軍隊應有的機動性，即使具備防守能力也沒有出擊能力。所以伊庫塔才會用「拳頭被封住的拳擊手」作為譬喻。而欠缺積極進攻手段的東域部隊正是受限於此點，因此被迫面對看不到未來的防衛戰。

「只是一味防衛沒有勝算，在軍事學上這可是初步中的初步。因為這樣只是擺出防禦姿勢被對方當沙包打而已，現在的東域鎮台正是如此……不，或許更加糟糕。畢竟齊歐卡軍從這次戰爭中開始投入的新兵種能夠穿越我方的防衛線給予打擊。」

「……你是指天空兵部隊吧？的確，那是帝國連作夢都沒有想像過的威脅。」

雅特麗帶著苦澀表情點了點頭——天空兵部隊是由許多搭乘熱氣球的士兵編組而成的齊歐卡軍

新兵種。他們從天空越過國境入侵帝國的領土，四處瞄準被當作補給中繼站的軍方設施或村落投下大量點上火的油。

因為飛行空域實在過高，目前帝國方面對天空兵並沒有直接的迎擊手段。他們能從弓箭和槍彈無法到達的遙遠高空上，持續給予帝國單方面的損害。而這些傷害層層累積，慢慢地折磨著東域鎮台的駐軍們。

「……從天空兵開始『轟炸』到現在為止，已經有多少村落被燒毀了呢……不，如果只是住家被燒掉那還好，要是田裡作物或穀倉也遭到波及，就無法繼續填飽肚子。鎮台的士兵們也是，他們應該已經落到連今天食物都沒著落的慘狀了。」

「可是，來自中央的補給物資應該有送到吧。」

「妳認為補給物資的分量會多到足以分給所有因空襲而無家可歸的人嗎？怎麼可能，連中央也沒有那種餘裕。就算真的有在提供，接下來能夠一直持續下去嗎？明明目前連最關鍵的一點，也就是打贏戰爭的可能性都還不見蹤影耶？」

伊庫塔說完，整個人躺到了長椅上，彷彿在表示一切都極為愚蠢。

「最可憐的人是鎮台司令哈薩夫．利坎，必須指揮一場註定落敗的戰爭想必十分痛苦吧。然而不管任何事情，全都要怪沒有打算認真應戰的皇帝和內閣的怠慢——」

「伊庫塔，該適可而止。再怎麼說這地方都不合適。」

雅特麗顧慮到周圍可能會有人聽見，開口勸阻伊庫塔的言論。卡托瓦納皇室乃是神聖不可侵犯，更別說現在處於戰爭時期，不允許人們隨意地提出批判。尤其是出身於舊軍閥名家的雅特麗一旦表示意見，無論她願不願意都會伴隨著責任，因此她不能輕率發言。

「況且，與其談論那些根本無法插手的戰爭，現在的我們應該有更具備建設性的話題吧？」

「嗯……？噢噢，妳是指今晚的畢業慶祝活動嗎？真想徹夜玩個痛快，妳要去哪裡暢飲？」

「你不是剛剛才喝了滿肚子酒嗎！我想說的是高等軍官甄試的事情！」

伊庫塔面朝上把庫斯抱起，露出像是吃了黃連的表情。

「啊～還剩下那個讓人憂鬱的活動嗎……」

「就算你沒有幹勁也得參加……我說你，真的明白事情的嚴重性吧？」

雅特麗靠近躺著的伊庫塔頭部，以不會被周圍聽到的低音量悄聲說道。

「……我已經透過伊格塞姆家的門路，幫你在首都的國立圖書館裡準備了圖書管理員的位子。作為交換，你要和我一起參加高等軍官甄試，並且在第二輪考試開始後，採取能讓局勢變得對我有利的行動。你應該已經接受了這筆交易才對。」

「那當然，首都的圖書館是貴族的酬庸用就職地點嘛。把流行的娛樂小說借給那些有錢有閒腦袋空空的傢伙，偶爾清理一下蒙上灰塵的可憐學術書刊……光是這樣就能得到衣食無憂的薪水。對我來說可是求之不得的提議，只是我覺得這是不符合妳風格的狡猾計策。就算沒有我的幫忙，妳肯定還是會合格吧？」

「隨便你怎麼說都行。如果光是合格就行，我也會只憑自己的實力去挑戰……不過，要求伊格

塞姆家長女的結果可不僅是那樣，我需要名為『以首席合格』的勳章。」

「妳從高中時代開始，無論在哪方面不都一直獨占著這勳章嗎？差不多來到該讓給其他人的時候了，畢竟想要坐上首席寶座的人可不是只有妳一個。」

「你有資格講那種話嗎？只不過是因為你不去坐，所以才由我坐著而已吧？」

聽到這話，伊庫塔愣了一下。接著或許是因為熱昏了吧？他開始從吃完的餐點盤子裡拿起蚌殼一個個疊到自己頭上。雅特麗納悶地皺起眉頭。

「……喂，你這樣是在做什麼？」

「妳太抬舉我了。」（註：諧音笑話，原文是「戴太多蚌殼（貝かぶりすぎ）」，跟「太抬舉（買いかぶりすぎ）」同音。）

雅特麗刻意不予置評，直接把少年頭上的蚌殼全都打落。

「……總而言之！我沒有理由不利用你那毫無意義隱藏起來的實力。尤其是聽說這次的甄試會有雷米翁家么子這個強勢的競爭對手參加，所以謹慎為上策！我雅特麗希諾·伊格塞姆要把你當成踏腳石，邁出霸道的第一步。」

「算了，其實也沒關係啦。據我所知，從第二輪考試開始，考生之間結成同盟的情況似乎並不罕見。在開戰之前先聚集兵力在軍事上是基本中的基本，畢竟『寡不敵眾』嘛。」

「你明白那就好，千萬別鬧出在第一輪筆試就被刷掉的糗事。」

「是是～我會加油的。因為我和妳不一樣，我想讓這次成為自己最後一次和軍方扯上關係的事情。」

伊庫塔一邊狂妄自大地回應著，同時在保持躺臥姿勢的狀態下很靈巧地又往杯子裡倒了一杯椰子酒。

高等軍官甄試——這是限制只有從學習內容包括幼年軍事訓練課程的指定教育機關畢業的人才能挑戰的關卡，也是為了成為幹部候補生——所謂的「精英軍人」無論如何都必須通過的第一次考驗。

如果單純是以士兵＝二等兵身分加入軍隊的情況，除非在實戰中立下了什麼特別彪炳的戰功，否則晉升之路的極限是從下往上數位於第七階級的士官「士官長」。然而，高等軍官甄試是以選拔將校候補者為目的而設立的考試，因此通過這甄試的人從一開始就能夠獲得比「士官長」更高一階的「准尉」地位。只是甄試一年只舉行一次，而且最多只能挑戰三次。

當然，錄取率也低得離譜。以甄試全體來計算錄取率從來不曾高於百分之二點五，而光是第一輪考試就不會超過百分之五。然而卡托瓦納帝國的人民有把軍人視為英雄的傾向，因此合格者將成為眾人憧憬的對象，也是一口氣獲得地位和名譽的機會，不過……

「唔～國家戰略論。好懶得寫啊～」

在瞪大眼睛面對答題用紙的考生之中，邊打呵欠邊用鉛筆作答的伊庫塔，已經成了顯眼到驚人的存在。儘管如此，因為他答題的動作卻是莫名流暢，讓周圍的考生也只能個個都表現出畏懼的態度。

「唔～軍事行政學。這太簡單了～」

說道他那模樣，跟被迫寫暑假作業的小孩是一模一樣。他以手撐臉，不快地歪著嘴，眼神跟死魚沒兩樣。而且，他在寫完各科目的那瞬間就會立刻趴下，之後連檢查都不檢查，保持完全不動狀態直到收卷。

「唔～阿爾德拉神學。實在很煩啊～」

根據監考教官的個性，也有可能會光是因為這不認真的態度就命令伊庫塔退場。不過看樣子他的狗屎運特別好。

迎接考試第二天後，最後的科目是「軍事史」。

「這是最後了，這是最後了……嗯？」

幾乎呈現活死人狀態的伊庫塔突然停下自己機械性填入答案的手。這是因為寫在試題紙最後的論述問題的主題，牢牢地吸引住了他的目光。

——針對前次齊歐卡戰役中被判定為「戰犯」的帝國軍前上將巴達・桑克雷，自由闡述自身的論點。

「…………」

這是甄試開始後，伊庫塔第一次碰到出乎自己意料的出題。從「自由闡述」這種答題形式來看，這也不像是軍方的提問。因為其中看不到意圖讓考生被套進同一個模子裡的意志。

——不過，他感覺這段文章的內容散發出輕微的懷念味道。

伊庫塔不由自主地想要認真作答，然而畢竟不能在高等軍官甄試的答案用紙上寫下一大篇對皇室的批判。再加上他確定自己已經在其他科目賺夠了分數，因此最後他只有這樣簡短回答：

——所有的英雄都會因為過勞而死。

各會場的第一輪考試在午後七點二十分結束，按照往年的慣例，總數六千人的考生將被篩選到只剩三百人以下。

在這樣的第一輪筆試結束後約過了一個月。伊庫塔和雅特麗以背著外出行囊的模樣，和各自的精靈一起在港邊眺望大海。由於第二輪考試要在帝國南方的希爾喀諾列島舉行，所以他們前來這裡搭乘前往當地的接駁船。

「到目前為止都和原訂計畫相同，知道你有通過考試讓我總算安心了。」

「因為自從兩年前妳找我提出交易後，我就蹺掉授課專心針對甄試用功。」

伊庫塔打著呵欠回答。和只要成績夠優秀就能合格的高等軍官甄試不同，首都國立圖書館管理員可是專門用來安排給退職貴族擔任的位子。除了這次的交易，伊庫塔沒有其他機會。

「雖然我也不是在歧視圖書館的職員，不過沒想到你能夠如此努力。你應該沒有那麼愛書成痴吧?」

「我是喜歡書本啦,不過說真的其實什麼工作都行。首都國立圖書館管理員的『首都』和『國立』才是重點,只要這些部分一樣,就算是園丁或清掃工也無所謂。」

卡托瓦納帝國的首都「邦哈塔爾」無論是在地理上還是政治上都處於帝國的中心。即使今後和齊歐卡共和國之間的戰況惡化,也是到最後的最後才會遭受攻擊。而且圖書館這類國立設施的職員在員工福利方面也很周到,老實說是個可以一直偷懶直到國家滅亡前夕的位置。

「要是這次交易能夠順利進行,讓我今後可以悠哉到死的話,花個兩年左右去針對甄試用功算是很便宜的代價。我這人最討厭白費力氣,不過正因為如此,如果是為了讓自己能夠偷懶,我不會吝於付出恰當的努力。」

「唉……是啦,你就是這種人嘛。」

雅特麗帶著一半佩服一半不以為然的心情嘆了口氣,望向眼前的廣闊大海。海面上的波浪和緩,海風也很平穩,是個晴朗到反而使人感到不快的天氣。海邊的空氣有著混合了砂石和潮水的味道。

「接駁船來了,伊庫塔。好啦,雅特麗和西亞也一起行動吧。」

聽到被放在伊庫塔腰包裡的光精靈庫斯開口催促後,兩人並肩往船的方向走去。從停泊在港邊的中型船隻上走下來一群一看就知道是軍人的船員,毫不客氣地打量著伊庫塔和雅特麗的全身。

「准考證。」

確認過雙方的准考證之後,船員默不作聲地示意兩人上船。實際登上船才發現,雖然這艘船很符合軍方配備應有的風格所以不具備多餘裝飾，然而卻是一艘全體每個角落都有維護整頓到的清潔船隻。他們被帶往的客艙相當狹窄，左右各放著一張三層床鋪——而且，室內已經有了來客。

「……啊，午安。該不會……你們也是考生嗎？」

以混合著緊張和安心的表情向他們搭話的人，是一個擁有淺藍色頭髮的高個子女性，膝蓋上坐著和她搭檔的水精靈。給人一種和毅然的雅特麗形成對比的柔和印象。

「看來是這樣呢。我是雅特麗希諾．伊格塞姆，帝立希嘉爾高級中學第一三一期的畢業生，搭檔是火精靈西亞。這位是我的同學伊庫塔．索羅克和光精靈庫斯……請問妳是？」

聽到雅特麗提到的伊格塞姆這姓氏，女子表現出略為驚訝的態度，並立刻以自我介紹回應。

「謝……謝謝妳這麼親切。呃……我是帝立憫．米哈耶拉護理專校的第十一期畢業生，名叫哈洛瑪．貝凱爾。這孩子是我的搭檔，水精靈米爾。伊格塞姆小姐，索羅克先生，請多多指教。」

雅特麗在哈洛瑪對面的床鋪坐下，用溫和的語氣開口說道：

「被人用姓氏稱呼會讓我覺得不自在，叫我雅特麗就行了。」

「請妳務必要帶著親愛之情稱呼我為阿伊。」

伊庫塔則是以裝模作樣的語氣耍寶，這態度讓哈洛瑪輕輕笑了出來。

「妳大可以無視這人開的玩笑，貝凱爾小姐。愈是理會他，他就會愈得意忘形。」

「嘻嘻……兩位的感情很好呢。那麼，如果兩位方便的話請稱呼我為哈洛吧，因為認識的人都是這樣叫我。」

「那我就恭敬不如從命了，哈洛……既然搭檔是水精靈，妳本人也是護理學校出身，那麼妳的志願兵種是醫護兵嗎？」

「正如妳所說。說來丟臉，這是我第三次參加甄試，這回才總算第一次通過筆試。畢竟是最後的機會，希望自己能夠想辦法好好活用……」

「和其他兵種相比，醫護兵的競爭率較低，我想十分有希望。雖然必須彼此競爭時我就無法手下留情，不過如果有機會互相協助，倒是希望大家能合力走下去呢。」

雅特麗的語氣和表情都顯得親切友好，然而內心卻是一半真心一半算計。來到目前這個時間點，這場戰鬥並非才剛開始，而是已經打完了最初的階段。最初的戰果是成功準備了伊庫塔這個「對甄試合格沒有興趣的百分百友軍」，接下來則是進入要在現場籌措協力人員的局面了。

「如果能合作那真是讓人安心。伊格塞姆家的長女——雅特麗小姐的大名我也早有耳聞。」

「哎呀，真是光榮。要是我擁有傳聞中一半的實力那就好了……」

兩人開始客套地進行社交時，船艙的房門被打開，新的乘客出現了。那是個圓滾滾的發福身軀上擱著一張圓臉的少年。他大略看了室內一圈，來到某一處時停了下來瞪大雙眼。

「伊庫塔．索羅克……？為……為什麼你會在這裡！」

「哦哦！吾友馬修！你也通過筆試了嗎？哎呀我真是高興！可喜可賀！」

被從床上起身的伊庫塔抱住後，這名被稱為馬修的少年露出似乎極為厭惡的表情。他拚命地把伊庫塔推開，同時把視線改為投向雅特麗身上。

「嗚……雅特麗希諾……果然妳也在嗎？」

「一個月沒見了呢，馬修先生。很高興能見到你，不過你那邊似乎並不這麼想。」

「那當然，要是妳在第一輪考試狠狠栽了跟頭，我不知道會有多痛快！」

馬修充滿憤恨地痛罵。這時雅特麗為了彼此不相識的哈洛插嘴介紹。

「這是馬修．泰德基利奇和他的搭檔風精靈，圖。他是我和伊庫塔的同學，如果哈洛妳有聽說過泰德基利奇這個家族請務必要告訴他，我想他會非常高興。」

「這算哪門子介紹！無論有沒有哪個人聽說過，泰德基利奇家在帝國內都是數一數二的舊軍閥名家！就算跟伊格塞姆家或雷米翁家相比也絕不遜色！」

「泰……泰德基利奇家……嗎？那個……我好像有聽說過，又好像沒有……對不起，不過有種話到嘴邊卻說不出來的感覺就是了……」

因為哈洛無意間說了失禮的發言，讓馬修憤憤地咬著牙用力跺腳。伊庫塔逮住這個時機，以像是要安慰他……或者該說是在挖苦他的態度拍了拍馬修的肩膀。

「有什麼關係呢，馬修。這種主流中的小眾知名度才是你的定位啊。並非所有的藝人都必須以全國為範圍，你要走地方路線，腳踏實地地努力下去。」

「誰是藝人！啊啊夠了！是什麼都好！總之你快放開我！」

被伊庫塔彷彿背後靈般不斷糾纏的馬修就這樣前往船艙的角落，抱著膝蓋坐在那裡。看不下去的哈洛想要去和他搭話，卻被搖著頭的雅特麗阻止。

「隨他去吧。因為陷入那種狀態後，不管說什麼他都會生氣。」

「啊……是嗎……總覺得，妳已經很習慣應付他？」

「畢竟被他連續找碴找了四年嘛。啊，不過有伊庫塔在的時候對應起來會很輕鬆，就是那種以毒攻毒的感覺。」

雅特麗帶著淺淺笑容如此斷言。於是，連哈洛也開始覺得一直不斷對馬修講話的伊庫塔看起來就像是纏住獵物的毒蛇。她感到有點害怕，趕緊轉開視線。

「……那個，雅特麗小姐，妳和伊庫塔先生是同儕關係？」

「是呀。我們是從進入高等學校後開始往來，嗯……與其說是不可思議的緣份，倒不如說是孽緣吧。」

雅特麗帶著苦笑回答，接著哈洛稍微貼近她的耳邊，低聲繼續問道：

「那個……因為馬修先生似乎也是名家出身，所以果然伊庫塔先生他同樣是——」

「哈哈哈，怎麼可能呢～索羅克是孤兒院的名字啦，小姐。」

聽到耳邊突然響起笑聲，哈洛忍不住「呀啊！」大叫並回過身子。只見伊庫塔不知何時已經離開馬修身邊，正厚著臉皮占據了自己身邊的位置露出輕薄笑容。

「別說是名家出身，我根本無父無母。在一間快要崩壞的空屋裡失去意識時，被當時在索羅克孤兒院裡工作的庫斯發現。之後，就成為那裡的孩子。幸好我的腦袋還不算太差勁，所以高中是借了助學貸款才能進入就讀。」

「啊……是這樣嗎……對不起，我出於好奇問了這麼沒禮貌的事情……呀嗚！」

「不～不要緊～因為接下來我也要對妳做出相當失禮的行為嘛～」

因為手背被輕輕撫摸，哈洛發出誘人的叫聲。「又開始了嗎……」看到這個光景，雅特麗不由得以單手扶著額頭。

「妳的個子很高呢……身材很修長，比身為男性的我還高出五根手指……」

「我……我有一百七十六公分……真對不起，明明是女生卻長這麼大，實在很沒意義……」

「這就代表妳的發育特別好啊……啊，手指有點粗糙呢，平時就是自己做家事嗎？」

「我……我有五個弟弟，是家中的大姊……呀嗚！請……請不要摸我的上臂……！」

「六個姊弟裡的長女？這真是了不起，不對，真是太辛苦了……那麼妳的雙親是從事什麼工作呢？」

「向……向領主大人租田的地方佃農……不過，光是這樣收入不夠開銷，所以我必須出人頭地寄錢回去才行——呀！不可以捏耳垂，也不可以梳頭髮啦……！」

從手背為起點開始的接觸不客氣地逐漸往身體其他部位前進。老實說，雅特麗覺得丟著不管也很有趣，然而那樣一來狀況就會到達在視覺方面讓人笑不出來的地步，因此在演變成那樣之前先拎起伊庫塔的後領阻止了他的行動。

「到此為止，伊庫塔。想泡妞等下次機會吧。」

「ＯＨ，遺憾。」

被雅特麗隨手丟出去之後，伊庫塔就順勢回到了抱膝躲在房間角落裡的馬修那邊。哈洛雖然獲得解放，但還是喘個不停。雅特麗體貼地對她開口。

「妳還好嗎……？真抱歉，我居然如此大意，有點太晚阻止了。」

「呼……呼……我……到底被怎麼了……？」

「這是那傢伙的壞習慣。明明也不是長得特別帥氣，但總之就是很喜歡追求女性。要是就那樣放著他不管，會被他利用同樣手法揉胸然後帶上床去。一陣驚慌混亂之後，等妳回神時已經可以聽到清晨鳥叫了。」

「胸……？啊……啊哇哇哇……！」

「冷靜點，哈洛，只要待在我身邊就沒問題。」

「很好，順利拉攏到了！」溫柔摟住哈洛的肩膀，露出偽善微笑的雅特麗在心中為勝利而誇耀。在現場籌措協力人員的局面正在順利進行中。

這時，船艙的房門突然又緩緩打開了。以顧慮態度把頭探進室內的人，是一個比哈洛還高的美男子。他擁有一雙清澈的碧眼，帶有淡綠色的頭髮長度及肩。腰包裡可以看到和馬修的圖一樣的風精靈。

「呃……可以進去嗎？因為看起來各位好像正在忙？」

「當然不行，給我滾回自己的地盤去，小白臉。」

不知為何伊庫塔立刻拒絕，然而雅特麗用單手封住他的嘴，向新來的室友表示歡迎。

「請進。我們是在自我介紹，你也要參加嗎？」

青年以爽朗的笑容乾脆地同意這個提案，走進房裡開始自我介紹。

「我叫托爾威・雷米翁。是帝立埃爾彌高級中學第八十二期的畢業生。這孩子是我的搭檔，風精靈沙菲。請大家多多指教。雖然這是一場困難的甄試，不過就讓我們一起努力到合格吧。」

當青年報上名號的瞬間，原本窩在房間角落裡的馬修用力挺起了上半身，同時雅特麗也瞪大了雙眼。或許是因為內心裡有著冷靜的興奮吧，她的嘴角自然而然地往上提。

「……是嗎，你就是雷米翁家的……」

在帝國和伊格塞姆家齊名的舊軍閥名家，雷米翁家的三少爺。本期高等軍官甄試中最被看好的合格者候補。自己最大的競爭對手就在眼前——理解到這點的雅特麗先深呼吸好幾次鎮定下來後，才以能代替宣戰布告的氣勢說出自己的姓名。

「我是雅特麗希諾・伊格塞姆，這孩子是我的搭檔西亞……至於我的背景應該不必多作介紹吧？」

「……雅特麗希諾？是嗎，看妳那頭宛如火焰的紅髮，是伊格塞姆家的……！啊啊，怎麼會這樣！」

一聽到對方的名字，托爾威就像是見到憧憬英雄般地睜大發亮雙眼凝視著雅特麗。先前能說善道的舌頭也突然打結，只是不斷重複著「那個……這個……呃……」之類毫無意義的喃喃自語。雅特麗看到他這種樣子，懷疑地皺起眉頭。

「……等一下，是怎樣？如果有話想說，就乾脆點說出來啊。」

「我……我還沒做好心理準備……那……那個，伊格塞姆小姐。我——」

「別得意忘形了，你們兩個。」

當托爾威下定決心打算開口說些什麼的那瞬間，馬修介入了他和雅特麗之間。略為發胖的泰德基利奇家長男勇敢地同時和兩人對峙，扯著嗓子不客氣說道：

「伊格塞姆的近身白刃戰術自不用說，就算是雷米翁的戰列火槍兵戰術也早就不是最先進的兵法，你們兩家已經不是戰場的先驅也不是明星。我可不會光因為你們受到名家的祖上庇蔭，就認可你們能無條件擺出一副自以為了不起的臉孔。」

「呃……你是……？」

「我是馬修．泰德基利奇，可別忘了這個名字，雷米翁家的老么。」

儘管馬修以幾乎等於是在下戰書的強烈氣勢報上姓名，然而聽完這些話的托爾威卻和對手相反，露出討人喜歡的笑容。

「我很擅長記住別人的名字。一起加油通過甄試吧，馬修先生。」

「哼！就算你想用這種笑裡藏刀的態度來讓我掉以輕心也只是在白費力氣！」

「馬修先生……馬修先生…………嗯～可以叫你小馬嗎？」

「啥！」

莫名其妙地被突然取了個暱稱，讓馬修瞪大了眼睛。另一方面，和競爭對手間的對話遭到破壞的雅特麗則是嘆著氣把馬修的身體推開。

「……我們的祖先構思出的戰術會隨著時間流逝逐漸不合時宜，這是理所當然的事情，我從一開始就不打算拿過去的榮耀來沾光。不過在這種前提下我可要再多講一句，馬修。」

雅特麗先別有深意地在此停了一拍，才目不轉睛地望著對方，哼了一聲後如此斷言。

「客觀來看……毫無疑問在我們這些人當中，你的臉孔面積才最為『了不起』呢。」

「嗚！」

平時就很在意的身體特徵被犀利地指出，馬修不由得以沒出息的表情發出低吼聲。沒認清彼此水準的差異就前來找碴然後慘遭反擊，這是從學生時代開始的固定模式。

「喂～別欺負馬修啊～！」

這時伊庫塔以有些言不由衷的態度介入現場，托爾威帶著困惑表情搖了搖頭。

「我並沒有想要欺負他的意思，要是讓人感到不快的話很抱歉。話說回來，你是……」

「夠了給我閉嘴！一個獵場裡不需要兩名獵人。」

「咦？咦？」

「聽了你肯定嚇一跳！你在容貌法庭上已經被判定有罪！罪狀正是容貌出眾罪！阿爾德拉教的聖典有云：所有的帥哥都必須死！」

「你剛剛這段發言就足以被送上宗教法庭！而且和別人對話時至少得達到能相互溝通的最低限度吧！」

聽到雅特麗開口吐槽，托爾威對她送出詢問「妳認識他嗎？」的視線。雅特麗嘆口氣代替伊庫塔介紹。

「這傢伙是伊庫塔・索羅克，和馬修一樣是我的同學。他有著看到外貌出眾的男性就會先威嚇對方的習性，不必太在意，因為他只是地盤意識莫名強烈而已。」

「小白臉爆炸吧！嗚嘎嘎嘎！」

雅特麗拎著發出低吼的伊庫塔後領這樣說明。托爾威有點顧慮地開口發問：

「……你們兩位感情很好嗎？」

「我們只不過是認識久了。」

雖然雅特麗的回應很冷淡，然而看她和伊庫塔的互動，無論是誰都能察覺出親密的情感。托爾威再度把視線放回伊庫塔身上，以一種似乎夾雜著羨慕的表情，緩緩地伸出右手。

「我叫托爾威，請多多指教，伊庫塔先生……那個，能交個朋友嗎？」

伊庫塔停止威嚇，靜靜觀察對方，他的眼神中帶有能看穿他人內側的銳利。托爾威那種凡事都退一步的態度到底是不是精打細算之後才採取的行動呢——伊庫塔根據至今為止的互動進行暫時性的推測，結果獲得的結論是「托爾威似乎是個天生少根筋那型的好人」。

「……我是伊庫塔・索羅克。在腦袋中想像你的臉孔被破壞打碎到不留原形的模樣並重複十七次之後，總算可以擺出寬大的心胸。就跟你交個朋友吧。」

伊庫塔以直截了當到反而顯得痛快的態度講出真心話，而且還擺出以上對下的高姿態。不過，幸好托爾威有著不計較小事的個性，因此兩人之間成功進行了堪稱奇蹟的握手。

「嗯，多指教啊，伊庫塔先生……啊，對了，我可以叫你阿伊嗎？」

「不行我拒絕，你在說啥啊？」

明明才第一次見面，然而托爾威卻很自然地想比照對馬修那樣，給伊庫塔也起個暱稱。不過伊庫塔並不是省油的燈，他也很自然地回絕了這要求，絲毫不留餘地。

「真是的，居然想叫我阿伊？開什麼玩笑，能這樣叫我的人只有她而已。」

黑色眼眸別有含意地望向哈洛。把至今為止都置身事外的人突然牽扯進來後，伊庫塔還在根本沒人拜託他的情況下開始自作多情地代替哈洛自我介紹。

「這是哈洛瑪．貝凱爾。目標是要成為醫護兵的指揮官，家裡有五個弟弟。她是個非常好的女孩，我可以保證。」

「伊……伊庫塔先生？你那種介紹的方式，會引起很嚴重的誤會……！」

哈洛慌慌張張地想要訂正，然而棘手的問題是，至今為止伊庫塔在內容方面並沒有講錯什麼。於是不清楚實際狀況的托爾威就朝著錯誤方向發揮了他那舉一反三的聯想能力。

「原來如此，是這麼一回事嗎……嗯，兩位很相配喔。」

「什麼是『那麼一回事』呢！不，請不要用那種鼓勵般的眼神看我……！」

把事實扭曲成對自己有利狀況的伊庫塔正在對成果感到十分滿足愉悅，這時腳下突然傳來一陣晃動。察覺到船隻離港的雅特麗決定總之要先收拾場面。

「既然自我介紹也已經結束，那麼大家要不要先安頓下來呢？即使運氣好碰上順風，到希爾喀諾列島也是將近兩天的長途旅行。也為了到達那邊之後要進行的行程，我們必須先溫存體力。」

「嗯，說得對。那麼，就來決定每個人的床位並整理行李吧。」

「我說哈洛，妳喜歡哪個位置？上面？下面？後面？噢，面對面坐著也很好呢，呵呵呵。」

「為什麼只問我呢！而且你真的是在說床鋪的位置嗎！」

「……臉……我的臉……真的那麼大嗎……？……嗚嗚……」

五人在自己的床鋪各就定位後，也因為至今旅途帶來的勞累，大家很快地紛紛進入淺眠。順便一提，經歷激烈爭論之後，伊庫塔被分配到距離哈洛最遠的對角線上床位。

出航後過了三小時左右，船隻搖晃程度因天氣急速惡化而變得劇烈，讓伊庫塔等位於同一船艙內的人們也都一一開始清醒。漫長的船旅才剛進入前期，無論對哪個人來說都有很多空閒時間。

「唔……唔唔……7—6燒擊兵……不，3—3風槍兵。」

「決定了嗎？那麼，我要用4—6風槍兵來和兩側的棋子匯合戰力。」

馬修和托爾威正面對面坐在床鋪上以軍人將棋進行對戰。雖然帶來棋盤和提出挑戰的人都是馬修，然而戰況似乎是對他不利。

「3、4、5—7風槍兵營……那個，再這樣下去，我想大概再下四子就會將軍吧。」

「等……等一下！應該還有其他辦法……！」

雖然馬修拚命地觀察棋盤，然而愈看，己方的劣勢愈顯得明顯。他在頭一分鐘就明白早已分出勝負，不過在那之後又花了三分鐘進行心理準備，最後才終於擠出「……我投降」這句話。

「可惡！再下一盤！剛剛只是因為累積太多瑣碎的失誤！」

即使他這麼說，然而戰績方面已經呈現出馬修三連敗的事實，只是不服輸的他遲遲不願意承認彼此實力上的差距。托爾威察覺到再這樣下去只會繼續進行無意義的對戰，因此提出了個體貼對手的提案。

「那個……小馬，要不要進行一下戰後檢討呢？關於剛那一局，我也有一些想要反省的部分。」

如果無法冷靜地重新審視敗北，實力就不會進步。姑且不論個人感情，以理論來說馬修也很清楚這一點，所以他不甘不願地接受了托爾威的提議。看來他的大腦已經快燒乾了，連對「小馬」這種過度親近的稱呼都沒有餘力去抱怨。

「唔唔，明明到中間階段為止還在互相競爭……幾步前是關鍵呢？是六步之前派出太多燒擊兵那邊呢？還是十二步前失去醫護兵那裡呢……」

當托爾威一邊謹慎地避免刺激到對方的自尊心，並準備敘述自己的個人見解時，兩人頭上傳來沒人拜託卻自作主張插嘴的第三者聲音。

「——是二十一步前，吾友馬修。也就是你讓戰力匯合遭到阻止的風槍兵直接勉強殺進敵陣的部分。那裡應該要果斷撤退，暫時轉向守勢。」

聽到伊庫塔嘲笑般的發言，馬修狠狠咂嘴並露出苦悶表情重新把棋子擺好。托爾威睜大眼睛望向最上面的床鋪。

「……阿伊，你把棋譜整個背起來了嗎？可是從你那個位置應該看不清楚棋盤吧？」

「所以說別叫我阿伊，小白臉，再有下次我就會拿枕頭砸你。」

雖然伊庫塔回答得很冷淡，但托爾威卻率直地給出了高評價。光是背下棋譜這行為本身就已經很了不起，不過能進一步掌握攻防關鍵的事實才更值得讚賞。伊庫塔認定的決勝負局面，和托爾威原本想提出的部分完全相同。

「各位，茶泡好囉～」

正好在這時，哈洛抱著大型陶製茶壺以及數量與人數相同的杯子，和雅特麗一起回到房間。原本她想要使用房間裡的桌子來倒茶，然而卻因為腳下傳來的晃動而差點讓茶壺掉到地上，所以換成用手拿起杯子一杯杯倒好的方式。

「搖晃得真厲害……去借用廚房時，我有從窗口觀察了一下海面的樣子，果然波浪相當洶湧。」

「被強烈的西風影響，似乎航線也往東邊偏離了不少。修正航線應該會費不少工夫，我想這次的船旅會比預定更長吧。唉，船這種東西真的是一種不會稱心如意的交通工具呢。」

雅特麗從哈洛手上接過倒好茶的杯子，並帶著厭惡感把自己的紅髮往上撥。這時，她的視線突然飄向放在馬修和托爾威之間的軍人將棋棋盤。

「怎麼，你們在下將棋嗎？結果是馬修的幾連敗？」

「為……為什麼妳提問時以我的連敗作為前提……」

「聽你抗議的聲音這麼沒精神，表示事實的確就是那樣吧……算了，我想這並不是必須那麼介意的事情，畢竟將棋冠軍並不等於就是名將。」

雅特麗這番勉強算是打了圓場的發言，讓托爾威找到提起話題的機會並繼續下去。

「話說回來，在這場甄試的最後階段，好像要和現役的高等軍官進行對局兼面試。如果下將棋的實力並不能直接反應出身為指揮官的實力，那麼這種安排又有什麼意義呢？」

「既然必須一邊對局一邊面試，我認為是想要測試多工處理的能力。成為高等軍官後，如果不能同時處理兩三件工作的話，會因為超過負荷而被壓垮吧？」

雅特麗的回答從理論上來看是無懈可擊。接下來她望向人躺床上只把手伸出來接過茶杯的伊庫塔。她一方面對這懶散的模樣感到不以為然，同時把托爾威提出的問題轉拋給他。

「伊庫塔，你認為如何？」

「……嗯，還算相當好喝。不過如果能提出進一步的要求，比起直接用牛奶煮茶葉，我比較喜歡的泡茶方式是先用熱水沖出濃茶後，再另外加入溫度調整得恰到好處的牛奶。」

「有誰要你提出關於奶茶味道的意見嗎？順便說一下建議把牛奶煮沸的人是我。萬一牛奶已經變質，害誰喝到鬧肚子，我可無法負責。」

不愧是相處已久，雅特麗對友人的胡鬧言行對應得非常流暢。床上的伊庫塔只抬起上半身，小口喝茶並悠哉地回答原本的問題。

「我認為雅特麗妳的想法幾乎是正確答案了。不過就算先不考量到這部分，畢竟軍人將棋包含了相當多的基本兵法，所以當成是讓頭腦做體操也不錯。只是如果真要問我的意見──我認為既然身為軍人，下不使用棋盤的盲棋會更好。」

「──哦？阿伊，那是為什──哇！」

飛下來的枕頭直接命中托爾威的臉。伊庫塔把腦袋從床上往外伸，朝著他怒吼：

「禁止叫我阿伊！……如果把將棋視作戰爭，換句話說棋盤就等於戰場。那麼這裡我要提出質問，實際上進行戰爭時，指揮官能夠從空中使用神之視點來俯瞰整個戰場嗎？」

「……不可能辦到呢。關於敵方部隊的位置，幾乎都只能根據有限的情報來推測。就算是自己指揮的我方部隊，也不一定會按照預定來行動。」

「就是這麼一回事。在現實的戰爭中，掌握敵方和我方位置是作戰的起點。為了達到這個目的，需要從部分情報中導出全體形勢的想像力。雖然也不能說下盲棋就能夠鍛鍊這種能力，不過至少可以培養想像力的基礎。也就是首先要在腦海中建立『棋盤』，成功之後才能開始想像出在盤面上行動的士兵……啊，奶茶還可以再來一杯嗎？」

伊庫塔流利地敘述著自己的見解，並按照先前模式擺出只把手伸出床鋪外的危險姿勢，讓哈洛幫自己倒茶。托爾威和哈洛佩服地專心聆聽，而另一方面馬修則是幾乎完全當作耳邊風，只專心瞪著棋盤。這時船隻突然劇烈晃動。

「啊……」「好燙啊啊啊啊啊啊──！」

從伊庫塔的杯子裡灑出的茶水以惡魔般的角度直接命中了馬修的脖子。「抱歉抱歉～」伊庫塔一邊對被燙得滾來滾去的受害者隨便道歉，同時突然把視線投向船艙的房門。

「有人在那裡嗎？」

雅特麗也看往和伊庫塔相同的方向，並開口發問。雖然被馬修的慘叫聲掩蓋，然而先前船隻晃動的那瞬間，曾經響起有東西撞上房門所發出的砰咚聲。起了疑心的雅特麗走往門口打開房門。

「嗚……嗚嗚……好痛……」

房門被打開後，外側有個頭戴大帽子，身材嬌小的少女正押著腦袋站在那邊。雖然臉孔被寬大的帽沿遮擋而看不清楚，不過沒能全收進帽子裡而外露的金髮顯得柔順又美麗。服裝雖然樸素，但看得出來質地上等，穿起來的儀態也透露出氣質。

「考生……看起來不像呢。妳是哪家的小姐？找我們有什麼事嗎？」

雅特麗帶著溫柔微笑如此發問後，少女只是支支吾吾像是不知道該如何回答，最後則是以試圖矇混過關的態度講了句「打……打擾了」表達歉意，隨即快步沿著走廊離開。目送她背影遠去的雅特麗不解地側了側腦袋。

「這是怎麼回事呢？再怎麼說這也是負責運送高等軍官候補生的船，很難想像會有一般旅客剛好也在船上……伊庫塔，你覺得如何？」

「嗯～到適於食用為止還要五～六年，離完全成熟大概還要十五年左右吧……」

「又沒人在問你的狩獵範圍的下限——」

雅特麗的吐槽被突然發生的船體劇烈震動打斷。所有人都一口氣失去了平衡，手中杯子裡剩下的茶水也全都潑了出來。和先前的搖晃有著明顯差別的這次震動並非海浪造成，而是源自於嚴重的「撞擊」。

「——怎麼回事！」

在房內眾人中第一個重新試圖站好的雅特麗同時開始分析狀況。另一方面，托爾威抱住面朝上往後倒下的哈洛肩膀並幫忙撐住她；至於從最上層床鋪摔下來的伊庫塔則是把富有彈力的馬修身體當成緩衝墊，雖然很厚臉皮但同樣平安無事。

「喔喔馬修，沒想到你居然不惜挺身救我……來為了我們的友情乾杯吧。」

「嗚嗚……你這傢伙怎麼不乾脆頭朝下狠狠摔到地上……」

在馬修總算推開伊庫塔站起來時，先前乖乖待在床上的精靈們也察覺到事態緊急而開始行動，回到主人腰包裡各就定位。當所有人正在確認彼此是否有受傷時，從一直沒有關上的房門外傳來船員的叫聲。

「各……各位！冷靜下來聽我說！這艘船的船底撞上暗礁開始進水了！船長剛剛下了全員離艦的命令！能動的人立刻前往甲板，然後按照水兵的指示搭乘救生艇！」

下達避難指示的聲音因為危機感而走了調。觸礁、進水、全員離艦——從這些名詞會聯想到的註定結局就這樣伴隨著讓人感到絕望的印象，同時在現場所有人的腦海中描繪成型。

「大家，都聽到了吧！快點前往甲板！」

然而，也有一個瞬間甩開悲觀預測開始行動的人。是雅特麗希諾・伊格塞姆。

「不需要驚慌，排成一列跟在我身後！只能帶最低限度的行李！」

雅特麗這個人即使身處這種狀況下，也能夠毫無猶豫地指揮場面。她具備足以讓因為直接面對緊急事態而化為烏合之眾的集團立刻恢復秩序的領導能力。而且除了她以外的其他人，在這種場面下也並不打算傻傻地當個烏合之眾。

在雅特麗的率領下衝上樓梯來到甲板的眾人正面迎向豪雨和暴風的洗禮。比成年人腰圍還粗的大型桅杆因為風壓而發出嘎吱聲，上方的水兵們為了收起快被風吹到漲破的船帆，正拚命地進行作業。船體已經比平常傾斜了將近二十度，再加上時間是剛剛日落。才陷入黑暗的海面一片漆黑，簡直讓人寒毛直豎。

「海面是猛浪狀態嗎……在這個局面下居然碰到惡劣天候的最高峰，我們真是受到神明厭惡。」

「是哪個人平常沒做好事啊？心裡有數的人自己舉手。」

「想都不用想也知道答案只有你吧，以後想拿聖典當題材胡說八道時記得節制。」

雅特麗一邊和伊庫塔開著沒有緊張感的玩笑，同時走在集團最前方前往甲板後部。那裡放著四艘救生艇，其中一艘已經由水兵做好被放往海面的準備。船員對著到達現場的雅特麗等人發出指示。

「來的人就坐上去！你們這些平民最優先！」

「平民」這種稱呼讓雅特麗露出微微不情願的表情，然而她立刻甩開這種感傷再度開始行動。由哈洛第一個上船，接著依序是馬修、托爾威、伊庫塔，最後則是自己。

等到所有人的身子都完全納入小艇內後，注意到伊庫塔的水兵以歉疚的表情補充了幾句。

「你的搭檔是光精靈吧？仔細聽好，因為觸礁所以船員中有人受傷，現在還不能讓水兵搭上這艘救生艇。目前救生艇全都用繩子拴在船上所以不會被浪沖走，不過一旦到了最後關頭，為了避免被拖下水就必須切斷繩子。到時記得利用光信號將所在位置告知附近的救生艇，就算多少會被沖散，也一定會想辦法會合！」

確定伊庫塔和庫斯都點頭之後，水兵放鬆繫繩，將他們搭乘的救生艇放到海面上。被放進洶湧大海裡的小船一下右一下左地劇烈搖晃，讓搭乘者們產生了彷彿隨時會喪命的感覺。

「開……開什麼玩笑！海浪洶湧成這樣，就算搭著救生艇避難又有什麼用……！」

「小馬！你稍微往右一點！貝凱爾小姐往左！要讓整艘船平均承擔體重！浪這麼大，萬一翻船就再也無法恢復！」

托爾威以次於雅特麗的冷靜來發出指示，馬修和哈洛只能茫然地照辦。另一方面，伊庫塔則是在傾盆豪雨中目不轉睛地盯著逐漸傾斜到致命程度的接駁船。

「怎麼了伊庫塔，快點動動你那張總是意見很多的嘴啊。你這麼安靜會讓人產生不祥的預感。」

「我還不知道原來妳把我的言行當成判斷吉凶的徵兆……先不說這個，雅特麗，妳看那孩子。」

雅特麗依言順著伊庫塔的視線望去，就看到那個先前在船艙門口遇過的少女正在甲板上準備搭乘救生艇的光景。即使相隔遙遠，也能看出她那纖細的肩膀不停顫抖。雖然外貌並不像是已經可以隻身旅行的年齡，然而也沒有看到其他同行者的身影。

「……啊！」

就在這一瞬間，悲劇發生了。側面慘遭一波大浪擊中的船身嚴重傾斜，導致站在甲板邊緣的少女被拋向大海。停留在空中的時間僅僅只有一瞬——她還來不及發出慘叫，嬌小的身體就被漆黑的大海吞噬，消失無蹤。

勉強還留在甲板上的一名水兵單手拿著救生圈，以激動的眼神努力觀察海面……然而已經太遲了。就算想去救她，少女的身影也早就被隱沒在海浪的縫隙之間。

「唔，不妙。那樣會死。」

伊庫塔喃喃講出極為接近過去式的事實，接著就地起身開始脫去上衣。

「庫斯，如果你還能看到那孩子的話就幫我打出遠光燈（high beam）。」

「伊庫塔，太危險了。最好不要……」

「拜託了。」

聽到主人請求的庫斯以不情願的模樣離開腰包站到救生艇邊緣，從腹部的「光洞」射出強烈光線照亮了海面上的一個角落。接下來伊庫塔拿起被隨便丟在船底的救生圈，把綁在上面的繩索其中一頭交給雅特麗。

「要是妳隨隨便便就放手，我可會變成鬼回來作祟。」

「等一下……你——！」

伊庫塔沒有給雅特麗思考的時間，直接以頭朝下的姿勢跳進海裡。為了不輸給洶湧海浪，他用手腳奮力滑水，直直朝著遠光燈（high beam）指示的位置游去。被留在救生艇上的眾人只能屏氣凝神地旁觀著很快就潛入漆黑大海中的背影。

「…………呼啊！」

經歷對旁觀者來說感覺彷彿是永遠的十幾秒後，伊庫塔抱著如同屍體般癱軟無力的少女身體浮上海面。雅特麗等人都鬆了一口氣。

「我不行了！我要死了！快救我啊！」

聽到那愚蠢的慘叫，四人開始用力拉繩。在隨時都有可能翻船的搖晃中，光是要一邊保持平衡並把兩人拉上救生艇，就必須花費一番工夫。

「呼……呼……啊～好辛苦……海水好鹹……」

「吵死了，既然已經耍帥就該保持到最後啊……哈洛，那女孩的情況如何？」

「她沒有喝下海水，呼吸和脈搏也很正常！不過似乎還處於受驚嚇的狀態……」

依然把頭枕在哈洛膝上的少女不發一語。看來似乎要好一段時間才能讓那雙微微睜開的眼睛取回理性光芒，然而如果光以「這樣就不需要面對現狀的角度」來看，或許反而算是一種幸運。

「似乎也沒有撞到或裂傷呢……嗯？這是……」

為了確認有無受傷所以和哈洛分頭檢查少女身體的雅特麗注意到她中指上戴著的戒指。這是兼具印章功能的一級品，不過除了單純的高級感，在銀戒台上以黃金塑造出的造型實在過於眼熟。

「不行！這邊已經撐不住了！要切斷繩子了！」

這個叫聲讓雅特麗的思考凍結。擊中側邊的大浪似乎成了最後一擊，大船的傾斜度已經來到不可能恢復的地步。雖然船隻逐漸下沉依舊忠於職守留下的水兵開始生涯最後的工作……切斷拖曳救生艇的繩索。伊庫塔等人搭乘的救生艇和大船之間的聯繫被切斷，開始真正的漂流。

「……該不會……只有我們逃出來吧？」

望著現在已經完全打橫只能慢慢沉沒的大船，緊咬著嘴唇的雅特麗也不由得面色凝重。背後的馬修則亂揮著手腳發出歇斯底里的叫聲。

「該……該怎麼辦！搭著這種小船被丟進風浪洶湧的大海中央，這樣不是只能等死嗎！我只是來接受考試，為什麼會碰上這種事……！」

「小馬，你冷靜點！要是因為亂動把船弄翻，所有人都會立刻溺死！」

托爾威從後方架住抓狂的馬修並壓制住他。另一方面，哈洛緊抱著失去意識的少女，喃喃地講出洩氣發言。

「我……我們會死嗎……還……還有沒有什麼能做——」

「……人事已盡，現在的首要之務是必須撐過這場暴風雨。」

雅特麗以僵硬的語調如此宣布，就像是在說服包含自身在內的所有人。同意這句話的伊庫塔吸著鼻子並接著說道：

「哈啾！……正如雅特麗所說，接下來是聽天由命的領域了。在暴風雨停歇之前，我們沒有任何事情可做。只能盡量偷懶，接著就任憑神明安排吧。」

第二章

Alderamin on the Sky

東線無戰事

少女感覺自己正在被冰冷、昏暗、深不見底的黑暗逐漸吞噬。

沒有能抵抗的方法。受到激烈水流翻動的自己連上下都分不清，在鼓膜因為水壓而發出慘叫的情況下，更劇烈的絕望壓力壓垮了內心。出生至今第一次已經近在眼前的死亡恐懼再怎麼說都不是靠理性的力量就能與之抗衡的事情。

掙扎的手腳很快就會耗盡力氣——這時，出現了一道光。

隱隱約約可以看見，似乎有什麼正沿著那道貫穿黑暗到達這裡的光芒往這邊靠近。一開始是手腕被抓住，接著是身體被整個被摟住。心臟跳動的聲音在非常接近的位置響起，透過彼此相貼的皮膚，少女甚至產生兩人的心跳已經同步的感覺。

在逐漸遠去的意識中，可以理解死神正在咂著嘴逐漸遠離受到光線和溫暖包圍的自己——

「………………嗯………………」

劈啪劈啪——爆出火花的聲音讓少女恢復意識。

視野相當昏暗。小小的篝火是唯一光源，在呈現橘色的光芒中，浮現出幾道人影。一個身材微胖，牙齒不斷打顫的少年；以擔心神色望著少年的英俊青年；還有正面左手邊坐著一個髮色和火焰相同，態度毅然的女性。大概是為了取暖吧？每一個人的共通點就是都緊抱著自己的搭檔精靈。

「啊！您醒了嗎？」

少女耳邊響起溫柔的聲音，這時她總算察覺自己正被人從後方摟著。背上傳來胸部的柔軟觸感，而隔著薄薄貼身衣物相互接觸的皮膚正分享著溫暖。

「……你們……是……？」

聽到少女的發言，首先是那個紅髮的女性——雅特麗率先起身，在原地恭敬屈膝跪下。

「很高興您醒了，公主殿下……請原諒我以這種形式拜見您的失禮行徑。」

除了抱著少女的哈洛，其他人也效法雅特麗一起低頭行禮。由於眾人表現出敬意，少女也回想起自己應該維持的立場。

「……你等都抬起頭吧，無須拘禮。現在是什麼狀況……」

「是，僅遵吩咐……那麼簡潔為您說明。在乘船前往高等軍官甄試會場『希爾喀諾列島』途中，我等搭乘的船隻因為遭遇暴風雨而沉沒。勉強搭上救生艇成功逃離的人只有包括殿下您在內的六人，之後經歷約兩天的漂流，在某處的海邊靠岸……而目前則是像這樣寄身於海邊的洞窟中。」

聽完雅特麗的報告，少女睜大雙眼陷入沉默……接下來她花了數分鐘整理記憶，用剛剛得知的情報來填補至此為止的記憶空白。

「……是嗎……船沉了嗎……那果然不是夢。」

被漆黑海面吞沒的可怕記憶再度甦醒，讓少女肩膀猛然一震。一起蓋著好幾件上衣，將嬌小身體抱在懷中的哈洛擔心地望向她的側臉。

「由於在漂流的那兩天中持續受到雨淋，殿下的身體非常冰冷……因此由哈洛瑪．貝凱爾和在下雅特麗希諾．伊格塞姆負責輪流以自身身體來溫暖您的身體。雖然我們也明白這是極為冒犯的舉動，但畢竟沒有其他方法，只有這點還請寬恕……」

「請……請殿下饒恕……！」

看到哈洛畏懼地低下頭，少女露出苦笑搖了搖頭。

「我打從心底感謝妳們的心意。如果只靠這脆弱的一己之軀，想必還撐不到醒來就已凍死……話說，妳剛剛自稱是雅特麗希諾．伊格塞姆？」

「是……」

「久違了。我曾在當今陛下行幸之際，同行拜訪妳的老家。這已經是八年前的事情了吧？」

少女隨口講出的這句話，讓雅特麗不由自主地抬起原本朝下的臉龐。

「……您還記得嗎？那時殿下才剛滿四歲……」

「妳那時是虛歲十歲吧？我因為手搆不到盤子而感到焦躁，而妳貼心地幫忙從桌上拿了烘烤點心……妳也是因為看到我的長相而認出了我的身分嗎？」

其實她自己也明白再怎麼說這都是不可能的事情。雅特麗露出曖昧的微笑回答：

「因為和那時候相比，殿下的非凡成長已遠超過我的想像……所以如果黃金色的髮絲和刻著永靈樹（卡托沃瑪尼尼克）的戒指欠缺了任何一邊，我恐怕會無法完全確定。」

聽到雅特麗這麼說，少女從和哈洛一起蓋著的層層外套裡抽出左手。在她的中指上，戴著刻有卡托瓦納帝國的象徵——永靈樹圖案的戒指。

「……沒錯，我正是當今卡托瓦納帝國的第三公主，夏米優・奇朵拉・卡托沃瑪尼尼克。」

除了雅特麗，原本感到半信半疑的其他人現在似乎也因為本人如此報上名號，重新確定眼前的少女確實是身處雲端的貴人。在肅靜的沉默之後，率先開口的人是托爾威。

「……在下是托爾威・雷米翁。初次拜見，夏米優公主殿下。」

「嗯，你是雷米翁家的么子吧，我也聽說過你的傳聞。」

「榮幸之至。如果您方便的話，能否容許我請教一事……」

沒等到托爾威把話說完，公主殿下就以生硬的語氣開始回答。

「如果是要問我和你等共乘一船的理由，那麼不需開口，由我直接回答吧。有鑑於和齊歐卡共和國的戰局惡化，身為皇室之一員，我是前來看看今後將背負起本國未來的年輕人們的模樣，同時也是為了要激勵考生。沒有更深入也沒有更簡單的理由。」

「可是，請問隨行的武官等……？」

「這還用問，當然是和那艘船一起沉進了海底。」

夏米優殿下在提問之前就搶先回應，從她的語氣中隱約透出一種不允許對方有任何意見的頑固……雖然她宣稱有隨從，然而無論是在船內相遇時或是後來前往甲板時，都沒有看到她身邊跟著任何人。雖然這點讓人在意，但托爾威決定把這些疑問暫時先藏進心裡。

「我……我名為馬修・泰德基利奇。請公……公主殿下也允許我……發……發言……」

這時濕襯衫緊貼在肥胖身軀上的馬修一邊發抖，同時戰戰兢兢地開口。公主殿下的視線轉到他身上。

「泰德基利奇……是負責掌管帝國西南部艾伯德魯克州駐留部隊的家族吧？你的名字我也記住了，如果有事情想問儘管提出，馬修．泰德基利奇。」

聽到公主殿下毫無猶豫地講出泰德基利奇家的概況，讓旁邊的雅特麗默默對她的博識感到佩服。另一方面，雖然應該是直到現在才第一次遇到有人知道自己的家名，然而當事者馬修似乎卻連注意到這事實的餘裕都沒有，只能從發紫的嘴唇裡虛弱地擠出訴求：

「如……如果您的身體已經恢復了足夠的溫暖……請……請問能否把現在蓋在最上面的……我……我的上衣……還……還給我呢……」

聽到這要求，公主殿下才發現為了讓自己獲得溫暖，在場的所有人都提供了自己的上衣。她不由得感到很過意不去，想從代替毯子的層層衣物中離開，卻被哈洛驚慌阻止。

「呀……不……不能出去！公主殿下跟我身上都只有穿內衣呀！雅特麗小姐，請把馬修先生那件還給他本人！」

雅特麗點點頭，只回收放在最上面的斗篷，並把已經乾透的斗篷還給原本的持有者。馬修以像是逮到大好機會般地用上等布料裹住自己，接著似乎開始把全副精神都放到避免體溫流失的行動上，在那之後就再也沒有開口。

「啊，公主殿下的衣物也幾乎都乾了呢……那麼，雖然應該會有點不好活動，但能不能請您直接這樣更衣呢？」

「若您希望，也可以把男性全趕出去。不過外面還下著暴風雨。」

聽到雅特麗帶著笑容講出殘酷發言，讓馬修的身體因為寒冷以外的理由而不斷發抖。公主殿下用一句「不需要做到那樣」回絕這無法視為玩笑的提案後，以意外迅速的動作穿上衣服並離開哈洛的懷裡，隔了兩天才終於再度以自己的雙腳站在地上。

「嗯……沒有不舒服的感覺，這應該要歸功於妳們為我保暖吧。」

「這實在是太好了，但請您暫時繼續待在火邊。這種狀況下萬一殿下您得了感冒，我等也無計可施。」

雅特麗以有禮但堅定的語氣如此要求，公主殿下也率直照辦。由於直接坐在地上會讓下半身感到寒冷，因此最後她又重新坐回哈洛的膝上。

眾人暫時默默圍著篝火，公主殿下卻突然以像是被雷打到那般的表情開口。

「……對了。在船沉沒時，你們當中有人去救助被拋進海裡的我吧？雖然你們每一個人的確都是我的救命恩人，但我特別想對那個人表達謝意，自己出面吧。」

「……請您稍等。」

雅特麗起身離開在篝火旁圍成圓圈的眾人，走向一片黑暗的洞窟深處。她的背影消失不見之後，取而代之的是某個柔軟沉重的東西被踢中的聲音，伴隨著慘叫聲一起響起。

「快起來，伊庫塔。公主殿下傳喚你。」

「……讓她改天吧，我不和沒有事先預約的……嗚啊！」

同樣的聲音和慘叫重複響起三次之後，大概是總算談妥了吧？一名腰包裡放著光精靈，上半身沒穿衣服的少年活像是因腰痛所苦的老人，以扶著腰部的姿勢出現在眾人面前。

「……我是伊庫塔．索羅克。公主殿下好，今天您過得如何？」

「原來還有一個人嗎……那麼，是你救了我？」

「啊～該說是情勢所迫呢？還是適材適用呢？……因為只有我擁有光精靈……」

穿上哈洛遞出來的襯衫後，伊庫塔以非常不像樣的姿勢跪下向夏米優殿下行禮。其實就連這點也是因為被雅特麗從背後痛捏屁股後他才肯做。

「是嗎。無論如何我都要表示謝意，伊庫塔．索羅克，也謝謝你的搭檔光精靈。我保證平安回到帝都之後，會對你們充滿勇氣的行為給予相當的獎賞。」

腰包裡的庫斯低頭回禮，然而伊庫塔卻在原地盤腿坐下。

「好啦，能平安回去是最好啦……不過到底會怎樣呢……」

「伊庫塔，不要講出這種會無謂引起不安的發言。」

雅特麗低聲告誡，然而對方的不安早就已經被煽動。

「……你意思是也有可能無法回去？」

「在還不確定這裡是哪裡之前根本無法判斷。雖然能活著漂流靠岸確實幸運，但即使如此，畢竟我們在暴風雨中隨波逐流了整整兩天……途中我有看到太陽從救生艇前進方向的右前方升起，所以只知道我們被沖往東北方向。」

儘管伊庫塔的語氣輕鬆，但內容卻沒有經過樂觀修飾的部分。公主殿下陷入沉默之後，托爾威站了起來像是想打破已經變得相當沉重的氣氛。

「……雨聲似乎變小了。無論如何都必須確定目前的所在地，如果想去外面探查，或許現在正是機會——阿伊，如果方便，你願意和我一起去嗎？」

「還在用那種叫法，你真是學不到教訓……」

雖然嘴裡抱怨，伊庫塔卻意外老實地起身。把精靈放進各自的腰包後，托爾威還另外背起自己的行李，然後兩人並肩離開洞窟。

現在的時刻似乎是早晨，除了天空透著光亮，連原本傾盆般的暴風雨也已經減弱到小雨的程度。伊庫塔和托爾威來到沿著海岸往前延伸的樹林地帶中，一面撥開灌木，一面在根本算不上道路的路上往前進。趁此期間，兩人也稍微聊了一下。

「謝謝你願意陪我。老實說，我還以為阿伊你會覺得很麻煩。」

「馬修是那副模樣，女性成員們又必須照顧公主殿下，只能用消去法來決定人選吧。我在不該偷懶時也會照樣偷懶，不過只有在偷懶就會死的時候才會乖乖工作。」

雖然發言聽起來偏執，但托爾威絕不討厭伊庫塔的這種個性。

「我說，關於那位公主殿下……阿伊你覺得如何？」

「雖然有可疑之處，但我認為最好不要隨便追究。一個不好可會陷入泥沼。」

「咦？怎麼直接就講到核心了？和我談話時不以幽默感來回應嗎？」

「我是故意切換啊。就算在這裝傻，負責吐槽的雅特麗也不在場……喔！找到好東西了。」

伊庫塔發現某個掛在藤蔓上看起來像是果實的物體，並摘下來丟給托爾威。接著他一邊咬著自己的份，同時做出說明。

「這是豬籠草的捕蟲籠。等到成熟開始誘騙昆蟲時就不能吃了，但在籠蓋打開之前，裡面的液體可以飲用。出乎意料地好喝，你也試試吧。」

「……啊，真的，酸酸的很好喝。」

「摘下幾個放進背包裡去吧，在正式開始覓食之前起碼可以先墊墊肚子。」

除了哈洛的水精靈製造的水以外，沒有任何東西能吃，讓洞窟中的每個人都開始受到空腹的困擾。托爾威興高采烈地放下背後的包包，開始拔下適當的捕蟲籠塞進去。

「不過你跟馬修還真是讓人佩服啊。就連搭乘的船隻即將沉沒時，也小心翼翼地把那種占位的東西一起帶出來。」

伊庫塔是在說托爾威背包裡那根存在感顯得特別強烈的鐵製長筒。那是裝在搭檔風精靈腹部的「風穴」上，藉由利用空氣壓縮能力產生的壓力，來發射鉛彈的現代士兵主力武器——也就是風槍（Air Shooter）的槍身。

「哈哈，雖然我猶豫了一下，不過又覺得要是礙事，等到上了救生艇之後再丟棄也還來得及。因為對於志願成為風槍兵的我來說，這可是順位排在同伴性命和搭檔精靈後的重要之物。」

「希望不要演變成需要用到那玩意的狀況。話說回來，啊～肚子好餓……」

把已經吸乾的捕蟲籠隨手拋開後，聽著肚子叫聲合唱的伊庫塔和托爾威加緊往前進。為了避免迷路，他們一邊看著羅盤並朝著南方一直線前進，並在過了十五分鐘左右後，離開樹林地帶來到開闊的草原。

「……這下傷腦筋了。」

視野一口氣展開後，觀察過四周的伊庫塔一開口就喃喃講了這句話。晚他一步到達的托爾威也目睹相同的光景，立刻啞口無言。

地形方面並沒有任何會讓人吃驚的狀況，只有缺乏起伏的原野橫跨東西，綿延不斷地往外展開。然而在接下來應該會成為回程路線的西側大地上——出現了自然山脈和丘陵以外的物體，成為更嚴重的障礙阻擋在他們面前。

「……怎麼可能……那邊可是西方啊……就算我們被沖得再遠，也不該這樣……！」

就連至今為止都表現出和雅特麗同等冷靜的托爾威，在這時也無法抑制顫抖的聲音。畢竟出現在他眼中的光景，是和海岸線呈現垂直，將原野一分為二的鐵絲網；以及彼此隔著一定距離，散布在鐵絲網之間的監視用城樓。最靠近他們的地方，甚至可以看到值班的士兵正在出入。

「……看來這並不是我的錯覺，卡托瓦納帝國東邊的國境線在這裡看起來是位於西邊。換句話說……」

無論如何，兩人都躲進樹蔭裡避免被監視的士兵發現——伊庫塔先狠狠咂嘴三次，才把混合了滿滿放棄的嘆息往外吐，直到總算發洩夠了才停止。

「這裡已是齊歐卡共和國的領土了……很遺憾，看來我們似乎以毫釐之差落進了地獄中。」

伊庫塔．索羅克以非常簡潔的比喻，來形容自己一行人身處的惡夢般現實。

歸隊的伊庫塔和托爾威提出的報告，不僅沒有緩和洞窟內的氣氛，反而宛如鉛塊般帶來增加沉重壓力的結果。

「……怎麼會……居然被沖到國境的另一邊……」

哈洛鐵青著臉喃喃說道，身體好不容易才變暖的馬修也發出慘叫。

「可惡……怎麼會……怎麼會發生這種事……還以為好不容易活下來了……」

先不論這樣做是對是錯，馬修的發言的確代替所有人說出心聲。就連雅特麗似乎也必須先仔細選擇該說什麼話來激勵眾人，因此暫時保持沉默。伊庫塔趁這段期間整合狀況。

「既然事已至此，我們可以主動選擇的選項有限。我認為首先必須要針對這一點統一所有人的意志，才是聰明的做法。」

不等其他人的反應，伊庫塔就在所有人都看得到的位置並排豎起左右手的食指。

「第一種，是向齊歐卡軍投降並要求對方提供對俘虜的待遇。嗯，這還算是腳踏實地的路線。」

狹窄的空間裡塞滿沉重的沉默，現場沒有任何人隨便選擇了這個選項。

「第二種，是要想辦法突破國境靠自己的力量回到帝國。這個算是賭很大吧。」

紙上談兵是很簡單，然而一想到實行後會碰到的困難，沒有人能輕易表示贊同。

思考了一段不算短的時間後，馬修以戰戰兢兢的態度開口說道：

「成……成為俘虜後，我們的人身安全就會受到戰時條約的保障。當然會被拘捕，但只要等一陣子，是不是就能夠透過交換俘虜回到帝國去……？」

這段發言與其說是基於事實的意見，還不如說是樂觀的預測。因此雅特麗很乾脆地捨棄了他的提議。

「這想法再怎麼說都太樂觀了。我知道在我們之中還有欠缺自覺的傢伙，但畢竟我們可是要一肩扛起帝國軍將來的高等軍官候補生耶。光憑這點就十分足以成為齊歐卡軍不想放我們回去的理由……而且就算扣掉這部分，這幾個人裡面能成為外交談判籌碼的人實在太多了，當然也包括我本身在內。」

「沒錯。公主殿下自不用說，伊格塞姆家出身的雅特麗小姐，還有雷米翁家出身的我……不管怎麼樣我們三人都會被視為高價值的人質吧。假設真的能夠回去，也不知道對方到底會要求多大的代價。」

「哎呀~性命值錢的大人們果然很辛苦啊，居然連想要老老實實地求得自身的平安都無法如願。」

雖然伊庫塔一臉不以為然地出言諷刺，也無人還有心思去回應他。少年聳了聳肩繼續說道：

「算了，總而言之呢，吾友馬修。就算我們在這裡成為俘虜，也不會那麼輕易地被還給帝國；假設真的要放我們回去，那時肯定會被狠狠地壓榨一筆代價。還有你也可以先想像一下回國後的日子會有多難過……唔，如果考量過這幾點後還是要選擇俘虜這選項，你只能先祈禱齊歐卡的人們孤陋寡聞沒聽說過泰德基利奇家的大名了。」

即使到了這種時候，伊庫塔發言裡的尖銳諷刺依然沒有消失。馬修抱頭開始煩惱，但下一瞬間，彷彿要把這種掙扎狠狠排除的大喝聲響遍整個洞窟。

「成為俘虜——開什麼玩笑！」

猛然起身的夏米優公主殿下以篝火都為之晃動的驚人氣勢大聲怒吼。即使身處訝異視線全都集中於自己身上的情況下，她依然沒有放緩語氣。

「沒有時間滯留在這裡！我……我無論如何都必須盡早回去！警備兵算什麼，無論使用什麼手段也要突破國境！你們聽好了，成功之際無論想要什麼獎賞都——唔唔！」

這時，兩根冒犯到極點的手指從正面壓住了公主那張滔滔不絕的嘴。在其他人都啞然無言的狀況中，只有伊庫塔以非常冷淡的表情蔑視眼前的貴人。

「安靜一下吧，公主。就算您再怎麼怒吼，或是拿出什麼大方獎賞來當誘餌，也無法讓不可能變成可能。希望您能從歷史中學到這種水準的道理，也就是參考一下總是不斷重複同樣行為已經讓人生厭的帝國歷史。」

「——什……什麼……！」

也因為伊庫塔是自己的救命恩人，到此為止即使多少有些失禮舉止都不予追究的公主在聽到這番無禮言論後，也不由得啞口無言。血一整個衝上腦袋，讓她一時之間不知該說些什麼來反駁。

然而到頭來她並沒有必要說任何話。因為介入兩人之間的雅特麗以不由分說的動作扭住伊庫塔的手臂，把他的身體整個拽倒在地。

「——殿下，這傢伙實在太過失禮。我發誓不會再讓他說出此等冒犯言論，也請看在這傢伙沉船時表現的份上，僅有這一次還請您原諒。」

雅特麗一邊使出甚至讓骨頭摩擦，關節發出可怕聲音的力道，同時以沒有溫度的語調請求寬恕。這逼人氣勢讓公主忘了生氣，只能點頭。

「夠……夠了……的確，我似乎也不夠冷靜……」

獲得原諒的伊庫塔總算被雅特麗的關節技解放。雖然他一聲不吭地站了起來，不過卻壓著剛剛被扭轉的肩膀，像是在忍耐相當嚴重的痛楚。

「反省了吧？要是對殿下的寬容心懷感謝，就去外面讓腦袋冷靜一下。」

「是～」

留下讓人覺得他根本完全沒在反省的回應後，伊庫塔和庫斯一起離開洞窟。等到他的背影從洞口消失，雅特麗重新面對剩下成員，舉出一個提案。

「無論要做出哪個選擇，在沒有人具備正常判斷力的狀態下都沒有意義。想繼續餓著肚子進行有建設性的討論也是不可能辦到的事情。所以現在要以眼下如何生存為第一要務並先去收集食物，

大家覺得如何？」

「……嗯，我贊成。肚子填飽之後，一定也會想到什麼好主意。」

在托爾威之後，哈洛和馬修也接連表示同意，最後剩下的夏米優公主殿下面對炎髮少女的認真眼神，除了點頭以外別無其他選項。

被趕出洞窟的伊庫塔不需要他人提議，已經為了填飽空腹開始調集食物。雖然他表面上偏執，不過基本上他只是依循三大欲求而動，所以行動原理非常單純。

「嗯～沒有道具很難採到椰子……」

伊庫塔先放棄隨處可見結實累累的椰子樹，把視線望向地面。只要仔細睜大眼睛，可以看到潮濕草叢中有迎接早晨的樹林生物們正在四處活動。

「啊，喂喂～那邊的蛇大哥，老實成為我的血肉吧……嗚哇好長！原來是蟒蛇大人嗎？不不那個……真抱歉沒什麼事。」

被出乎意料巨大的對手一瞪，伊庫塔只能垂頭喪氣地敗退。他沒有和三公尺級的巨蟒格鬥的膽量，因為萬一被對方纏住勒緊脖子，那可不是開玩笑的。

「這種時候應該要遵守大自然的殘酷原則，比起瞄準大型獵物，還不如針對弱者……喔，發現蚱蜢了？很好很～好，這傢伙烤過之後很香還算不錯……」

「我們自己吃那個是可以，但昆蟲是最下等的飲食文化，公主殿下一定會產生反感。」

正當他就這樣趴在地上追捕蚱蜢時，後方傳來先前毫不留情擰住自己肩膀的友人聲音。伊庫塔沒有回頭繼續捕捉行動，雅特麗也不介意地繼續開口。

「剛才那行為真不像你的風格。諷刺別人時像呼吸一樣自然，絕對不會因為一點小事就動怒才是你伊庫塔·索羅克的做法吧？」

「因為聽說與其首尾一貫完全沒有破綻，偶爾讓風格崩潰一下似乎比較有魅力。」

「就算真是那樣，在這時露出本性應該不太妙吧？即使面對突然冒出的緊急事態，也能夠冷靜確實的行動。沒有比這招更有效果的自我展示方式。」

很難得，言語上的應酬在雅特麗占優勢的情況下結束了。單手握著一把蚱蜢，保持背對雅特麗姿勢的伊庫塔喃喃開口：

「我真的也有在反省。我連自己都沒想到，只因為有了『對方是皇族』這種預備知識，就能讓我對於眼前有哪個人驚慌失措的情況感到如此火大。」

「果然是那樣嗎……意思是你無法原諒支配階級的人做出不理性的舉止？」

「我還以為自己早就死心了……畢竟就算無法原諒也沒有什麼用。」

伊庫塔吐出帶有自嘲的嘆息，雅特麗斟酌一下用詞後才開口。

「……雖然這樣說有點不敬，然而在說皇族應該要怎麼樣之前，夏米優殿下表現出來的行動很符合她的年齡。不，光是身處這狀況卻沒有哭，你不覺得就已經很了不起嗎？」

「嗯，沒錯。唉，我這傢伙……光因為對方是皇族，到底想要求只活了自己三分之二時間的小女孩具備多大的器量呢？連我自己都覺得難以理解——啊，話說回來，要是有小刀可以借我一下嗎？」

還蹲著的伊庫塔很靈巧地轉身後，就看到站在後面的雅特麗不知何時全身已經換上一絲不亂的衣服和裝備。腰部右側是軍刀，左側則是短劍。

這二刀流的態勢正是被人們並稱為「白刃的伊格塞姆，槍擊的雷米翁」的由來。就跟風槍對托爾威的意義一樣，對於她來說這是僅次於生命的重要榮譽。

「要是敢傷到刀刃我會殺了你。」

不過，雅特麗卻把等於是一半榮譽的短劍輕易地自腰間拆下，借給伊庫塔。當然她並不是對任何人都願意出借。然而關於這兩人的信賴關係，無論是強度還是存在方式，在在都有著旁人無法理解之處。

「大家都到齊了呢，那麼來發表各自的收穫吧。」

當原本位於東方地平線上的朝陽升到頭頂時，六個人全都聚集到洞窟前，把覓食的成果各自帶了回來。只見草地上擺放著顏色形狀都各有不同的動植物。

「那個……我不擅長追趕會移動的對手，因此收集時以水果和菇類為中心。菇類是以牛肝菌科為主，選擇大型比較能填飽肚子的類型；但水果方面有點問題……一開始我以為可以找到香蕉或木瓜之類，但實際上採到的只有這個。」

略帶苦笑的哈洛指出的東西，是外型類似青椒的橘色果實。數量超過人數，鮮豔的暖色果皮也讓這東西看起來顯得很好吃。產生興趣的公主殿下從中拿起一個，開始觀察。

「這是什麼的果實？我以前沒有見過……」

「啊～Caju嗎……也罷，比起不能吃的東西算是好上一百倍吧，何況是貴重的糖分。」

除了公主殿下的所有人都一起露出苦笑。為了感到困惑的她，哈洛補上說明。

「公主殿下，您應該吃過腰果吧？那是這個果實的種子部分。」

「哦？是腰果的果實嗎？那麼味道應該可以期待吧？」

哈洛沒有多說什麼，只是建議公主可以嚐一口。按照建議把橘色果實放進嘴裡的公主才剛咬下表面的那瞬間，立刻皺起眉頭整個人僵住不動。要咬下一塊果肉似乎頗費工夫，在那之後大約花了三十秒，她的嘴巴才重新恢復自由。

「您覺得如何呢，公主殿下。」

「……又硬……又澀……還帶著生青味…………還有，基本上有甜味……」

她提出了簡潔但貼切的感想。這樣一來現場的空氣才終於稍顯緩和，察覺到這一點後，托爾威趁著氣氛還未被破壞趕緊接下來說道：

「那麼，下一個應該是輪到我？這是美味而且還便於調理的椰子蟹，不過因為是白天，所以我只抓到兩隻。」

有兩隻大到需要用雙手才能抱起，外型類似巨大寄居蟹的生物並排躺在草叢上。看到這個讓大家自然地發出佩服的聲音。椰子蟹白天會躲在土中的巢穴裡，想抓到必須先找到巢穴入口再把牠挖出來，然而這並不是簡單就能辦到的事情。

「……白天，而且在這麼短的時間內……抓到兩隻這麼大的獵物嗎。很行嘛……」

雅特麗用點起鬥志的眼神瞪著托爾威，然而當事者對她的視線似乎感到很不好意思，只能轉開視線不斷搔頭。這兩人真是不對盤。

「那麼下一個是我了……雖然苦戰了一番，不過我自認有盡到提議者的責任。」

雅特麗先笑著講完開場白，才走向附近的草叢，從那裡把事先藏好打算造成驚喜的自己的成果拖了過來。眾人間立刻響起一陣歡呼。

「咦咦咦咦！這……這是野豬嗎……？怎麼可能！光憑一個人是用了什麼方法……！」

「脖子上有一道刀痕……看來外傷只有這一處。也就是說，該不會是用那把軍刀……？」

讓驚愕視線全集中在自己身上的雅特麗得意地挺起胸膛。對於天性喜歡掌控指揮的她來說，佩服和尊敬這兩種反應是愈多就會讓她愈高興的無價報酬。

「…………果然，再來是我吧……」

馬修顯得很意志消沈。看看他帶回來的收穫，這也是可以理解的態度。

「我是想要這樣進展啦……不過這是什麼？三顆小椰子是沒問題，可是外殼已經碎裂，裡面的果汁也幾乎都流出來了。讓人在意到底是用了什麼方法才會變成這樣。」

「——我去採椰子時，才發現長在比想像中還高的位置。因為用石頭打也沒掉下來，所以想說乾脆開槍打下來……」

他的搭檔風精靈圖從腰包中以關心的眼神看著馬修。就算沒有說明一切，那視線和馬修掛在背上的風槍槍身也顯示出他的失敗全貌。

「……吾友馬修，無論什麼道具都有適當的用途。不可以什麼事情都想要靠開槍解決。那樣只是亂開槍的危險份子，要不然就是三流國家的行徑。」

「你……只有你沒資格說我！你那邊才叫慘不忍睹吧！」

伊庫塔開了相當危險的玩笑，但是在哪個人注意到這點之前，馬修的大叫就轉移了話題的目標。冰冷的視線集中到伊庫塔腳下堆得像座小山的「成果」上。

「……蟬、蚱蜢、天牛、牙蟲、田鱉、各種毛蟲……該怎麼說……那個……是充滿野性的陣容呢……」

「昆……昆蟲是最貼近身邊的蛋白質來源嘛，我認為這也不失為一種正確的選擇喔？」

「還有青蛙嗎……算了，為了方便保存而先曬乾這點可以給予正面評價。」

伊庫塔得到非常微妙的評價，不過本人卻以毫不在乎的表情吹著口哨。公主殿下遠望著他收集來的食物，用少了幾分血色的表情戰戰兢兢地發問：

「要……要吃……這些嗎……？那個……該怎麼說……怎麼看都是些蟲子耶……？」

「當然要吃啊。至於我個人的感想，我是覺得田鱉難吃到爆。」

「喂！這時應該要先緩和氣氛吧！……公主殿下，請放心。就算不去碰這些蟲子，目前的食物也還有餘裕。」

公主殿下放心地呼了口氣。面對蒐集來的食材，哈洛捲起袖子鼓起幹勁。

「那麼趕快來料理吧。不過因為沒有鍋子，基本上只能用烤的。要是能妥善運用葉子和黏土，大概還可以燜燒吧……？」

「除了現在要吃的分，我想把豬肉加工成燻肉，不過要是造成明顯的白煙也不太妙吧。馬修，托爾威，可以請你們的風精靈把煙吸走嗎？」

在哈洛和雅特麗的主導下開始烹調後，洞窟周圍很快就飄起一股香味。

也是因為負責料理的哈洛表現出比預料中更好的手藝，在太陽開始西下時眾人總算能夠吃到遲來的午餐。六個人以彷彿復活的心境把幾乎隔了兩天的正餐大量塞進嘴裡。

「肉……肉好好吃～明明沒有放任何調味料，但是仔細品嚐後就能嚐出滋味……」

「燜燒菇類配椰子蟹也很不錯。講個貪心點的要求，真希望有點鹹味呢。」

「雖然只要蒸餾海水就能輕易取得鹽巴，不過要是前往海岸，再怎麼說環境都太開闊了。萬一被邊境的齊歐卡兵發現會很棘手，現在還是只能將就享受素材的原味。」

眾人圍著以葉子盛裝放在地上的各式菜餚，度過還算和樂融融的用餐時間。過了一陣子之後，因為有得吃就突然恢復精神的馬修為了要挽回至今的失態，開始提出積極的意見：

「我一直在想……我們這邊有兩把風槍，只要方法正確，是不是有可能突破國境呢？在這麼長的國境線上，應該會有哪裡的警備比較薄弱吧。」

「你才剛吃飽態度就強硬起來了呢。不過如果只根據伊庫塔他們的報告，齊歐卡或許是把這附近視為帝國方面的進軍路線，警備似乎相當森嚴。就算要沿著國境走向監視比較鬆懈的地方，我想有九成九的機率會在半路上就被發現。」

受到雅特麗的嚴厲評價，馬修雙手抱胸開始沉吟。旁邊的伊庫塔把火烤蚱蜢丟進口中，同時插嘴說道：

「不可以認為闖越國境是件小事喔。那得要先達成『國境線這邊和對面都有人協助』的前提，之後才會產生勝算，但是我們哪邊都沒有。要是能乾脆收買士兵，事情應該會比較好辦，問題是講到我們這些成員身上的東西裡有什麼比較值錢……」

伊庫塔的眼神飄向正在挖出椰子蟹肉的公主殿下手邊——正確來說是戴在她手指上的小戒指。講到有點價值的財物大概也只有這個，但再怎麼說……

「……也不能拿清楚刻有皇室紋章的戒指去收買共和國的士兵吧。與其那樣還不如把雅特麗的雙刀交出去會比較合乎現實。雖然外觀普通，不過那應該是很不錯的名刀吧？」

「哎呀，你還真識貨。不過拿這名刀去切青蛙的人不知道是哪邊的哪一位呢？」

「妳自己不是也拿來解決野豬嗎？刀就是要拿來切才能顯出價值吧。」

伊庫塔講著聽起來就很假的藉口，不過再怎麼說，雙刀不足以用來作為收買籌碼的事實依然沒變。

正好在所有人都陷入沉思讓話題中斷的時候，至今一直保持沉默的公主殿下第一次開口。

「……關於到底要靠自己力量越過國境，還是要乖乖成為俘虜。我希望你們所有人先暫時集思廣益，直到找出一個有充分勝算的方案，又或是得不到任何結果時，再重新做出決定……就算我大吵大鬧也不會改變任何事情，這是事實，所以一切就交給你們的判斷力和實行力。」

聽到這番話，其他人都以驚訝的表情望向公主。雖然伊庫塔的冒犯言論讓他自身感到後悔，不過似乎也多少促進了受到指責的另一方自我反省。不管怎麼說，她從議論中抽身是大家求之不得的事。因為單純從立場上來說，無論公主殿下提出多麼不合理的難題，其他所有人都不得不遵照她的命令。

「……正如殿下所說，沒有必要急著做出結論。雖然也不能太悠哉，但還是先花上充分時間討論後再決定吧。待在這裡應該不會被輕易發現，以環境來看，求生的難度也不是很高。我想把一、兩天用在思考上也沒有問題。」

所有人都對雅特麗的發言感到認同，暫時設下了一段緩衝時間。

在還算和樂的氣氛下吃完午飯後，恢復精神體力的眾人轉為各自開始為了確保、維持在野外的生計而工作。然而——這樣一來，就會出現一個因為缺乏求生知識和經驗而無事可做的人。

「——雅特麗，妳那是在做什麼？」

無所事事地在洞窟內外晃過來又晃過去的夏米優公主殿下，對著默默以自己雙手進行作業的對象開口搭話。雅特麗聞言繼續工作沒有停手，只把臉轉向公主。搭檔的西亞也從腰包裡送出平淡的視線。

「是，殿下。我是在用樹木果實和線製作簡單的警報裝置。只要在周圍拉起一圈防線，萬一有人靠近，掛在洞窟入口的樹木果實就會發出聲音警告我們。」

雅特麗的回答很流暢明確，已經很有軍人風範。當公主正想要提問自己能否幫上什麼忙時，她已經結束作業，迅速地在原地站起。

「那麼，我要去把完成品架設起來。很抱歉造成您的不便，但是請您不要走出這個洞口可以看到的範圍以外。」

確認對方點頭後，雅特麗瀟灑轉身，隨後消失在樹林之中。再度感到坐立不安的公主殿下往剩下的唯一同性成員——哈洛的身邊靠近。

「哈洛，妳在做什麼？」

「啊，公主殿下。那個……我現在是在製造消腫的藥草。受傷還可以靠自己小心避免，但只有蚊蟲叮咬無法預防。」

哈洛使用一塊中央往下凹陷，大概是被挑選來代替容器的石頭，正在上面磨碎葉子和草根之類的東西。她的搭檔水精靈米爾站在石頭邊上，有時會從身體上的「水口」注入一些水，幫忙哈洛把藥草磨成滑潤的糊狀。

「有沒有什麼我能幫上忙的事情？」

「咦？不不，怎麼能勞煩公主殿下呢！請您放輕鬆休息吧。」

「是……是嗎……」

受到哈洛使勁搖頭的魄力鎮懾，而且處於沒知識也沒技術的立場，公主殿下也無法強硬要求只能乖乖退開。有沒有什麼自己也能辦到的事情呢——她一邊這樣想，並把視線轉往其他地方。

「喂，托爾威。你那把風槍的槍身會不會有點太長啊？」

「嗯~因為我想準確瞄準盡可能遠一點的目標，如果切得比現在更短就無法辦到。如果是一邊衝鋒一邊開槍的獵兵，那麼就如小馬你所說，短一點會比較好。」

圖和沙菲這兩個風精靈正在把煙吸走，同時送入新鮮空氣以管理篝火。馬修和托爾威則在他們身旁保養風槍。

「…………唔。」

這邊也有點自己無法介入的感覺。猶豫到最後，公主不得不鎖定那個坐在距離洞窟入口不遠處的伊庫塔．索羅克的背影。

「……索羅克，如果你有在做什麼，有沒有我能幫忙的事情？」

只有面對這個人時不是以名而是用姓來稱呼，這行為表現出她的複雜心境。然而被叫到的當事者並沒有表現出察覺這一點的態度，繼續目不斜視地進行手中作業。

「嗯？您要幫忙嗎？是要把這藤蔓像這樣編起來。」

公主殿下往他手裡一看，只見伊庫塔正在把堅韌的藤蔓交錯編排，做成某種網狀的物體。她判斷那應該是抓動物用的陷阱之類，因此也有樣學樣地加入作業。

「對對，就是那種感覺，沒有必要做得很好看。」

「是嗎，我知道了。」

雖然對她來說「自己動手做」是第一次的經驗，但是只要掌握訣竅，這工作也不是那麼困難。在沒有特別進行對話，默默動手的期間，公主偷偷地觀察著伊庫塔的臉。

真是個從容自若的人……這是她最先出現的想法。無論是先前的冒犯發言，還是以理所當然的態度讓自己幫忙的行為，他是不是完全不在意身分差距呢？

「手停下來了喔。」

最後，他甚至還這樣提醒自己。感到很不好意思的公主一股勁地埋頭編了起來。之後過了十幾分鐘，專注的工作有了回報，兩人製作的東西基本上算是完成了。

「……索羅克，這是什麼？要說是網子看起來似乎還不夠寬。」

「如果想要過著像個人的生活，這是遠比起那種東西更不可或缺的東西喔。要試試看嗎？」

伊庫塔說完站了起來，挑好兩棵距離適當的樹，把編好的藤蔓像蜘蛛網那般掛在兩棵樹之間。

他看著完成的光景，滿足地點了點頭。

「成果相當不錯——來，請吧。」

「請……請什麼？」

儘管伊庫塔一臉得意地推薦，但即使是到了現在，公主殿下依然完全不明白那到底是用來做什麼的東西。看到她一臉困惑地呆站不動，伊庫塔率先走到那東西前方。

「這需要一點技巧，是這樣使用，妳看。」

伊庫塔輕巧地坐上藤蔓，接著用腰部作為基點迴轉身體，以懸掛在兩棵樹中間的姿勢躺下。看到這模樣，公主殿下終於領悟自己剛剛做了什麼。想到為此花費的時間和心力，讓她垂下肩膀。

「……是床鋪嗎？」

「這是海軍專用，叫做吊床的東西。只要習慣，睡起來相當舒服喔。」

伊庫塔靈巧地以和剛剛上去時相反的動作下床並做出說明。接下來他再次推薦因為感到不以為然而啞口無言的公主殿下試試看這個據他所說「想過著像個人的生活時不可或缺的東西」，加上公主本人也在「至少把幫忙部分的投資賺回來」的心態驅使下，於是心驚膽跳地坐到吊床上。

「沒錯沒錯，就是以腰部作為軸心讓身體打直的感覺——哦，了不起，順利躺上去了呢。」

伊庫塔拍著雙手為總算成功躺平的公主鼓掌。雖然有點感到自己似乎被當成傻瓜，不過她正在初次體驗睡在吊床上的感覺，因此也沒有餘力去回應。

「初學者通常會在躺下去時整個翻覆摔下來，可見殿下的素質相當不錯。」

「你原本該不會在期待我摔下去吧……？可……可是……這讓人無法放鬆。或者該說好像隨時會掉下去，真可怕。居然有人可以躺在這上面睡覺，真是難以置信。」

「請不要太緊張，試著以最穩定的姿勢放鬆力氣。我想您會明白睡在這上面比把葉子鋪在地上當床舒服得多。」

公主按照伊庫塔的建議調整身體位置，費了好一番工夫之後，總算找到一個勉強可以算是穩定的姿勢，接著乾脆地放鬆了身體。一瞬間還以為自己會翻覆，然而臨時完成的吊床倒是出乎意料地牢牢承受住她的體重。

跨過最初的門檻之後，公主終於產生足以讓她享受現狀的從容。首先，視野就很新鮮。至今為止，出身高貴的她都沒有在野外躺下的經驗。

樹葉發出的沙沙聲聽起來很悅耳，透過綠色天花板的縫隙間窺見的藍色天空也很美。而且多虧背後通風，讓人對熱氣不需過於在意。公主殿下可以感覺到，自從落入漆黑大海並在昏暗洞窟內醒來後到現在，一直很緊張的內心似乎正在一點點緩和。

「……原來如此，的確不錯。這能讓人放鬆。」

「對吧？充實的一天，全都是從舒適的床開始。」

伊庫塔得意地挺起胸膛的模樣讓公主覺得很好笑，這時突然有個東西從她透過縫隙間仰望的天空中橫切而過。她一開始以為是鳥，然而要說是鳥動作卻嫌太慢。

「……索羅克，天空中飄著奇怪的東西，你知道那是什麼嗎？」

聽到這個疑問，伊庫塔看向天空確認，然而就在同樣物體一進入視線範圍的那瞬間，他的臉色就一口氣嚴肅起來。接著他把右手臂放在吊床的一邊，利用體重整個往下壓。

「——咦！」

在公主差點翻落的那一刻，事先在下面等待的伊庫塔雙手完美地抱住了她的身體。接著伊庫塔不理會發愣的少女，直接轉過身急急往前走。

「那是齊歐卡的天空兵。沒有編隊而是單機飛行，任務應該是偵查或巡邏……不過無論是哪邊，既然位在這邊看得到的位置，那麼我方也有被對方發現的危險。雖然好不容易似乎已經讓您體會到吊床的優點，不過抱歉，之後暫時得躲在洞窟裡。」

在徹底的事後承諾下，公主幾乎是不容抵抗地被強制運走。伊庫塔的大膽行動讓公主感到很是驚愕，但是被不算強壯的雙手抱著，有段記憶無論她本身願不願意都會再度浮現。

夏米優殿下偷偷從伊庫塔的懷中看向他的臉。接著想起——在冰冷的大海上，那道斬開絕望和黑暗照往這邊的光芒中，自己和這個男性發生第一次接觸。

得知天空兵出現後，為防萬一所有人都躲進洞窟裡。不過氣球很快就隱沒在低處的雲層中，日落也幾乎同時降臨。然而在那之後的一段時間內，「來自天空的監視」這事實成為嚴重的壓力，讓所有人的話都變少了。

同一天深夜。在各自不同的呼吸聲此起彼落造成回音的洞窟中，公主殿下醒了過來。

並不是因為馬修的打呼聲太吵，她的睡眠並沒有淺到會被這點小事影響。至於明明這樣還是醒來的原因，是某個更深刻進逼的狀況。

幸好，包括精靈在內，看來所有人似乎都睡得很熟。公主一個人悄悄走了出去。

「……到這附近應該可以了吧。」

她來到與洞窟已經拉開一段距離的樹叢中後，先東張西望地確認四周，然後猶豫了好一陣子才把短褲和內褲一起脫下。在公主的生涯中，在野外解手的經驗即使連同白天那一次也還只是第二次而已。只有這件事情她永遠也不想習慣。

「……………呼……」

花了點時間上完小號後，公主殿下從上衣的口袋中拿出手帕擦拭……要是平常用完就會丟掉，然而現在這卻是寶貴的東西，必須用水洗過再晾乾才行。

她帶著無奈心情穿好下半身服裝，正打算要站起來時——

「——是誰在那裡！」

穿過灌木叢造成的沙沙聲響，還有接著響起粗啞的聲音，讓公主的時間凍結。

時間要稍微往前回溯。在躺在洞窟內身處睡眠深淵的五人中，除了馬修之外的四人都因為堅硬的樹木果實相撞演奏出的喀啦喀啦響聲而清醒。

「——大家快起來！有東西越過警戒線了！」

「……嗚喔！」

在出手打醒馬修的同時，雅特麗那為了不要傳到外面而巧妙壓低音量的說話聲也促使已經醒來的眾人提高警戒。一瞬間之後，亮度受到抑制的朦朧燈光在洞窟內亮起。這不同於火光的白光——是伊庫塔抱著睡覺的光精靈庫斯發出的周照燈（lantern）。

「……啊……咦？公主殿下呢……？」

哈洛拚命揉著惺忪睡眼環顧四周，但是到處都不見夏米優殿下的身影。得知這事實的那一瞬間，雅特麗、伊庫塔、托爾威三人幾乎同時站起。

「……雅特麗、托爾威，給你們兩秒，快準備武器。」

不需要伊庫塔指示，雅特麗腰上已經插好雙刀，托爾威也正在完成把風槍槍身裝進搭檔風精靈沙菲身上的作業，庫斯和西亞也各自在腰包就定位。

「隨時都可以行動——不過阿伊，你要赤手空拳嗎？」

「這可是夜晚的森林啊，沒有能勝過光精靈的武器。而且要是沒有照明，風槍也派不上用場。」

「看了一下，發出動靜的是左邊算起來第二個警報器。所以對方是在離開洞窟後往左直走的位置。」

和以理解表情互使眼色的三人相比，哈洛和馬修還沒有追上狀況的變化。然而雅特麗等人也早

已看準在緊急事態時能夠期待對方做出滿意行動的人選，因此沒有任何人催促剩下的這兩人。

「馬修，哈洛。要是我們沒有回來，記得不要猶豫，要選擇成為俘虜。」

以雅特麗這簡短又嚴厲的發言作為信號，三人都往洞窟外衝了出去。

被敵人發現了。明白這現實的那一瞬間，公主無法做出任何反應。

她可以感覺到對方的氣息正伴隨著枯木枝被踩斷的清脆聲響逐漸靠近，也開始聽到同時響起的粗重腳步聲和呼吸聲。不是只有一個人，是兩人、三人，還是更多——身處半驚慌狀態的公主無法應付彷彿為了彌補身體無法動彈而加速空轉的思考。

「快點舉起雙手出來！我們這邊有槍，要是敢亂來就會立刻射擊！」

「槍」這個名詞跟「射擊」這個動詞，再度喚醒在刮著暴風雨的大海中被深深烙下的死亡印象。明明必須立刻逃跑，但愈想逃身體愈是不聽使喚。即使毀滅就在眼前，這次的公主果然還是只能屏住呼吸蹲低身子，就已經竭盡全力——

「住……住手……別開槍！我馬上出去……！」

這時，和縮成一團的公主殿下所在位置不同的樹叢中傳出因為恐懼而走了調的慘叫。少女瞪大原本用力閉緊的雙眼。那毫無疑問是伊庫塔·索羅克的聲音。

「原來是那邊嗎！不准再有動作！由我方來確認位置！」

話聲剛落，黑暗的森林中出現一道刺眼的光芒。看來敵人中也有以光精靈為搭檔的成員，開始利用遠光燈尋找聲音的出處。沒過多久，白光中照出了一個黑髮少年的身影。

「這說話的音調是帝國腔吧？你這傢伙是什麼人！為什麼在這裡！」

「我……我就是從那個帝國逃過來的！打老半天了戰爭還是沒有結束，家也被天空兵燒掉，對那個國家真的是受夠了！我說，你們共和國應該很繁榮吧？拜託讓我也加入吧……！」

伊庫塔的發言中每一字每一句都包含著自暴自棄的想法，就連在一旁聽著的公主也很難認為那是演技。聽起來完全是抓住一絲希望逃來此地的難民在求饒。

「……我就在想大概是這樣，果然又是難民嗎。」

「是啊！沒錯！我是在刮著暴風雨的前天晚上從海上越過了國境！還被海浪捲走差點死掉，好不容易才來到這裡！」

「同伴呢？你是一個人來嗎？」

「還有我媽也一起來了！我讓她睡在從這裡直直往前就會到達的一個洞窟裡！她因為一直淋雨所以生病了！我說，你們是齊歐卡軍的士兵吧！拜託你們救救我們！」

伊庫塔因為刺眼的遠光燈而瞇起眼睛，同時以一副豁出一切的模樣繼續發言。看來他激動的一席話發揮了效果，一名舉著風槍身穿深綠色軍服的男子慢慢靠近他。

「我了解情況了，那你走前面帶我們去洞窟吧。放心，共和國會以寬容的態度接納難民。」

「……你們願意救我們嗎！真……真是太感謝了！走這邊！並不是很遠——啊好痛！」

伊庫塔帶著彷彿久旱逢甘霖的表情轉過身子，不過大概是腳下有樹根吧，他在那裡一時煞不住並踢到東西跌倒了。雖然急急忙忙想要起身，結果又發出慘叫整個人縮成一團。

「嗚……腳扭到了……士……士兵大哥，不好意思可以扶我一下嗎……！」

「真是給人找麻煩的傢伙……喂，尼巴特，你也來幫忙。還有伊利克，已經不用打遠光燈了，過來換成周照光。」

另一個拿著風槍的士兵靠了過來，抓起伊庫塔的手。更後面還有個帶著光精靈的男子正在把從「光洞」發出來的光線變成柔和的周照光並逐步靠近。

「你……你們三個就是全部了嗎？我媽自己沒辦法走，需要有人幫忙搬運……」

「來到這裡的只有我們而已。不過，除非是過度有肉的女士，否則應該沒問題吧。」

這夾雜著玩笑的發言讓其他所有人的表情都緩和下來。然而，只有一個人的笑容具備不同意義。

「……是嗎，只有你們嗎。」

低聲這樣說完後，伊庫塔若無其事地伸長雙手。接著他就這樣利用左右雙掌，各自把幫忙他站起來的士兵們的風槍槍身緊緊抓住。

「……什麼！你幹什麼！快放手——」

「情境三！幹掉他們！雅特麗、托爾威！」

在伊庫塔朝背後的黑暗這樣喊完的下一瞬間，風槍那輕微但尖銳的開槍聲響遍附近一帶。帶著光精靈的士兵臉頰被鉛彈削掉一塊肉，用手摀著臉頰發出慘叫。

「……嗚！居然在這種距離射偏……！」

現場響起托爾威那因為焦躁而顯得慌亂的聲音，他沒能完全活用最有效果的第一擊。齊歐卡兵們明白自己落入了陷阱，立刻試圖重整態勢。

「伊利克！沒事嗎！馬上消掉燈光退到後面去！對方也有風槍兵，再這樣下去你會被當成活靶！」

似乎是隊長的中年士兵一邊踢著抓住風槍的伊庫塔想要擺脫他，同時大聲吼叫。在這種狀況下這是正確的判斷，然而正因為如此，伊庫塔也能夠事先預測。

「……庫斯！探照燈（search light）……！」

伊庫塔忍耐著被踹的痛苦，頑強地緊抓著槍身不放，同時也做出指示。事先爬上視野較好的樹上待機的庫斯聽到指示後從身體打出了遠光燈。

消除光源想要躲進黑暗裡的受傷士兵再度從黑暗之中被照得現形。

「好……好亮……嗚！」

托爾威擊出的第四發子彈從士兵為了遮擋光線而舉起的手掌下方射入，子彈貫穿眼球到達腦部，讓可憐的敵人落入再也不會醒來的永遠沉眠之中。

「——伊利克？可惡！你快放手～～！」

齊歐卡士兵以充滿怒氣的全力一踢將伊庫塔踹開，讓他的身體重重摔向地面。

「死吧！帝國人！」

渴求鮮血的兩個槍口對準了毫無防備的伊庫塔。然而，當他們正要毫不留情地扣下扳機的那瞬間——一道穿越草叢奔向這裡的紅色影子，在兩名齊歐卡士兵的背後飛舞而起。

「——疾！」

白銀的軌跡劃破黑暗。右手的軍刀橫向砍往第一人的脖子，接著以行雲流水般的連續動作將左手的短劍刺進第二人的背後。這是顯示出「白刃的伊格塞姆」果然名不虛傳的活躍表現，一旦接近後到雅特麗解決敵人為止，需要的時間還不到兩秒。

咚！兩人的身體幾乎同時倒下，然而還不能掉以輕心。雅特麗分別用軍刀和短劍的前端指向位於自己左右兩邊的敵人脖子，開口發出警告。

「不要動，精靈們！要是抵抗主人就會死！」

被甩向地面後，雖然難以掌控風槍的長槍身，但還是拚命想站起來的風精靈們一聽到這句話，動作立刻被釘死……所有的精靈在行動時都會把和自己訂下契約的人類性命視為第一優先。所以如果想讓精靈無力化，把搭檔作為人質是最有效果的手段。

「伊庫塔，你沒事吧？——托爾威！去把倒下敵人的精靈帶過來！」

托爾威點頭回應雅特麗的指示，慎重地接近倒地的士兵。屍體面朝下倒在地上，被留下的光精靈用小小雙手推動主人身體的光景讓人感到不忍。

「……精靈，你的主人已經……」

已經死了——托爾威一時之間無法講出這句話。這也是理所當然的反應。到剛才為止，是因為處在激烈戰場所以才能專注到忘我，但是對於他和他的同伴來說，這是第一次的實戰。

實際體認到「自己殺了人」這事實的瞬間會因人而異。以托爾威來說，比起面對被自己殺死的對象，「看到被留下的人」時反而會讓他產生強烈的感受。

「托爾威，那種奢侈行為等晚一點再做，事情還沒結束。」

伊庫塔這句也能說是無情的忠告奪走了初次上陣的士兵沉浸在感傷裡的時間。托爾威把從內心深處湧上的感情強硬壓回，抱起面對主人死亡而悵然自失的光精靈，回到同伴身邊。

「嗯～被割了脖子的死了，只剩背上被刺的這個還有氣。」

伊庫塔在倒地的敵人身邊坐下，確認對方的生死。平常那個總顯得瀟脫的少年已不存在，從警報響起的那瞬間開始，他就比任何人都冷靜，也更殘酷。

「抱歉，剛才沒有餘裕去想到要活捉對方這事……」

直接下手的雅特麗很確定那是致命傷，聽出她意思的伊庫塔也點了點頭。

「沒辦法，不過至少還能講話吧。」

語畢，他把敵兵的身體翻成正面朝上。刀傷雖然沒有刺中心臟，然而看起來似乎貫穿了肺部，敵兵的呼吸發出咻咻聲而且很微弱。不管怎麼說，從出血量也知道他餘命不長的事實很明顯，但伊庫塔即使明白這點依舊開口向敵兵搭話：

「喂，你聽得到吧？你叫什麼？……噢，還是不用報上名字了，有兵籍名牌。」

伊庫塔伸出手，把掛在士兵脖子上的銅製小牌拿下。確認逐漸失去光彩的對方眼神有了回應後，

他繼續說道：

「隸屬於共和國空軍第七獨立營，尼巴特・修二等天空兵，意思是個倒楣的新兵嗎。」

「……救……救救我……」

「我會幫你療傷，但是你要先回答我的問題。要是不肯乾脆回答，我就會離開，把你丟在這裡。」

即使伊庫塔在眼前展示的誘餌是空虛的希望，然而瀕死的士兵也只能緊抓著不放。同一時間，為生命倒數計時的質問開始了。

「第一題——你們的據點在哪裡？位於距離這邊多遠的位置？」

「……在……在東邊，搭氣球要半天……」

「嗯，很好。第二題——是為了什麼任務動用了總共多少人的部隊？在此降落的理由是？」

「……任務是……巡邏我方國境內側……部隊……沒有編組部隊……是以三人一組的小隊搭乘一個氣球過來……在這裡降落的原因，是因為有個正好能用來野營的洞窟……咳……咳咳……」

回答到一半，尼巴特二等兵咳出了鮮血。而伊庫塔只是面無表情地抹去臉上沾到的血跡，繼續發問：

「是嗎，為了在地上過夜嗎。那麼第三題——你們搭來的氣球放在哪裡？」

「…………」

「我聽不到。會拖延到療傷，快點確實回答。」

「……離開森林後……馬上會到達的……海岸邊…………好冷……幫……幫我止血……」

「我知道了，下一個是最後的問題——尼巴特．修，你有去過國境嗎？」

尼巴特絞盡力氣搖頭後，再度吐出鮮血並猛烈咳嗽。以此時為高峰，接下來他的呼吸就愈來愈弱……最後還不到一分鐘，胸口的上下起伏就完全停止。

伊庫塔低聲對著已經無法回答任何問題的青年短短說了句：「辛苦了」之後站直身子。

「噢，已經可以出來了，公主。所有人都死了。」

然而這平淡的語氣卻讓躲在樹蔭裡的公主殿下縮了一下身子。現在伊庫塔身上散發出某種令人難以親近的氛圍。

雅特麗顧慮到心生畏懼的公主殿下，自己主動前往推測出的方向迎接少女。

「殿下，我是雅特麗。請您過來這邊……嗯，太好了，您平安無事。」

她扶著肩膀給予支撐，公主才終於能夠完全站起。在兩人一起回來的期間，伊庫塔把失去主人的精靈們聚集到一處，對著他們提案。

「雖然遺憾，但你們的搭檔已經全都死了。你們之中應該也有人想回到主人所屬的部隊報告死訊吧？但是為了讓我們能夠活下去，我不能讓你們那樣做。」

這並不是交涉也不是說服，而是一種手續。關於只有失去主人的敵方精靈留在戰場上時該怎麼處置的問題，有基於宣言人類和精靈之間友愛的阿爾德拉教教義做出了規定。

「我以位居天頂的主神阿爾德拉民之名發誓，我們保證會在帝國的教會裡讓你們『再生』，之後給予俘虜身分和適當的對待——所以請把你們的靈魂暫時交給我。」

聽完伊庫塔的發言後過了一會，響起硬物摩擦般的聲音，三隻精靈都往前倒下。從他們的後頸彈出邊長約數公分的黑色石板，這是被稱為「魂石」的精靈意志之源。

「……謝謝，我確實保管了。」

伊庫塔用手指夾起這些魂石回收後交給同伴，然後原地蹲下，把還殘留著生前溫度的尼巴特遺體扛到肩上。托爾威對他的行動表現出困惑反應。

「咦，要把屍體運走嗎……？既然沒有其他同伴，只要藏進樹叢裡……」

「目前已經撐過險境了，所以托爾威，你現在可以盡量沉浸在初次上陣的感傷裡。」

語氣強烈的發言打斷了托爾威的正論。伊庫塔一步步踩著沉重的腳步往前，同時像是很苦悶地說道：

「所以，讓我也能擁有這點奢侈吧——這傢伙不是很乾脆地什麼都說了嗎？」

在場沒有任何人擁有提出異議的權利。

最後，經過兩次往返，齊歐卡兵的遺體全都被搬到洞窟旁邊。迎接歸來四人的馬修和哈洛暫且放心地呼了口氣。之後，馬修和伊庫塔一起外出，而哈洛則負責照顧陷入輕微驚嚇狀態的公主殿下。

目前在洞窟裡剩下公主殿下與哈洛，以及雅特麗和托爾威這兩組。托爾威在篝火前凝視著自己的風槍，露出失落程度不比公主輕微的表情。

「……在那個距離內，我居然射偏了……」

在最初一擊沒能解決敵人，結果導致伊庫塔長期暴露在危險之下的事情似乎讓他難以忍受。隔著篝火在對面保養刀劍的雅特麗插嘴說道：

「訓練用的標靶和會移動的敵人完全不一樣。以初次上陣來看，用四槍解決算是表現得很好吧。」

「可是，敵人也幾乎都沒有動……」

「所以說，在那種狀況下任何人都會緊張吧。連實力的一半都無法發揮出來是很正常的情形。」

「那只不過是藉口。實際上，雅特麗小姐和阿伊都冷靜地盡力做到最好。」

雅特麗不高興地站了起來，用雙手夾住陷入自責迴圈的托爾威的臉孔。

「你不要太得寸進尺了，托爾威・雷米翁。別自視過高地以為你能夠做到和我或伊庫塔一樣的事情。每個人擁有的資質全都不同，對於正式上場時的表現，我有不會輸給任何人的自負。要是別人能輕易模仿，那我怎麼能忍受。」

托爾威瞪大眼睛看著對方，同時也不得不察覺到——雅特麗碰觸自己臉頰的手掌很冰，而且到現在依然微微顫抖。

沒錯，她出生至今，也是在今天才第一次親手奪走陌生人的性命。

「重要的是必須確實完成自己能辦到的工作。光是擁有風槍，你和馬修就已經成為貴重的戰力，因為最差的情況是即使打不中也能讓對手警戒。這次也是一樣，正因為你讓敵方的光源消失，所以我才能在比較安全的情況下接近。」

聽到這番話，托爾威露出稍微得救的表情。雅特麗哼了一聲退開身子。

「……你可以稍微學學伊庫塔。除了輕鬆愉快的態度，那傢伙總是會先判斷出自己能辦到跟不能辦到的事情後才行動。這次也是因為他知道自己無法成為直接的戰力，所以才會自願擔任危險的誘餌和遭人怨恨的角色。我說你，面對快死的人能進行那樣的質詢嗎？」

托爾威放低視線陷入沉默，他回想起在屍體旁邊不知所措的精靈。

「沒辦法吧？不過，你那樣就可以了，至少目前確實如此。因為『紳士又溫柔的大哥哥』就是你在這支隊伍裡擔任的角色。更不需要為此而感到愧疚，因為伊庫塔是自願站上那樣的立場。」

「……雅特麗小姐對阿伊的事情很了解呢。」

面對以複雜表情望著自己的青年，雅特麗只是聳聳肩說了句「真是這樣嗎」來敷衍過去。

哈洛的努力有了回報，總算在表面上恢復平靜的夏米優殿下，以僵硬的語調對著似乎剛好保養完刀劍的雅特麗開口搭話：

「雅特麗，能讓我也去對齊歐卡兵的遺體致意嗎？」

「……這……沒有問題。」

雅特麗有點猶豫，但看到公主那滿腹煩惱的表情，「還是不要比較好」這句話就縮回了喉嚨裡。

她用皮帶把收進鞘裡的雙刀綁到腰上，牽起公主的手前往洞窟外。

在一棵特別高大的龍腦香樹下，並排著三具遺體，軍服和兵籍名牌已經被取走只剩下貼身衣物。至於主張這些東西之後也能利用，而且動手剝光沉默死者身上裝備的人，果然還是伊庫塔。公主殿下的感想無法那麼單純。

「……索羅克好像是假扮成來自帝國的難民欺騙他們吧？」

「是……」

「齊歐卡的士兵們是怎麼對應？很粗魯嗎？還是很親切？」

考慮到公主殿下的心境，雅特麗也無法簡單回答。然而到頭來，她還是沒有辦法說出謊話去傷害死者的名譽。

「……我認為，很親切。他們……或者該說目前的共和國本身對收容難民採取積極態度。只要共和國溫暖接納逃過來的帝國人民，那麼捨棄國家逃離東域的人也會更為增加，最後就會導致拉低帝國國力的結果。」

「也就是我們用欺騙的手法殺死了伸出手來想要接納自己的對手吧……」

雅特麗感覺到一絲不對勁……公主對於「使用卑鄙方法殺害處於戰爭狀態的鄰國士兵」這事實感到歉疚？雖然也不是不能理解，然而作為皇族的發言，這是不是很奇妙呢？至少以國家的表面方針來說，所有戰爭應該都是基於正義之名進行才對。而夏米優殿下是皇室的一員，換句話說，是高唱那正義的主體本身。

「這的確是事實。不過殿下，恕我直言——」

雅特麗為了維護同伴和自己的名譽而打算開口，公主卻搖了搖頭制止她。

「妳不需要多說，我明白——這是我的責任。命令你們『要讓我平安回到帝國』的人正是我本人而非別人，我怎麼能夠責備你們？」

公主殿下目不轉睛地望著齊歐卡兵的屍體，無意識地咬著食指內側。從她嘴裡斷斷續續講出的發言，已經不是在針對哪個人了。

「……三個人在這裡死了，即使是現在這段時間，也不知有多少人死去。不分我方或敵人……原本是為了讓人民活下去才存在的國家和皇族，為什麼要這樣無所作為地持續折損人命……」

她的自言自語不斷持續。明明咬著手指的牙齒都已經陷入皮膚中了，卻只有本人並未察覺。

「原諒我……原諒我吧……我無論如何都要活著回去……為了讓大樹腐壞倒下的那瞬間能夠多提早一秒也好，不管用什麼方法都必須回去……等到了冥府，任何懲罰我都接受……不管是要五馬分屍還是要肚破腸流……我會和當今陛下一起讓自身接受穿刺之刑，所以……」

鮮血從被咬破得手指皮膚滴滴落下，眼中神色也明顯不對勁。雅特麗雖然看到公主像是燒昏頭般持續喃喃自語，但是具備臣下自覺的她卻猶豫著該不該對公主說話。

「……冷靜點，公主。自我傷害這種奢侈行為應該要等到平安回去之後再享受。」

這時，正好回來的伊庫塔代替雅特麗跨越了這道界線。被少年抓住手臂的公主或許是因為突然的身體接觸而大吃一驚吧，她陷入驚慌狀態奮力揮動手腳。

「放開我……放開我，索羅克……！誰允許你可以碰我……！」

「真是冒犯了，畢竟我從來沒有申請過許可。比起這事，您看，流血了啊流血，手上都染成一片紅了。在目前這種狀況下，您知道這個紅色液體正如字面是生命的水滴嗎？」

「血……你說血？無所謂，這種不祥之物乾脆一滴不剩地流光最好！你看了還不懂嗎？這已經腐敗了，這血已經腐敗了啊！我的血……永靈樹的血統在很久以前就已經徹底腐敗了……！」

公主殿下更激動地掙扎，並且嚷著莫名其妙的言論。伊庫塔暫且帶著認真表情旁觀這模樣，但隨即輕輕嘆了口氣，然後強硬地把公主的手臂拉向自己，一言不發地把嘴唇貼上手指傷口。

「——嗚！」

這下公主殿下也不得不停止掙扎整個人僵住。伊庫塔把公主食指上皮膚裂開之處所流出的液體全都吸進嘴裡，直到出血止住後，才以彷彿什麼事都沒發生過的態度把嘴唇移開。

「用看的看不出來，試著嚐過之後也還是不懂……公主，所謂的血是一種會在體內不斷製造並汰舊換新的東西，所以還在生物體內流動時不會腐敗。也因此，您剛剛說的什麼血統不祥之類的主張其實很不科學。」

「……不……科學……？」

「這是我師父創造的新詞。簡單來說就是既麻煩又不合理，還有太多無謂之處的思考方式。不需要自願被那種東西囚禁，應該要更看清事物的本質並單純思考——起碼目前，您有想回到帝國著手去做的事情吧？」

對於這個問題，公主反射性地點頭回應。伊庫塔拉起嘴角露出笑容。

「既然那樣，現在最好只要想著該如何活下去，要是分心去想多餘的事情只會更增加麻煩。而且公主──或許您已經忘記了，在船隻沉沒那時，我為了救您可費了一番工夫呢……如果只是花費勞力那還無所謂，不過要是變成過度勞動可就讓人不愉快了，萬一成了白費勞力甚至會使人感到痛恨。」

伊庫塔的雙手包住那小小的右手，和以前相同的溫暖透過肌膚傳達給公主。

「所以，請您珍惜生命。就算是一點小傷，也有可能演變成破傷風之類的大病喔。」

「……索羅克，你不是討厭我嗎……？」

「不，我對殿下個人並沒有什麼想法。關於之前那件事……呃，算是類似不成熟的遷怒行為吧。要是現在還來得及，我想要道歉。真的非常對不起。」

彎腰深深鞠躬後，伊庫塔放開公主的手，說了句「我去叫哈洛過來」後就走回洞窟內。公主以茫然的表情目送他的背影，接著看向自己右手的食指，同時回想起剛剛短暫碰觸這裡的乾燥嘴唇觸感。

「……雅特麗，伊庫塔．索羅克他到底是什麼樣的人……？」

聽到夏米優殿下的提問，雅特麗思索了一會，最後才以掛著苦笑但卻顯得爽朗的表情回答：

「他是個扭曲偏執的人……不過殿下，要是只有筆直的木材，可無法蓋出房子喔。」

在夏米優殿下和雅特麗都回到洞窟後。踩著潮濕大地的靴音在黑暗中響起，伊庫塔突然又晃回了靜靜躺在地上的死者們前方。

「——抱歉啊，現在也只有這些祭拜品了。」

他這樣說完，把煙燻豬肉和腰果果肉放到了遺體前。做完這動作後，接下來伊庫塔讓庫斯點起周照燈，開始一個個確認已斷氣的齊歐卡兵兵籍名牌。

「尼巴特·修二等天空兵、伊利克·巴薩一等天空兵、哈迪亞卡·歐格里中士，我記住你們的名字了……嗯，伊利克好像原本長得挺帥，真是抱歉了。」

伊庫塔看了看被子彈破壞得面目全非的臉，輕輕地嘆了口氣。被他雙手抱著的庫斯望著伊庫塔這樣的側臉，開口表示意見：

「那是正當防衛行為，伊庫塔，你千萬不要那麼喪氣。」

「謝謝你，庫斯。那當然是正當行為，大概對他們來說也是吧。」

接下來好一陣子，伊庫塔都默默地看著遺體。在這段期間內，謝罪和藉口好幾次差點衝口而出，但都被他強行忍住。他有義務忍耐。因為伊庫塔很清楚，那些話不會拯救死者的靈魂，只能安慰自己的內心。

很快地夜空開始泛白，結果伊庫塔始終保持沉默，就這樣轉身返回洞窟——直到最後，他還是無法完成從一開始就持續草擬的悼辭。

在睡眠不足的情況下迎接了第二天早晨後，伊庫塔帶著所有同伴，在熱帶林中朝著海邊前進。走了將近一小時，衣服下的皮膚開始滲出汗水時，他們終於到達了目的地。

「就是那個。從國境看不到這個地方，我想就算前往海灘應該也沒有問題。」

按照伊庫塔的指示，離開森林來到久違陽光下的五人看到眼前的巨大物體全都驚訝地瞪大眼睛。圓鼓鼓的氣囊，還有掛在下面的搭乘用吊籃。靠近看到的樣子比傳聞中大了許多，一個不好別說要看得出是交通工具，反而更像個怪物。

「哇……這就是氣球嗎……？」

眼中閃著好奇光彩的哈洛快步靠近，看到雅特麗、托爾威、馬修三人打算跟上，伊庫塔從後方提出警告。

「等等，氣球附近嚴禁煙火所以記得小心點。火精靈的西亞應該明白所以大概沒問題，不過千萬別讓刀劍或風槍碰撞產生火花。」

雖然眾人表現出不太理解為何「嚴禁煙火」的模樣，然而他們還是先擺出慎重態度才走向氣球。第一個探頭望向吊籃內部的哈洛確認內部的東西後歪了歪腦袋。

「咦？這是火精靈？而且還是三個被拔掉魂石的精靈……」

「嗯。我們在天亮前來這裡事先探查時，發現他們在這裡負責留守，所以就拔掉魂石俘虜了他們。我本來還以為他們的人類搭檔應該在附近因此很緊張，不過按照伊庫塔的說法，好像也不是那樣……」

「因為除了搭乘人員和他們的精靈，一架氣球上必須配備三個火精靈。吾友馬修。」

看到以理所當然態度說明的伊庫塔，有的人顯得驚訝，有的人則投以懷疑的眼神。

「聽這個口氣，難道阿伊你知道氣球的原理嗎……？」

「真厲害！是在哪裡學到的？我記得帝國內基於阿爾德拉教的戒律所以禁止製——啊！」

哈洛想起公主殿下就在旁邊，趕緊閉上嘴巴。然而公主本人卻以若無其事的表情搖了搖頭。

「我並不是神官，現在又是牽扯到所有人性命的緊急時期。除非是太越軌的行徑，否則可以忘記阿爾德拉教的戒律。如果是必要的事情，就盡力做到最好吧。」

「殿下也這麼說了，伊庫塔，別小氣快告訴我們……說到底，這個叫氣球的玩意為什麼能夠在空中飄浮？是因為用空氣讓它整個鼓起嗎？可是如果是那樣，青蛙跟河豚之類應該也可以飛上天吧？」

馬修提出單純的疑問後，伊庫塔搔著後腦袋並以想睡表情點了點頭。

「既然已經被抓住話柄那也沒辦法，我就簡單說明它的構造吧……在說明之前，首先……吾友馬修，你有在海裡游泳過嗎？」

「當然有。就算長這樣，我可沒有不擅長運動。」

「我知道，明明體格那樣卻能迅速行動正是你的優點。這事先姑且不論，你平常游泳時，要如何讓身體浮在水面上？有沒有什麼訣竅？」

「訣竅啊……如果只是要浮起，就是身體不能過度用力，還有要讓胸部吸滿空氣吧。」

「沒錯，只要吸滿空氣，就可以在水中浮起。理由很簡單，因為空氣比水輕得多。在水裡用嘴巴吐出來的氣泡會直接朝水面上浮吧？讓氣球可以浮上空中的原理也完全一樣，重點只有換成在空氣中這樣做而已。」

「在空氣中……？可是，讓那個氣球膨脹的也是空氣吧？」

「是沒錯，但空氣可有很多種啊，馬修。嗯～稍微換個話題吧——那，哈洛，在天氣很熱時，妳會覺得躺著比站著涼快一點嗎？」

「啊……嗯，的確是這樣，我經常和弟弟們一起睡午覺。」

「謝謝妳提供的溫馨插曲。對，比起站著，躺下的時候會比較涼快。至於為什麼會這樣？是因為空氣具備熱空氣會上升，冷空氣反而會沉在下方的性質。好啦，希望你們可以換個更有彈性的方式來思考——剛剛那性質如果換個講法，是不是代表熱空氣比冷空氣更輕呢？」

聽完這番話，托爾威以第一個想通的態度拍了下手。

「——是嗎，我懂了阿伊！換句話說氣球這種東西，是要靠火精靈的火焰去加熱那個氣囊中的空氣，讓氣球整體變得比外部空氣更輕才能飄上天空吧？」

然而伊庫塔卻對開心回答的青年吐了吐舌頭並把大拇指朝下比。

「哼哼！雖然你一臉得意，但你猜錯了小白臉！算了，理論上那樣也能飛啦。不過實際上的問題是，如果讓火精靈不斷點火，那麼遲早火會熄滅；要是必須帶上柴薪，又會因為太重而飛不起來。所以你說的熱氣球在目前只是想像中的交通工具，懂了沒！」

「你啊，面對托爾威時態度就會轉變得很露骨耶……好了，不要繼續刁難，趕快講出正確答案吧。」

雅特麗一臉不以為然地訓誡後，伊庫塔輕輕點頭轉向她那邊。

「ＯＫ。正好西亞也在，實際示範應該比較快吧。呃……哪個人有帶絲質手帕之類的東西嗎？最好是那種質地細緻又比較薄的類型。」

伊庫塔並沒有錯過在自己開口詢問的那瞬間，公主殿下反射性壓住口袋的動作。

「哎呀？公主，看來您持有符合這條件的物品。」

「這……這不行！去找別的！」

「別那麼殘酷嘛。剛剛您自己不是才說過『如果是必要的事情就要盡力做到最好』嗎？」

被戳中痛處，讓公主講不出拒絕發言。伊庫塔已經摸清該如何對應她。身為皇族很罕見的強烈責任感，正是夏米優殿下的美德兼弱點。

「這是在擬定今後方針時，非常重要的說明……無論如何都不行嗎？」

被他以這種方式再度提問，讓內心有愧的公主無法繼續搖頭。少女抖著手從口袋拿出手帕後，伊庫塔以很刻意的鄭重態度伸手接下。

「感謝您的厚意……嗯，這是很高級的布料，我去稍微弄濕一下。」

確認東西符合條件後，伊庫塔跑到海邊將手帕浸入海水中。接著他並沒有扭乾而是直接拿了回來，然後用這條濕手帕包住被雅特麗抱著的火精靈西亞的右手。

「哈洛，讓西亞從米爾的『水口』喝點水。雅特麗，妳應該還記得吧？」

「嗯，是要把手放在『火孔』上面一點的位置吧？」

西亞喝下一碗左右的水之後，雅特麗用自己的手掌蓋上他的右手，開口下令：

「西亞，用右手點火，一分鐘就夠了。」

對於這個命令，西亞搖頭表示拒絕，因為他不能讓主人被燒傷。

「不能點火？不行，要做到你能辦到的最大程度。」

雅特麗再度下令，過了一陣子之後，被濕手帕包住的西亞右手開始發出「咻咻……」這種好像漏氣的聲音。伴隨著這聲音，包住火精靈右手的手帕也因為內部的壓力而不斷膨脹。

「很好，感覺不錯。」

估量好時機的伊庫塔從懷中取出縫紉用的線，在已膨脹的手帕偏下方的位置用線綁緊。然後他靈巧地將已經像這樣把氣體封在內部的小型布氣囊從西亞的手上取下，展示給所有人看。

「你們看仔細了，只有一瞬間喔——一、二、三！」

伊庫塔在偏低的位置放開手後，膨脹的手帕居然沒有屈服於重力，反而往上空飄去。在一片驚嘆聲中，他用雙手抓住並阻止了逃往天空的手帕。

「在火精靈喝了水後，進行剛才那種小花招就會產生比較輕的空氣——通稱『揚氣』。而利用

『揚氣』上浮的輕氣球，就是齊歐卡共和國版氣球的原理。順便說一下，正常在『揚氣』裡點火後會邊燃燒邊爆炸，這是在阿爾德拉神學精靈課程中也會學到的『跳炎』這種火。帝國人只顧注意『火』這種現象，其實也該去研究一下成為火之原料的氣體。」

在眼前發生的事情帶來衝擊，讓托爾威那形狀優美的眉毛高高挑起。

「太厲害了，阿伊……我也知道什麼是『跳炎』，但聽說那是只會砰砰爆炸，沒什麼用處的火。沒想到居然有這種劃時代的使用方式……」

「因為『揚氣』要累積起來使用才能發揮真正的價值，就算正常拿來助燃也很難使用。」

「真奇怪……為什麼上課時會教『跳炎』，但是卻不會提到『揚氣』呢？這也是因為禁止製造氣球的影響嗎？」

對於馬修深感不滿的提問，雅特麗很乾脆地回答。

「因果相反了，馬修。正是因為『揚氣』只能用這種方式取得，所以阿爾德拉教才會禁止製造氣球。我想看過剛才那個花招後你們應該也明白——我們這一次，是讓西亞提供了在正常情況下無法要求精靈提供的東西。」

「——咦？平常火精靈不願意提供嗎？」

「當然，就算命令火精靈『提供揚氣』或是『提供跳炎的原料』，他也絕對不會製造出相同的東西。這個『揚氣』再怎麼說，也只不過是身為火精靈的西亞不想讓我這個主人被火燒傷，所以勉強努力想要製造出『跳炎』而伴隨產生的副產物而已。」

「……是嗎，意思是以某個角度來看，只能靠『欺騙精靈』才能取得呢。這下我總算理解了。站在引導人們的阿爾德拉教的立場來看，會認為人類獲得這東西的行為違背了精靈還有主神的真正意志，或許是一種理所當然的反應吧……」

「另外還有『區區人類居然想要升上高空，這是欠缺自知之明，妄圖接近天上主神的傲慢行徑』這種理論也是禁止氣球的原因啦。算了，不管怎麼樣——」

「看在你眼中全都叫做『不科學』。對吧，索羅克。」

嘟著嘴巴的夏米優殿下搶著把話說完。伊庫塔一邊聳肩，同時以突然想到的態度將綁在借來手帕上的線解開。

「不不，我連作夢都沒想過那麼不恭敬的事情。話說回來今天好熱啊……」

「別用那個擦汗！」

看到伊庫塔若無其事地想要用手帕去擦額頭，公主以拚命的態度把手帕搶了回來。一想起自己昨晚拿這個做了什麼，光是被人握在手裡，就讓公主覺得臉上簡直快噴出火來。

伊庫塔對威嚇自己的公主露出讓人摸不透的笑容，同時再度展開話題：

「好啦，話題有點偏了。我想說的重點是該如何利用這個氣球。」

「不能所有人一起坐上去飛越國境嗎？雖然吊籃有點窄，但只要硬擠一下……」

「吾友馬修，你真有挑戰精神啊。不過很遺憾，這氣球的搭乘人數上限是三人。是啦，夏米優殿下身材嬌小，如果讓三位女性和瘦削的我一起搭乘，或許勉強可以搭乘四人吧。反過來說，要是由馬修你和托爾威一起搭上去，光這樣就已經客滿了。」

「再加上還有風向的問題。氣球本身不具備推進力，移動全部都要靠風吹。所以跟帆船相同，為了正確判讀並掌握風向，應該需要技術和對這地區的透澈瞭解。能辦到這一點的只有在這裡的天空接受訓練的齊歐卡天空兵，光靠知識無法補足經驗的短缺。」

雅特麗補充後，馬修和哈洛以苦惱的表情發出沉吟聲。這是相當難解決的問題，愈是冷靜看待現實，愈覺得齊歐卡兵留下的氣球不會成為「來自上天的援手」。

然而，伊庫塔這時卻很出人意料地以隨性態度搖了搖頭。

「不，也不需要那麼悲觀。幸好氣囊中還剩下滿多揚氣，先讓西亞稍微補充之後再把壓艙用沙袋拆掉，至少可以讓氣球浮起。」

「可是，就算讓氣球浮起來又能做什麼呢……？如果不能往我們希望的方向前進，那就沒有意義……」

公主殿下皺起眉頭，而伊庫塔則以不懷好意的笑容看向她。

「公主，這種時候就要換個角度。如果不能當作交通工具使用，那麼只要思考其他利用方法就可以了。例如這個氣球的素材……為了避免揚氣洩出，使用了許多質地細緻又堅固的紙張和絲綢。看這麼多的量，不知道可以做出多少件貴婦人穿的長禮服。」

哈洛和馬修歪頭表示不解，旁邊的托爾威最快察覺到伊庫塔的意圖。

「是嗎……意思是這個氣球本身就能成為和齊歐卡軍的交涉籌碼？」

「這次是正確答案，小白臉。讓齊歐卡在這場戰爭中獲得決定性優勢的氣球也因為製造時需要花費高成本，所以對齊歐卡軍來說，任何一架都是珍貴的寶貝，不會輕易放手。僅僅只有六人的難民去留當然也絕對無法與之相提並論。」

「意思是這是特殊的人質吧……不過，還是有問題。你打算怎麼樣讓對手坐上談判桌？就算想要威脅『不接受我方要求就破壞氣球』，但氣球跟人不一樣，不會跟著我們走啊。沒辦法用風槍抵著它背後穿越國境，等我們到達對面後再還給齊歐卡吧。」

「沒錯，即使是站在齊歐卡軍的立場，一定也會懷疑用氣球作為交換條件想要回到帝國的我們吧。不管怎麼看這都不是單純難民會採取的行動，也必然會產生是間諜的嫌疑。恐怕會演變成連國境警備隊指揮官也被捲入的交涉。萬一在這段期間內我的真正身分被看穿，有可能反倒會變成是我方主動交出價值高到即使失去一架氣球也還有得找零的人質……」

雅特麗和公主殿下提出了極為合理的反論，然而伊庫塔的笑容卻絲毫沒有動搖。

「要是交涉拖太久的確會那樣吧……不過，我沒打算把大人物牽扯進這件事來，要以班長或排長等級的下級軍官為目標。我打算由我方主動設下個小騙局，讓他們不得不基於自己的權限來做出判斷。」

同伴們以視線默默詢問「騙局」的內容。伊庫塔把手伸進褲子口袋，拿出昨晚交戰時從倒楣的齊歐卡兵身上奪來的兵籍名牌。

「第一，齊歐卡的軍服是深綠色，只要清洗，血跡就不會很明顯。第二，這個兵籍名牌已死的主人，不管是年齡和體格都跟我差不了多少。還有第三——我想雅特麗應該知道，講到我在取悅女性時的專有得意手法，以『在做某某事的齊歐卡人』系列最為有效。」

所有人的眼中都逐漸染上理解的神色。伊庫塔滿意地望著他們的樣子，開口說道：

「怎麼樣呢？只要沒和在場哪個人的表演風格相同，我可不會接受大家說我演不起這個角色喔。」

負責齊歐卡軍西側國境駐防部隊，海岸第六十七排的涅吉夫·哈路路姆少尉雖然並不是才華洋溢的名將，但他腳踏實地的工作態度獲得眾人一致的評價。他理解自己身為軍官的本分，對於被賦予的任務能恰如其分地完成，這種責任感也受到長官的賞識。

國境警備需要具備耐力，然而卻幾乎沒有立下顯赫功勞的機會，因此反倒是不適合幹將和野心家的工作。日復一日，必須持續和在國境對面布陣的帝國軍彼此對峙，同時還必須注意海上，提防對方乘船繞到後方。

不過呢，基本上只要一天對長官發出三次「無異狀」的光信號就沒事了。就算有其他工作，頂多也只是要將食物提供給越過國境的難民，然後利用每週一次的定期班車把難民送往後方村落之類程度的照顧而已。不過，只有人數與日俱增這點倒是煩惱的根源。

「馬上就要日落了，羅馬利二等傳令兵，你去向連長報告。」

就連向傳令兵下令時，也不需要一一指示內容。因為今天沒有發生任何應該報告的事情，對方也十分了解這點。

「哎呀，今天也是平安無事的過了一天嗎……」

涅吉夫目送部下的背影，覺得自己簡直快忘了現在是戰爭時期——這是他內心的正直想法。

不知為何，在開戰之後帝國方面從來不曾對共和國發動大規模的進攻。由於天空兵部隊的活躍，戰況一直都是單方面地演進到現在。雖然有分出人力去備戰襲擊，然而涅吉夫這些國境駐防部隊的工作還是和平常沒什麼兩樣。

「如果到最後都是這種感覺，我方也可以避免人員犧牲當然是很好……不過帝國沒有認真打仗的打算嗎？」

涅吉夫實在難以理解。對於找不出方法迎擊天空兵的帝國方面來說，應該只有主動進攻才能打開在這場戰爭裡的活路。明明持續防守只是會徒增消耗，為什麼他們卻不實行這個戰略呢……正因為這是連小孩子也懂的道理，雖然是敵方的問題也讓人不免感到焦躁。

「少尉！後方出現友軍！」

一介下級軍官再怎麼煩惱也是白費力氣的思考被衝進帳篷裡的部下報告給打斷。涅吉夫一邊回想今天的預定中是否包括友軍來訪，同時從椅子上起身。

「真突然，是哪裡的部隊？我們並沒有先做好接應的準備。」

「所屬不明，但是人數很少。而且，遠遠看去成員有點奇怪……」

部下的臉上有著困惑神色。總之為了親眼看看，涅吉夫往帳篷外走去。

不在預定內的來訪者們已經到達可以看清楚每一個人臉孔的距離。成員包括一名共和國士兵，穿著有些骯髒的發福男性和高個子男性各一人，還有三人是女性和小孩子。

「……是來移交難民嗎？」

擔任巡邏任務的士兵發現並俘虜來自帝國的難民，接著把他們帶來國境駐防部隊是經常發生的事情。不過難民的人數比士兵還多倒是少見的案例。

「──在那裡停步！前面的士兵，報上所屬部隊和姓名！」

評估對方已經來到能聽到聲音的距離後，涅吉夫大聲下令。聽到命令的士兵挺直背脊舉手敬禮，以有些焦躁的語氣急急講出一串發言。

「在下是隸屬於共和國第七獨立營，搭乘二十四號巡邏機的尼巴特・修二等天空兵！很抱歉必須無視應遵守的流程，但是能不能讓在下盡快見到這裡的指揮官呢！」

「你是尼巴特天空兵嗎？我是指揮第六十七排的涅吉夫・哈路路姆少尉，有什麼事那麼著急？而且巡邏任務應該是由三人小組一起行動，剩下兩人上哪去了？」

立刻獲得回答後，自稱尼巴特的年輕士兵──其實是由伊庫塔・索羅克假扮的他，露出了完全不像是演技的發青臉孔。

「他們因為一些原因所以不在這裡。總之時間緊迫，就由在下簡潔地說明現狀──請您看看東方的天空，能看到氣球浮在那裡嗎？」

聽到他這麼一說，涅吉夫也注意到浮現在晚霞中的圓形剪影。直到國境附近，有氣球從後方飛來並不是稀奇的事情，因此至今為止他並沒有特別注意，不過……

「……怎麼停在那麼不上不下的高度？那是在做什麼？明明在太陽下山後著陸也會變得更加困難啊……」

「那是因為即使想讓氣球降落也無法辦到……現在，搭乘那個氣球的人並不是在下的隊友，而是這些人的同伴。」

尼巴特指著自己帶來的那些人。涅吉夫不由得挑起眉毛。

「……怎麼回事？」

「這些人是來自帝國的難民。好像是在前幾天刮起暴風雨時，搭乘小船漂流到共和國這邊。負責巡邏的我等由於來到附近時已是晚上，因此決定先降落到地上，後來就在沿岸的森林中碰到這些人。」

「嗯……然後？」

「接下來情況就失控了……剛碰到時，我方為了威嚇他們而開了一槍，結果害怕的難民就全都逃走了。雖然我等有追上去將他們一一逮捕，但是很不巧，逃走的方向正好跟放置那氣球的地點一樣……」

看到對方似乎很羞愧地陷入沉默，涅吉夫推測出完整狀況。

「……被搶走了嗎！居然對區區難民掉以輕心，讓對方奪走共和國軍寶貴的氣球！」

「在下無話可辯解，就算在人民法庭上被四分五裂也不敢有怨言……」

伊庫塔掌握涅吉夫心中的驚訝感情超過懷疑的這個機會，若無其事地加上了點小手段。

所謂「人民法庭」是齊歐卡共和國司法機關的俗稱，在舉行審判時，為了維持過程的公正性，允許一般國民入席旁聽。所以換句話說就是「在身為國家主人的人民監督下，公然裁決人們罪行的地方」，不過後來演變成共和國國民——尤其是薪水由稅金支付的軍人和公務員——在回顧反省自身行為時慣用的語句。

至於在實施帝政的卡托瓦納帝國，跟這相對應的說法就是「實在沒有藉口可向皇帝陛下申辯」或是「會在軍法會議上恭敬報告自己的失態」等等。雖然這是政治型態和國民性的差異產生的些微不同，但很意外，人類就是從這種微不足道的地方來判斷對方是不是同胞。

「……但是涅吉夫長官，在那之前，能不能請您提供減輕在下罪行的一點助力呢？」

「就算我想那麼做，一旦那架氣球回不來就什麼辦法也沒有！」

「所以，在下就是想請您幫忙取回氣球。奪走那氣球的難民之一在氣球離開地面浮往高空前的短暫期間內，向我們提出了一個交易。」

「交易？……到底是什麼內容？」

「他表示：『給我的家人和同伴充足的食物，用歸還俘虜的名義將他們送回帝國。確認六人的身影越過國境中間後，我就會讓這氣球降落』。」

涅吉夫的臉孔不屑地扭曲，嘴裡罵出沒有實際幫助的感想。

「真蠢，那些傢伙是捨棄故國來到這裡的逃亡者吧？事到如今還以為帝國會溫暖迎接他們這些又回頭的人們嗎？應該要向我方投降成為共和國國民，這才是聰明得多的選項！」

「在下也是如此認為，但是當事者本人那個樣子，現在也已經沒有辦法說服。再加上既然從我等手中奪走氣球並提出威脅，對方想必是想退也無法退的心態吧。如果一開始遭遇時不要突然做出威嚇行動而是溫和對待他們，現在大概會是另一種局面……」

正是那樣沒錯！涅吉夫差點大吼。就算是捨棄國家逃來的難民，心情應該還在故國和新天地之間搖擺不定吧。在這種情況下突然被人開槍射擊，會覺得齊歐卡沒有打算接納他們也是理所當然的反應。

「明明有下達要善待難民的命令，你們真是做了欠缺考慮的行動……算了，光是責備尼巴特天空兵你也無濟於事。倒是另外兩人怎麼了？天空兵部隊的一伍編組裡應該包含一名中士吧？」

由階級最高的人前來拜會才合規矩——涅吉夫言下之意就是在如此指責。這時在假裝出來的焦急表情下，伊庫塔真的感到緊張。因為這部分是否能徹底矇混過去將會決定騙局的成敗。

「這也有原因……兩名同伴和在下分開行動，目前還待在氣球的正下方。因為目前搭乘氣球的是外行人，無法保證什麼時候會不會基於什麼原因而無法降落，或是會順風被吹往帝國方向。所以必須留下在那種情況時能夠確實取回或破壞氣球的人手。要確實控制氣球最少需要兩個人，如果情況進一步惡化到必須判斷是否要破壞，能負起判斷重責的只有隊長一個人……」

涅吉夫說不出責備的言論。的確，如果氣球有可能落入敵方手中，那麼萬不得已也只好破壞。

或許是在降落後沒多久就被奪走了吧，氣球現在勉強還在風槍射程範圍極限附近的位置飄浮著。那樣的話說不定有可能擊落。

然而，一旦使用槍枝擊落氣球，會有不容忽視的機率發生「爆炸四散」這樣的悲劇。如此一來搭乘者當然會死，齊歐卡軍也將徹底失去一架寶貴的氣球，必須盡可能避免那樣的結果。到此，涅吉夫也察覺到對方到底想要求自己做什麼。

「尼巴特二等兵，難道……你們屈服於威脅，打算將這些難民交給帝國那邊嗎？不，你就是想要求我特別通融嗎？」

「雖然丟臉，但確實如您所說……」

「笨蛋！這種行徑怎麼能由我個人決定！原本我就沒有那種權限！我的任務是必須擊退試圖擅自越過國境的傢伙，不能把已經在我方國境內側的人再交給對方！」

「這點在下也明白，但是請您再多想想。之後會被指責失敗的人未必只有我們，畢竟這些難民們是渡過涅吉夫少尉您監視下的海面來到這裡。」

這句話讓涅吉夫驚愕地瞪大眼睛……沒錯，雖然剛剛自己單方面地責備對方，然而若是換個不同的角度，這不也是自己的失職嗎？雖然有下令要厚待難民，但是並沒有指示可以讓他們直接通過國境。當然為了鼓勵帝國人民逃亡，在國境線上有刻意製造了幾個警備上的漏洞。然而，這些人卻不是通過那些漏洞來到這裡。

伊庫塔很清楚涅吉夫的內心在責任和保身之間舉棋不定。話雖如此，如果是責任感強烈的人並不會選擇輕鬆保身，事實上涅吉夫也正是這種類型。

然而少年心裡早有盤算。兵法有云——對於走投無路的敵人，應該要刻意為對方安排活路。

「……涅吉夫少尉。雖然這是在下個人的想法，但這時該把取回氣球視為第一優先的任務。畢竟送回難民是犯錯，失去氣球也是犯錯。既然這樣，少尉您是不是該選擇對共和國來說損失較少的那一邊呢？」

伊庫塔的狡猾之處，就是在這個時機讓盡責和保身兩種心態能夠並立。在「奪回氣球」這種大義之下，誘導對方把送回難民這種越權行為視為小惡並接受。至於保身只不過是剛好同時成立而已。如果想要讓處事認真的人物按自己想法行動，先這樣鋪好道路是有效的手段。

「……我……我一個人無法判斷。要先用光信號和連長聯絡，你在這裡稍微……」

「請不要開玩笑了！要用光信號傳達這個狀況很費工夫，難道您認為那個氣球會乖乖停在齊歐卡領空等待，直到您和長官溝通完為止嗎？不，如果允許忝居天空兵末席的在下提出看法，上空的風接下來開始吹向海面的可能性很高。那樣一來氣球不是會落入遙遠的海中，要不然就只能在那之前用風槍將它擊落。無論是哪種結局，我等都會失去寶貴的裝備啊！」

當然伊庫塔不打算讓他向長官報告，也不打算讓他慢慢思考。只要冷靜下來，這場騙局多得是會被看穿的漏洞。最重要的一點是必須剝奪對方判斷的時間，讓他自己認定只有伊庫塔主動提出的方針才是唯一可行之策。

「就……就算讓那些人回去，你能保證氣球一定會降落嗎？看在搶走氣球的人眼裡，讓氣球降落只等於是回到敵人手中的自殺行為啊！」

「不，對方必定會降落……少尉您有乘坐過氣球嗎？」

「這倒是沒有……」

「那麼您並不知道，搭乘那東西在空中飄浮是讓人多寂寞不安的事情。人類原本是腳踩大地過活的生物，要違背這點前往天空需要非常大的勇氣。我在訓練過程中也曾多次被恐懼感囚禁。那時我心裡的想法只有一個……就是即使早一秒也好，真想快點回到地上。根本沒有餘裕去擔心其他事情。」

「可……可是……就算那樣，目前那傢伙正在忍耐不是嗎！」

「既然關係到家人和同伴的性命，這段期間內恐懼感也會被拚命的心情掩蓋吧。然而在繃緊的神經放鬆下來的那瞬間，他就會體認到——自己無依無靠待在遼闊天空裡的事實。」

伊庫塔用來說服少尉的道理當然是信口胡說，然而聽在涅吉夫耳裡卻成為「了解天空的人」才能講述的經驗談，而且發揮了很大的效果。假扮成難民待在後面旁觀事態發展的五人也不得不為伊庫塔的演技感到深深佩服。

涅吉夫的反駁失去了氣勢。伊庫塔明白交涉已經突破了最大的難關。

「……就算要把那些人交給帝國那邊，現在也已經是傍晚。從那個氣球上看得到過程嗎？」

「在下不知道。但是，天色變暗反而有利，他們之中有人帶著光精靈。只要在越過國境中間後發出帝國式的光信號，應該能夠和氣球聯絡吧……話雖這麼說，也得要有人督促他們發出信號才行

「……那麼就由我拿著風槍跟著他們吧。」

伊庫塔提出自己要和越過國境的難民們同行，彷彿這是理所當然的義務。根據至今為止的談話內容，這是個自然的主張，因此涅吉夫也沒有特別覺得哪裡不對勁。

「……我明白了，雖然明白……」

然而，涅吉夫內心剩下的懷疑，讓他面對最後防線時拒絕點頭答應。身為國境駐防部隊的指揮官，他很介意讓不明來歷的人們出入國境的風險。

「在下明白您的心情。可是，請您仔細看看，涅吉夫少尉……這些人看起來像是密探或間諜嗎？」

伊庫塔說著並伸手指向難民們。這時涅吉夫才重新仔細觀察了這些難民……全都是未成年的年輕人，其中還有三人是女性和小孩。就算帝國軍再怎麼無能，必須賭命潛入敵地的部隊也不可能採用這種編制。

「如果您實在不放心，那麼可以搜查他們身上的持有物。雖然沒有時間一個個盤問，但在下想搜身這種程度的工作還有時間進行。」

這句話推動他跨出了最後一步。涅吉夫皺起眉頭沉默了約一分鐘後，終於一臉苦悶地對著不知道發生什麼事而聚集過來的部下們發布命令。

「……調查這些傢伙身上有什麼！快！」

在那之後過了五分鐘，搜身順利結束，伊庫塔等六人一起橫越國境。雖然背後有涅吉夫派的士兵們在監視，然而彼此的距離已經相當遙遠。

「哎呀，比想像中更順利呢。好了各位，現在接受掌聲跟香油錢喔。」

因為打著監視的名義，在隊伍最後方用風槍——當然是從齊歐卡兵那裡奪來的裝備——朝向同伴們的後背，假扮成齊歐卡軍二等天空兵尼巴特．修的伊庫塔開起了好久沒聽到的玩笑。最前面的雅特麗輕輕哼了一聲。

「真是了不起的騙局呢，居然讓無人的氣球飄起並用來威脅對方。」

從這個位置很難確認，但造成問題的氣球上並沒有任何人，只是放了點行李就讓它浮上天空。伊庫塔捏造出一個無法交涉也不可能說服的架空脅迫犯，並以此徹底騙倒了涅吉夫少尉。

「齊歐卡軍最怕的就是失去氣球。所以我想只要把握這一點，不需要拿槍威脅，光是用這種方式就已經十分足夠。」

「透過塑造出一個架空的脅迫犯，使涅吉夫少尉的注意力從我們身上移開。不愧是阿伊。如果這是面對面的交涉，對方也會有身為指揮官的面子問題，我想恐怕不會放我們通過吧。」

托爾威對伊庫塔投以尊敬的眼神，他前方的哈洛也不斷點頭。

「我也有同感。既然是『來自友軍士兵的忠告』這種形式，對方也會比較容易接受……而且還加上那精湛的演技！對方那個少尉，大概直到最後都沒有懷疑過伊庫塔先生吧。真沒想到你能把齊歐卡腔說得那麼流暢。」

受到同伴誇獎的伊庫塔得意地抬起頭。在這種情況下，唯一滿臉不高興的人是馬修。

「哼，我才不會無條件稱讚你咧，那是我好不容易才用到順手的風槍啊……」

「吾友馬修，只有這件事請多見諒吧。要是身上帶著帝國式風槍或是鋒利軍刀等物品，看起來完全不像是平凡無害的難民吧？正因為我們放棄了那些東西，才能突破檢查持有物品那關啊。」

正如這番話的內容所示，雅特麗、托爾威、馬修三人身上原本帶著的武器已經一件不剩了。那是他們在船即將沉沒時都堅持要帶出來的東西。所以雅特麗和托爾威也只是沒有說出口，內心裡同樣感到惋惜。

「馬修，與其哀嘆失去的東西，還不如為撿回來的性命感到喜悅。再說我們的武器也不是真的丟了，只是會不會回來全都得看運氣。」

雅特麗隨便地打了個圓場。簡而言之，所謂放在無人氣球上的行李就是那些東西。雖然這只是把希望寄託在「根據風向，氣球也有機會飄向帝國這邊」的可能性上，算是連一時安慰都算不上的賭注。

「看樣子來到緩衝地帶了。那麼庫斯，幫忙朝著帝國方面發出投降的信號吧。」

聽到伊庫塔的吩咐，待在馬修腰包裡的庫斯跳往地面。由於交涉時伊庫塔必須假扮成風槍兵，因此兩人暫時交換了彼此的精靈。當然，他無法對沒有訂定契約的精靈下令，所以伊庫塔手上的風槍跟紙做的道具沒兩樣。

在庫斯送出光信號的期間，伊庫塔突然想到一件事，並動手拆下放在和馬修借來的風精靈「圖」軀幹上的風槍槍身。接著他從「風穴」中取出了藏在裡面的小戒指。

「公主，這個還給您。不過記得絕對不能弄丟，因為這是接下來要用到的身分證明書。」

刻有皇室紋章的戒指從伊庫塔身上回到了主人手裡。至於公主殿下本身，目前和其他人一樣，服裝跟皮膚上都沾滿了沙塵。而且為了讓她的美貌不要那麼顯眼，還在那引以為豪的金髮上塗了泥巴。這模樣就連伊庫塔都忍不住感到痛心，然而很不可思議的是，本人並沒有表現出特別無法忍受的模樣，只是睜著那雙大眼目不轉睛地看著少年。

「……？我臉上有什麼東西嗎？」

「……不，除了眼睛鼻子嘴巴以外沒有別的。」

公主說著毫無意義的應答，但是依舊沒有把視線從對方身上移開。伊庫塔不解地側了側腦袋，這時站在庫斯旁邊的哈洛大聲叫了起來。

「——啊！帝國的士兵出來了！應……應該不會開槍打我們吧？」

「拋開一切好不容易才保住一條命從敵國逃出來後，卻被友軍攻擊而死……這實在讓人笑不出來呢。」

所有人都被這想像嚇得背脊發涼，不過幸好這只是杞人憂天。夏米優殿下展示給士兵看的皇室紋章發揮出超越眾人想像的絕大效果。

在負責國境警備的高等軍官承認戒指的確是真貨後，六人在禮數周到的待遇下被送往帝國領土內側，也正式逃出了因為毫釐之差而落入的地獄。

自從政權由永靈樹王朝取得統一後，照耀這個國家的陽光從來不曾減弱。居民靠著薄衣，旅行者靠著纏在頭上的頭巾，各自對抗著太陽的猛威。

然而人們也並非只會被暑氣壓倒。烈日下的市場充滿活力，路邊的店面堆滿了食物、衣服、寶石和貴金屬飾品，還有從來沒見過的舶來文物等等，帶來熱鬧氣氛。

這裡是卡托瓦納帝國的經濟、政治、文化中心，帝都「邦哈塔爾」，在天子腳下歌頌繁榮的境內之都。在帝都中央，皇族居住的宮殿和廣大的常綠庭園一起矗立。

「伊庫塔！快起來！關於東域情勢的簡報送來了！」

在帝都中也是數一數二的高級酒店「白金沙丘」中，位於三樓的雅特麗希諾・伊格塞姆正在敲著客房的房門。現在時間已經超過上午十一點。看在把早睡早起視為絕對習慣的炎髮少女眼裡，她沒有理由把直到這時間都還在睡懶覺的人丟著不管。

她不顧沒有反應繼續敲門敲了一陣子後，房間內突然傳出像是有人被狠狠打了一巴掌的清脆聲響。不久之後房門打開，在愣住的雅特麗面前──並不是睡眼惺忪的少年，而是服裝不整似有隱情的成年女子。

「早……早安，年輕小姐……那個……呃……告辭了……」

女子用雙手壓著鬆開的領口，經過少女身邊沿著走廊離開。只移動視線目送她背影離去後，雅特麗重重嘆氣並踏進了房間內。

「剛才那是第幾個了？才來這邊不到一個月，再縱慾也該有點節制吧？」

一邊講著諷刺發言一邊進入寢室的雅特麗拉開窗簾，就看到半裸的伊庫塔躺在床單皺摺顯得相當有臨場感的床上。如果光看這點會讓人覺得是「事後」，然而伊庫塔臉上卻印著鮮紅的巴掌痕跡。實在難以判定。

看到陽光從窗口毫不客氣地照進室內，少年皺起眉頭。

「……第幾個都無所謂吧……現在是早上幾點……？」

「早就已經是中午了……我記得你昨天晚上是去喝酒吧？所以你是早上才帶著女人回來？」

「昨天是先喝到快天亮才邀請她到房間來，在這裡又喝了一輪，直到剛才兩個人都還在睡……被妳的敲門聲吵醒後，不知道為什麼她卻使出全力打我一巴掌接著離開。真沒道理，明明我什麼都還沒做啊……」

伊庫塔在床上喃喃說著。正確答案是事前——雅特麗聳聳肩環視充滿酒臭味的房間。

「——庫斯，你在哪裡？要不要用遠光燈對準這賴床傢伙的眼睛把他狠狠照醒？」

聽到雅特麗的呼喚，床鋪旁邊的籃子——這也是由酒店準備的精靈用床鋪——裡的庫斯爬了起

來。他似乎和早上起不來的狀況無緣，立刻離開籃子開口說道：

「早安，雅特麗、西亞。我想伊庫塔還想睡，因為他昨晚似乎陪伴那位女性直到很晚。」

「別說了庫斯，那種事算不上藉口。好了，給我死心起床吧，你這色狼……剛才的女子也包括在內，你該不會又對有夫之婦出手了吧？」

「法塔哈是未亡人啦……她說兩個小孩已經離開身邊，現在是感到寂寞的時期。」

「喜歡大姊姊型的興趣真是罪孽深重啊，搞不好她的小孩比你還大耶……或者該說，信賴對方說詞的做法真的沒問題嗎，你之前不是才因為這樣而碰上慘痛經歷？」

伊庫塔沒有回答，只是一邊穿著被疊好放在枕邊的襯衫，同時慢吞吞地下床。

「……今天也好熱，我本來想一直睡到太陽下山……呼啊～」

「如果你還沒睡醒就看這個吧，應該會讓你比用冰水洗臉還更清醒。」

雅特麗把外面在發的號外遞到正張著大嘴打呵欠的伊庫塔面前。

「哈薩夫．利坎中將過世了——如此一來，東域已經完全落入齊歐卡共和國的手裡。」

就連少年也停止瞎扯，目不轉睛地讀起手中的號外。

時間要回溯到將近一個月之前。漂流到共和國領土後總算成功回到帝國的伊庫塔一行六人，在國境士兵的保護下被送到了後方的陣地。在那裡，由東域鎮台司令官哈薩夫．利坎本人親自出面迎接。

「……夏米優公主殿下！您能平安回來真是太好了！」

公主的身影才剛出現在大本營的建築物裡，利坎中將就和其他軍官一起原地跪下，祝賀幼小貴人的生還。利坎有高大身軀和寬闊肩膀，是個把嘴上和臉頰的濃密鬍鬚都打理得很紳士的少壯軍人。即使屈身跪下，視線依然和嬌小的公主殿下處於同一位置。

「抬起頭吧。在百忙之中讓司令官親自出迎，讓我頗為過意不去。」

換上乾淨的襯衫和裙子的公主殿下以不符合年齡的堂堂舉止來回應臣下的行禮……就連負責指揮上萬士兵的司令，在這少女面前也只不過是區區臣民。這讓後面五人重新認識到自己幾個究竟是把什麼人帶到了這裡。

「前往高等軍官甄試會場的船隻沉沒，以及似乎搭乘該船艦的殿下失蹤……這兩件事臣都已經在前幾日的聯絡中得知。只是萬萬沒想到您居然漂流到齊歐卡的領土，從國境那邊傳來聯絡時臣真是大感意料之外。」

「的確，自己能像這樣平安歸來只能說是奇蹟，這全部是因為有身後五人的幫助才能達成。就由我親口來為中將介紹勇者們的姓名吧。」

夏米優殿下一一唸出眾人名字後，利坎中將露出笑容。

「原來是這樣嗎……勇敢的年輕人們，把殿下帶回這裡實在是大功一件。如果你們是我的部下，我現在立刻就會宣布讓你們晉升。這毫無疑問是第一等的功勳。」

雖然這是毫無保留的慰勞發言，然而這時公主殿下的表情卻突然陷入憂鬱。

「如果真能那樣是最好……因為被捲入我的不幸，他們的高等軍官甄試依然處於中斷狀態。起碼這點我很希望能為他們做點什麼……」

「嗯……的確，第二輪考試似乎已經舉行過了……畢竟是沒有前例的狀況，臣也無法做出保證。但只要向執行甄試的總部說明情況，應該可以獲得某種特別的通融。如果殿下希望，身在前線的臣也可以送封信過去。」

「這樣很有幫助，雖然必須讓中將多費工夫實在心中不安……」

「這只是舉手之勞，畢竟讓年輕才能遭到埋沒是國家百年的損失。」

聽到高等軍官甄試的結果還殘留一絲希望，雅特麗和托爾威露出鄭重態度，而馬修和哈洛則是以開朗表情接受了這個消息。只有剩下的那個人，必須特別小心避免表現出毫不關心的模樣……

「那麼殿下，臣認為您接下來應該盡早回到帝都，讓當今陛下放寬心才是最好的做法。此處是前線的陣地，很難說是安全……臣明白您一定已經累了，但今晚就會安排馬車，請和勇者們一起搭乘馬車回到帝都。」

利坎中將用恭敬卻不容辯駁的語氣如此說道，當然公主殿下也沒有異議。

在中將的安排下，六人將被領往臨時成立的接待室，在那裡放鬆度過出發前的空檔時間……然而，雖然其他人都開始移動，伊庫塔．索羅克卻是寸步不移。

「……？怎麼了，索羅克小弟，該不會身體哪裡不適嗎……」

擔心他的中將靠了過來，這時伊庫塔以難得的認真表情回望。

「——您應該撤退，利坎中將。」

「……什麼？」

「捨棄東域，和剩下來的所有士兵一起把鎮台單位整個撤離。應該已經只剩下這條路可走了。」

不用說利坎中將，連在場的所有軍官們都因為少年乾脆放棄的提案而起了一陣騷動，準備離開這裡前往接待室的其他五人也驚訝地望著伊庫塔。

「……這真是不可思議的提案。直到把共和國軍趕走為止，我等東域鎮台的任務都尚未達成——」

「後方已經沒再送補給過來了吧？光靠鬍子可沒辦法掩飾消瘦的臉頰。」

這尖銳的指責讓利坎中將以手摸著臉，無言以對。伊庫塔繼續追擊。

「既然連在場的各位軍官臉上都沒什麼血色，可以想見士兵們的消耗應該更為嚴重。恐怕逃兵事件也是層出不窮吧？」

「……」

「被天空兵空襲燒毀的土地，不可能養得活和過去相同數量的士兵。無論讓決定性的敗北往後延遲多久，也只是在白白捨棄將士們的性命……這種戰爭根本一點意義都沒有，最清楚這一點的人應該是您吧！」

語氣激動的伊庫塔逼近中將，卻被看不下去的雅特麗抓住後領阻止行動。

「伊庫塔，給我搞清楚自己的立場！這不是你能夠提出意見的事情吧！」

「立場？是啦，沒錯啦！中將就是因為太謹守自己的立場所以才會動彈不得。為什麼東域鎮台必須保持鎮台這組織型態來繼續戰鬥呢？為什麼在不進攻就無法獲勝的戰局中卻不得不堅持防禦呢……這一切都該歸咎於受到皇帝如此下令，不是嗎！」

少年大吼著，這明顯是跨入禁忌的言論。察覺到他太過火的雅特麗正打算像以往一樣扭住伊庫塔的肩膀將他壓制時，出乎意料的人物發表了權威性的發言。

「雅特麗，不需要阻止他。我允許，讓他盡量說。」

從雅特麗開始，所有人都因為夏米優殿下這句話而懷疑起自己的耳朵。身為卡托瓦納的第三公主，也就是皇帝親生女兒的她，應該有義務搶在任何人之前阻止伊庫塔的冒犯言論。

雅特麗雖然感到困惑但還是鬆開了手，這瞬間，伊庫塔解除了對自己口舌的所有束縛。

「我就直截了當地說吧，這場戰爭是事先刻意安排好勝負的比賽。也就是從很早之前就想要放掉東域的帝國，試圖以『避免自己成為國民非難對象』的形式來達成這目的所帶來的結果。」

公主殿下無地自容般地咬著嘴唇低下頭，但即使這樣，現在的伊庫塔卻連看也不看她一眼。

「原本東域是帝國在約三十年前，藉由當時戰勝把齊歐卡邊境領土奪為己有的未開發土地。在那時，帝國還單純地為了國土增加而高興，然而之後卻在對好不容易得手的土地實施開發的階段犯下了巨大的錯誤。」

東域這片土地有著為了讓人居住必須勞心費力的特性，而且困難度超過了帝國事先的預想。就算把必須開墾熱帶雨林視為當然的步驟，但跟其他的地區比起來，這裡的水災實在太多。

每次長期下雨，河川就會氾濫，讓好不容易建立的道路和田地被水淹沒。只要衛生環境因此惡化，接下來就會開始流行瘟疫。除了東域以外的土地，歸類起來都是邊對抗乾旱邊發展起來的地域，所以開拓東域時需要的是不同的方法。然而帝國在這方面的知識卻不足。

「明明投入了莫大的資金，東域的開拓卻遲遲不見進展。即使如此開拓本身是有正面意義的國策，事到如今也不能再把移居到東域的居民再召回。於是等注意到時，東域別說是發展起來並回饋利益，反而成了一個無止境吸取預算的無底洞。

當然皇帝和內閣都感到後悔，認為早知道會這樣當初真不該奪取這片土地……後來過了一陣子，不知道哪個人想到了一個點子。那就是現在也還為時不晚，這種燙手山芋般的土地只要還給齊歐卡不就得了嗎？」

話雖如此，再怎麼說也不能無條件撤離領地並移交到敵國手上。國民不會接受，更重要的是一旦那樣做，打算把內政上的失敗強塞給他國的意圖就太明顯了。

「害怕國民因為失去東域而提出指責，滿腦子都是爭取民心的皇室絞盡腦汁想要轉移憤怒針對的目標。至於為了達到目的所採取的手段，居然偏偏是『敗戰』。

劇本非常單純——東域被展開侵略的齊歐卡軍又奪了回去。如果是這樣，國民的憤怒就會轉向敵國和不中用的軍隊，皇室的威信則不會受到太大的傷害……這種只在意面子卻本末倒置的手法，老實說讓我不以為然到了極點。」

伊庫塔用不屑的態度這樣說完，以強烈的眼神凝視著面前的軍方高官。

「這份劇本要求活祭品，因為需要『皇室和內閣認真對抗齊歐卡軍侵略』的證據。為了符合這需求，在前線負責指揮的人必須是出名的將軍。如果那樣的名將都奮戰到生命燃盡為止，那麼國民應該會將敗戰視為無可奈何的事實並接受吧。」

「…………」

「而這個角色，恐怕沒有其他人選比您更適合吧？哈薩夫．利坎中將。被皇帝心照不宣地下了『敗戰而死』這命令的你，簡而言之就是用來模糊內政失敗的最佳犧牲品。

……即使受到這種不合理的對待，您還是打算老實規矩地謹守自己的立場嗎！」

面對以激動語氣如此逼問的伊庫塔，利坎中將露出非常空虛不實在的微笑。

「……索羅克小弟，你不是我的部下實在是太好了。我可以不必用破壞軍紀的理由來懲罰特地為我擔心的年輕人……」

「…………」

「你說的事情我都明白。但是對軍人來說，長官的命令就是絕對。而說來惶恐，皇帝陛下擁有帝國內全體軍隊的統帥權，也就是至高的命令權。我無論如何都必須服從他的命令。因為遵守長官的命令，是讓軍隊組織成立的絕對條件。」

「我明白您身為將校，不想開創無視命令的先例……然而皇帝沒有弄清楚，名將並不會從帝國土地中無窮無盡地冒出。要是讓您這樣的人才因為收拾爛攤子而死都不感到可惜，您認為這種國家還有未來嗎！」

「談論未來並非是軍人的工作，索羅克小弟。那是皇帝陛下的責任，而我等臣民只能謹守自己立場並盡力做到最好。例如說，對了……這只是舉例。在這場戰爭萬一落敗時，要事先組織起能盡量讓更多士兵不會成為俘虜而能回到帝國的布陣。」

聽了利坎中將似乎別有含意的拐彎抹角例子，伊庫塔咂嘴環顧四周。

「是啦，中將您應該已經做好這點程度的對策了吧。以這個大本營來說，剩下的人員實在太少了。真是的……每一個都是年長的軍官，而且還都擺出做好過度心理準備的表情。意思是你們早就讓還有未來的年輕人逃往後方，自己扛起殿後的責任吧？」

「齊歐卡軍恐怕會在最近發動總攻擊。一旦受到敵方壓制，戰線也會被迫後退，因此我們實際上的撤退要到那種情況下才會獲得允許。東邊要擋住敵人，西邊要讓士兵後移……想要實行這種兩面作戰，必然要將已經消耗的兵力再分為兩組來運用。如果不是熟練的軍人就無法勝任。」

「如果等到總攻擊開始後才撤退會演變成那樣，那麼只要趁現在行動不就好了嗎！那樣一來就不需要採用危險的兩面作戰，負責阻止敵人的殿後部隊必須花費的勞力也會大幅減少，再加上中將您本身還可以避免成為箭靶！這不是占盡好處嗎！」

「我辦不到。守護國境是皇帝陛下交付給東域鎮台的職責，要是在敵人總攻擊前就開始撤退，等於是身為司令官的我本身放棄了那份職責。」

「不管放不放棄，反正東域都會被齊歐卡奪走！結果都一樣！」

「過程不一樣。遵守陛下命令後被奪走，跟違背陛下命令後被奪走並不相同。」

利坎頑固地搖頭。面對名將這沒有盡頭的忠誠，伊庫塔終於爆發了。

「所以——我就說那種想法不科學啊！」

少年用雙手抓住軍服的領口，用力搖晃比自己還高一個頭的將軍身體。無法從平常那種瀟脫態度聯想到的激烈氣魄，讓旁觀事態的公主殿下等五人都不禁訝異得發愣。

看到伊庫塔不只動口甚至還出了手，就連軍官們也不由得變了臉色。然而——在他們出手阻止前，宛如一陣風般往前的雅特麗搶先一步，攻擊伊庫塔的側腹。

「……嗚……」

比平常更不手下留情的一擊讓伊庫塔屈膝跪倒。失去力量的手指放開領口，雅特麗趁這機會扛起他的身體。

「真是失禮了，利坎中將……還請您把剛才那番話當作戲言，聽過就忘了吧。」

雅特麗深深低下頭，一頭長長的炎髮也跟著往下滑落。利坎中將似乎忘記該整理亂掉的上衣，只是直直凝視著兩名年輕人……不久後，他把視線移到一名部下身上。

「……好了，奧爾杜夫參謀，帶他們去接待室吧。千萬別做出欠缺禮數的行徑。」

由扛著伊庫塔的雅特麗帶頭，六人跟在受到中將命令後開始移動的軍官後方邁步往前。目送他們離開的利坎中將等上年紀軍人的眼裡，同時存在著感傷和溫暖。

「……打算……重蹈……巴達·桑克雷的覆轍嗎……」

只有在少年身邊的五名同伴，有聽見他最後擠出來的這句話。

「……是嗎……利坎中將他過世了嗎……」

哈洛閉上眼睛低下頭，開始默默祈禱。被雅特麗叫來酒店大廳集合的五人在此互相告知令人惋惜的名將訃告。

「利坎中將負責直接指揮的殿後部隊迎擊齊歐卡軍的總攻擊，幾乎全滅……這換來了配置在較後方的大部分士兵似乎都平安逃回中央的結果。」

中將直到最後都盡到了自己的職責……托爾威悲傷地這麼說道。雅特麗和馬修也各自端正姿勢閉上眼，眾人一心一意地為在戰場上捐軀的老兵們祈禱他們在天之靈能夠安息。

在這種狀況下，只有伊庫塔一個人依然一臉不高興，摸著被他抱在胸前的庫斯的頭部。

「……可惡，我不是早就說了嗎？」

他口中冒出這句如同詛咒般的喃喃低語，讓端茶過來的女服務生愣了一下。他旁邊的雅特麗以完美無缺的動作將茶杯端到嘴邊，同時淡淡地吐槽：

「什麼『早就說了』？別自以為是，還以為戰局真的會因你一個人的意見而產生變化嗎？」

伊庫塔沒有回答，反而是從只有高級酒店裡才會準備的桌上砂糖罐中，把白色的粉末大量倒進自己的茶杯裡。

結束默禱睜開眼睛的哈洛看到這種亂來的舉動，感到有點頭昏。

「這……這些砂糖，可以裝進袋子裡帶回去嗎……？我想當成給弟弟們的伴手禮……」

話題一下子從肅穆的訃告偏移到俗氣的方向去……話雖如此，感覺上總比五個年輕人在大廳裡垂頭喪氣要好一點，因此其他人也跟上了這主題。

「我可以理解妳的心情，但那樣違反公德心。還有，伊庫塔的用法也是一樣。」

「何必執著於砂糖這種東西上呢，我們會有來自皇室的褒賞。畢竟我們可是把公主殿下從敵國帶了回來。」

馬修這樣說道。拜酒店豪華飲食之賜，他遇難時扁下去的肚子已經完全恢復原狀。從鼓起的肥肉感受到時光流逝的雅特麗嘆了一口氣。

「比起一年份的高級砂糖，我想要的獎賞只有一個……補考。」

「……應……應該沒問題吧？沉船又不是我們的錯。」

「如果真是那樣就好了。高等軍官甄試每年都有既定的合格人數吧……希望名額不要已經全都額滿了……啊啊真是的，現在真是不上不下的狀態。」

大概是將近一個月的旅館生活讓緊張感鬆懈了吧？雅特麗的聲音裡也沒有遇難時的霸氣。只能等待皇室聯絡的日子實在無聊。她和馬修不同，奢侈的生活三天也就感到膩了。一旦只要開口隨時都能取得，砂糖和刨冰這類東西反而失去了原本的珍貴性。

「不不，我相當中意這裡的生活，希望聯絡能愈晚來愈好。」

伊庫塔喝著因為放了太多砂糖而顯得甜膩的茶，並耍著這種嘴皮子。全身散發出女性香水味道的這個傢伙，肯定是眾人當中最充分享受目前生活的成員。

「……那當然，因為你已經確定會在這裡的圖書館就職，還省了交通費吧？」

既然甄試中斷的原因並非出自於伊庫塔身上，守信的雅特麗對那個契約也絲毫沒有反悔的打算。即使如此，語調裡多少透露出怨恨情緒也是理所當然的反應。

「還有住進宿舍之前的生活費也省下來了。」

伊庫塔厚顏無恥地如此放話。聽到這句話的雅特麗為過去自己的天真深感懊悔——早知道應該要更用力地痛毆他的肚子，那樣一來就可以讓省下來的錢跟治療費用互相抵銷。

眾人在放鬆的氣氛中繼續閒聊，這時突然感覺到有股氣息朝著他們逐漸接近。除了伊庫塔的其他四人都反射性地挺直了背脊。

發出沉重腳步聲來到這裡的人，是三名身穿威嚴禮服的宮廷武官。

「雅特麗希諾・伊格塞姆、馬修・泰德基利奇、伊庫塔・索羅克、托爾威・雷米翁、哈洛瑪・貝凱爾——在這裡的幾位，就是剛才被叫到名字的五個人沒錯吧？」

所有人都點頭回應，於是其中最年長的武官咳了一聲。

「東域鎮台司令官——現在已過世的哈薩夫・利坎中將有東西要交給你們。」

在他發言的同時，原本在兩旁待機的年輕武官往前跨步，手中都抱著以紅布綑著的細長包裹。他們以細心的動作把包裹放到桌上，靜靜地打開。

「……啊！是我的風槍！」

馬修興奮地撲向自己的愛槍。晚了一步，托爾威拿起自己那把比平均還長兩段左右的風槍，雅特麗則是握住被仔細保養過的軍刀和短劍……這些是已經做好心理準備，認定恐怕再也不會回到自己手中的愛用武器。鐵和歲月的沉甸甸重量讓手臂開始顫抖。

「接下來要宣讀來自中將的傳話——『由於氣球落入帝國這邊的領海，很幸運地得以回收你們的所有物。在鄭重歸還這些東西的同時，我要將帝國的未來託付給年輕的勇者們』。」

所有人都端正姿勢仔細傾聽。與其說是傳話，很明顯這些內容等同是遺言。

「『即使老兵已逝，吾等志氣仍舊不死。我會在黃泉祈禱你們所有人都能武運長久』——以上。」

不需要哪個人開口，所有人都自然而然地站起，對著這名已經不在世上的名將敬禮。面對因盡忠職守而犧牲性命的人會心懷敬意，這點即使是性格乖僻的伊庫塔也不例外。

「很好。那麼接下來要進入正題——馬車正在外面等待，你們先去把這些武器交給酒店保管吧。還有為了避免在貴人面前失儀，樣貌儀態也要先充分打理好後再出發。」

雅特麗的眼中恢復了光彩。新的風現在開始吹起，刮走原本無處可去的停滯空氣。

「你們這些臣民，為了進謁的榮譽而感動落淚吧——阿爾夏庫爾特・奇朵拉・卡托沃瑪尼尼克皇帝陛下正在宮中等候。」

在穿過市區，朝著廣大常綠庭園前進的馬車中，五人的心境各不相同。

「那……那個……托爾威……！我記得謁見的時候，不可以直視陛下的眼睛吧？還有沒有透過侍從直接對陛下發言是無禮的行徑，也絕對不可以咳嗽或打噴嚏……接下來是……呃……！」

「小馬，你冷靜點放輕鬆。來到陛下面前首先要跪下，接著只要回答被問到的問題就可以了。不會因為你在宮廷禮儀方面表現得不夠專精就受到責備，因為我們是要去接受表揚啊。」

動搖得最明顯的人是馬修。在勉強連第一顆鈕釦也扣住的襯衫上方，那張圓圓的臉孔一下紅一下白，忙得不可開交。托爾威拚命想要讓他冷靜下來，根本沒空感到緊張。

「……沒事……沒事的……伊爾夫、薛卡、艾奇力……姊姊會好好加油……」

哈洛喃喃唸著弟弟們的名字，幾乎快要開始祈禱。相反地，只有輕輕摸著她背部的雅特麗保持著一如平常的冷靜。也因為伊格塞姆家曾經對應過皇帝陛下的駕臨，今天只有她並不是第一次面對至尊人物。

至於伊庫塔．索羅克……從酒店出發後，他的發言次數已經減少到像是換了一個人。然而，不能掉以輕心。看在長期往來的雅特麗眼裡，那與其說是緊張，更像是在展現不快的心情。

……還是趁現在事先警告一下吧。雅特麗望著伊庫塔沒有表情的側臉，下了這種決定。

「伊庫塔，我要再三提醒你，謁見時你只要針對被問到的問題提出平凡無礙的回答就好了。因為就算是我，也不想在陛下面前把你壓制在地。」

「……我知道。畢竟我現在側腹還在痛，害我在床上難以行動。」

以這名少年來說，這次耍嘴皮的表現算是有些欠缺精彩。在眾人各有反應的期間，馬車停了下來。外面的衛兵指示他們下車，五人終於踏上了貴人居住的聖域土地。

首先映入眼簾的，是用平滑乳白色石材建造而成的壯麗大寺院。

「……怎麼可能，這裡是……白聖堂……？」

雅特麗瞪大雙眼——在邦哈塔爾的宮殿中，皇帝陛下接見他人時會使用到三棟建築物。會見外國賓客用的黃砂堂，聽取臣工上奏用的深綠堂，以及表揚為國家立功之人時會使用的白聖堂。

至於其中和皇族生活起居的區域，也就是和所謂「禁中」距離最接近的建築物，正是目前雅特麗等人面對的白聖堂。只有真正對帝國立下巨大貢獻的重臣，才能獲准在這棟建築物裡謁見皇帝陛下。以軍人來舉例，要晉升為最高階級「元帥」時就是在這裡聆聽宣告。

「隨我來。」

一名身穿長袍禮服的侍從負責領路，帶著五人踏入白聖堂內部。連雅特麗都因為緊張而腳步緩慢……就算救回公主殿下，也是由目前還沒有任何官位的一般人所立下的功績。她一直以為即使能夠謁見，頂多只會在深綠堂舉行。

御前進謁的最後確認，是由侍女檢查五人的身體。確定沒有任何可能威脅到陛下的東西後，為了護衛而獲准佩帶武器的貼身武官們緩緩打開通往內側房間的大門。

在地上鋪設的長長黃金色地毯前方，這個國家的支配者正端坐在王座上。

「雅特麗希諾．伊格塞姆、馬修．泰德基利奇、伊庫塔．索羅克、托爾威．雷米翁、哈洛瑪．

貝凱爾——以上五人，應皇帝陛下的傳召前來晉見。」

一這樣報告完畢，帶領他們來到這裡的侍從總管立刻退到旁邊，讓皇帝正面只剩下五名少年少女。高貴人物的視線形成壓力，在跪下的眾人背上施予重壓。

「夏米優，妳自己來敘述這些人的功績。」

低沉沙啞的聲音呼喚著女兒。聽到這句話後，身穿純白色紗麗的夏米優公主殿下從大臣行列的最前方走了出來。遇難造成的疲勞在這一個月間看起來已經徹底療癒，金色長髮也恢復原本的美麗，她的身影宛如大寺院裡盛開的一朵花。

「在此上奏，父王——第一，當前往高等軍官甄試會場的船隻因暴風雨沉沒之際，將因為晃動而落海的女兒從死亡深淵中救出的功績。第二，在女兒差點被共和國士兵囚禁之際，賭上性命驅使勇武和策略將敵人擊退的功績。第三，即使遭逢遇難後卻漂流到共和國領土這樣的不幸，依然拒絕輕易陷入絕望並充分臨機應變，最後終於帶著女兒突破國境的功績。」

聽完公主列舉的各項功績，陛下輕輕點頭，看向獲得光榮評價的年輕人們。

「由於你等的付出，讓繼承卡托瓦納皇室九百年尊貴血脈的朕之女兒得以避免被齊歐卡的蠻族囚禁，並回到朕的身邊。守護朕之血脈，等同於守護了帝國。既然如此，各位年輕的護國勇士們，朕就以毫不吝惜的褒獎來報答你等吧——抬起頭來。」

獲得允許之後，五人都戰戰兢兢地把臉抬起。這時他們才頭一次近距離目睹這名身為自己出生國家之支配者的人物。

皇帝尚未年老，年紀頂多是稍過了四十前後這種男性全盛期的歲數……然而明明是這樣，他散發出的氣質卻讓人聯想到巨大的枯木。只剩皮包骨的手指，抹上大量香油掩飾乾裂的皮膚，還有失去彈性和光澤褪成土黃色的金髮，在在都顯示出身心雙方面的衰老，根本無從遮掩。

頭上帶著王冠的枯木只靠著威嚴緩緩舉起右手。

「雅特麗希諾・伊格塞姆、馬修・泰德基利奇、伊庫塔・索羅克、托爾威・雷米翁、哈洛瑪・貝凱爾——自今日此刻起，授予你等五人『帝國騎士』之稱號。」

漫長的沉默降臨，皇帝的發言並沒有那麼簡單地滲入五人的大腦。

「……帝國騎士……？……咦？意思是……也就是說……封爵？」

馬修只有在這瞬間把緊張和禮節都拋到腦後，一張圓臉綻放出喜悅光輝。旁邊的托爾威卻像是白天撞鬼那般把雙眼瞪得老大，甚至連雅特麗也跟他有著同樣反應。

也難怪他們會懷疑自己的耳朵。「帝國騎士」這稱號，通常是只有在戰爭中立下極大軍功的高等軍官才會被賜予的至高榮譽之一。受封此稱號後雖然無法世襲給子孫而是僅限於當事者本身的待遇，然而卻可以列名於貴族之末席。

在帝國的身分制度下，所謂貴族是指和皇室擁有姻親關係的權貴家族成員，因此原則上來說平民不會晉升為貴族。幾乎可以算是唯一的例外就是被封爵為「帝國騎士」，而且這還附加了許多優勢。俸祿會大幅提昇，政治上的發言權也會增大，還能夠出席貴族院主辦的會議……也就是會有年紀尚輕時恐怕無法完全運用的權利會大量湧至。

正因為如此，雅特麗和托爾威無法隨便感到高興……就算他們確實立下救出第三公主的功績，這也明顯是過度的賞賜，就像是突然有人丟給他們一個用上雙手也無法抱起的獎盃。實在讓人不得不懷疑背後是否另有蹊蹺。

雅特麗扶著因為衝擊而失神的哈洛，並若無其事地把視線移向斜後方……只見伊庫塔．索羅克的臉上毫無血色，緊緊握著的左右雙拳也在微微顫抖。

他現在正在勉強壓抑住想要立刻衝上去勒住皇帝脖子的衝動——這是雅特麗的感覺，也幾乎可以說是確信。

封爵的流程結束後，皇帝以光是這樣似乎就萬分疲憊的態度把身子往後靠到王座上。接下來全都由侍從總管負責居中處理，內容包括身為「帝國騎士」應有的心理準備，以及因為事故而中斷的高等軍官甄試之結果。在此時，他們被告知五個人全部被視為特例而通過了甄試……不過因為是在封爵後才得知這消息，導致驚訝和喜悅都不是那麼強烈。

充滿意外的謁見在無視於他們意願的情況下結束，還沒有任何人能正確理解現狀，五個人就被要求退出內部房間。雅特麗背著昏過去的哈洛走在最前面，一行人離開白聖堂。

在外面，身穿白色紗麗的公主正站在兩輛有篷馬車前方等待他們。

「……夏米優殿下……」

「辛苦了，不過再稍微配合一下吧。接下來有慶祝你等封爵的慶祝儀式。」

公主殿下簡短說明後，就率先搭上左邊的馬車。

「三個人搭乘一輛，雅特麗和索羅克坐這輛，剩下三人坐另一輛。」

這是個似乎別有深意的安排。所有人按照指示上車後，馬車立刻開始往前行駛。在門窗全部關上的馬車車廂內，三個人使用著這充分能夠容納六人的空間，同時由公主殿下率先開口：

「在這裡無論說什麼都不會被車夫聽見，索羅克，你可以不必繼續忍耐了。」

公主以彷彿看穿少年內心的態度如此說道。伊庫塔鬆開一直緊握著的拳頭，先重重嘆了一口氣，才用力搔著自己的黑髮。

「……您還真動手了呢，公主。很精彩地把我的人生計畫全數破壞整個打亂……明明就算天地反轉，也只有軍人是我無論如何都不想從事的職業……」

直到一小時前還是一般人的少年呻吟著……沒錯，伊庫塔已經是軍人了。

並非是因為他們以特例通過了高等軍官甄試，那頂多只是獲得以幹部候補生身分加入軍隊的許可，按照本人的意願要怎麼辭退都行。這是指一般的情況。

問題是他們被封爵為「帝國騎士」這身分的事實……所謂的封爵，是採用「褒獎」這形式的皇帝敕命。只要身為帝國臣民，絕對無法拒絕。而且更棘手的情況是，這個稱號無論當事者意願如何都會同時附加軍籍。理由很簡單明瞭，因為騎士不可能不是軍人。

「既然已經成為軍人，就再也無法違背軍方的指示。所以從此刻起，『進入高等軍官學校就讀』

自動地從『有資格』變成『強制命令』……我費了一番工夫才獲得的國立圖書館管理員寶座這下全泡湯了，讓人根本提不起力氣發火。」

仗著車內還有空間，伊庫塔把上半身整個躺到椅子上。看著少年這副模樣，公主殿下雖然裝得面無表情，但臉上依然微微透露出一絲罪惡感。

「……殿下，能獲得過度的榮譽讓我非常感謝，然而再怎麼說這也太不自然了吧？」

雅特麗代替他開口，公主默默地傾聽。

「所謂『帝國騎士』應該正如字面所示，是賜予立下莫大功勞的軍人的稱號。因為是授予軍人的動章所以才是『騎士』，至於讓獲得『騎士』稱號的人成為軍人，順序卻是相反。據我所知，這樣的封爵沒有前例吧？」

「因為沒有前例，所以由你們開了先例。」

「殿下……」

「雅特麗，拜託妳，不要用那種表情只責備我一人……當然，這事我也有推波助瀾。然而你們的封爵並非由我個人決定，而是卡托瓦納內閣全體的希望。」

聽到公主殿下這番像是藉口般的辯解，依然躺著的伊庫塔哼了一聲。

「……就算實際狀況是事先策劃好結果的比賽，然而看在國民的眼裡，東域鎮台的敗北依舊是一場『敗戰』。即使讓國民把憎恨的目標朝向齊歐卡，把責任強推給軍方，還是無法避免情勢變得不安吧？」

「…………」

「在這種時候，需要能讓國民感到樂觀的偶像……簡單來說就是英雄。」

公主嘆了口氣。伊庫塔的洞察力很可靠，但是更令人害怕。

「……正確答案。我和你們生還的時機實在太湊巧了。年輕的軍官候補生們帶著下落不明的第三公主，從隨時要將東域再奪回的齊歐卡共和國回到帝國內。在敗戰這種巨大的惡耗中，只有這個消息成為國民的希望之光。當然沒有理由不把這件事拿來利用在政治上。」

「是啊，沒錯。畢竟皇室似乎擁有玩弄臣民人生的權利呢。」

伊庫塔的諷刺少了幽默感後，已經只是單純的言語利刃。

「簡而言之，我們就成了要讓帝國兩千萬人得以心安的英雄……算了，先把這些放一邊去吧。雖然不甘心，但事到如今無論再怎麼抱怨，敕命也不會改變。而且最重要的一點，我想先問清楚的事情是別的部分。

——我說，公主。您用這種形式把我們納入自己手中，到底是打著什麼主意？」

伊庫塔抬起上半身，隨即終於切入了核心。

「這是大家從一開始就感到懷疑的問題。為什麼第三公主這等人物會在前往希爾喀諾列島的船上呢……不過看在像我這樣的老油條眼裡，只想得到一個能讓我自己接受的理由。」

「那……那是公務的一環。有鑑於我國和齊歐卡之間的戰局惡化，我打算去鼓勵將背負起我國未來的軍官候補生……」

「如果您的舉止行為幼稚到符合實際年齡，我倒是可以把這種表面藉口當成妳的真心話……不過，已經不行了，您在很多方面都已經表現出過度優秀的才幹。不只是我，就連雅特麗和托爾威也已經察覺到公主您那小小的腦袋中還另有企圖——庫斯，打出遠光燈。」

被伊庫塔抱在懷中的庫斯用強烈的光線照射公主殿下，就像是要照出那不清不楚的內心。

「嗚……住……住手，索羅克！好刺眼……」

「還是老實招供吧。像公主這樣的重要人物去見那些今後很有可能出人頭地的年輕人時……肯定是因為對今後的利益有所期待，因此要先來建立起關係。」

或許是因為被封爵為「帝國騎士」讓伊庫塔痛苦難耐吧，他一反常態地以殘虐的態度責備少女。然而公主這邊也不打算一直把主導權讓給對方。

「……你那多疑的個性是從父親身上學來的嗎？索羅克……不，伊庫塔．桑克雷。」

這瞬間，少年不再眨眼。他用手指打信號讓庫斯消去燈光，並以尖銳眼神瞪著對方。

「……只要交給皇室引以為傲的諜報部隊，要摸清一個人的底細甚至不須用到一個月嗎？」

「只有當今陛下才能運用那個部隊，我無權使喚，這次也沒有必要動用。根據你在發生非常事態之際的優秀才智、臨機應變、行動力，一般帝國人辦不到的完美齊歐卡腔，還有更重要的一點，是你對現在已過世的利坎中將要求無視敕令全軍撤退時的激動態度……湊齊這麼多線索後，已經足以讓我產生一點推測。」

公主取回對話的方向性後，突然以謝罪的眼神看向雅特麗。

「我必須向雅特麗道歉。為了探查索羅克的來歷，我跳過妳直接和伊格塞姆家交涉……因為根據兩人的信賴關係來判斷，我想你們之間互相隱瞞的事情應該不多。」

「……父親他……說了嗎……」

「他原本試圖遮瞞。然而，是我以權力命令他無論如何都必須開口……不過像這樣強行問出真相後，我卻對你們之間的良好關係感到難以理解。」

而這份不解直到現在都尚未解除的證據，就是公主殿下的眼裡有著困惑的神色。

「雖然身為史上數一數二的名將，卻在作戰行動中無視命令而蒙上『戰犯』污名，在前齊歐卡戰役結束後於獄中過世的帝國軍總司令，巴達．桑克雷……你就是他的遺孤，伊庫塔。」

面對夏米優殿下打出的王牌，少年像是賭氣般地轉開臉。

「……既然不是從石頭裡蹦出來，當然會有雙親。話說起來，為我的誕生提供了微小要素的男人，或許的確是叫那個名字吧。」

他賭氣的方式是明顯地變得很孩子氣。公主感覺自己終於取回主導權了。由於這是和伊庫塔相遇後一直被對方奪走沒能拿回的東西，所以現在似乎連自尊也一起回到自己手中，讓她在不知不覺間愈來愈得意忘形。

「還有其他情報。被你稱呼為老師，也是最先提倡所謂『科學』這種思考方式的人物，就是去年從帝國亡命到齊歐卡共和國的老博士，『瀆神者』阿納萊．卡恩吧？據說他和巴達．桑克雷似乎是長年的盟友。」

「『瀆神者』這種別稱，我倒是覺得會被那個老先生當成一種稱讚。」

「還有其他！教導你齊歐卡腔說話方式的人，是你的母親吧？聽說是當年戰勝時，好色的當今陛下把齊歐卡後宮美女當作戰功的褒獎，賜給了巴達上將。名字應該是優嘉．桑克雷……嗚！」

伊庫塔的眼中失去了理性的光芒，他迅速伸出右手撈起公主的領子。就連在這瞬間試圖出手阻止的雅特麗，這次也被他用左手推開。

「——妳敢再侮辱我母親，我就用這隻手勒死妳。」

伊庫塔以很少表現出來的殺氣騰騰表情瞪著公主殿下。這狀況並沒有持續很久，在雅特麗重新站直身子時他已經放開了對方……然而，這樣就夠了。短短數秒間發生的事情，已經把「被他人憎恨」的恐懼深深烙入年幼少女的心中。

「……這真是討厭的宣言，因為到那時，我也必須把你勒死。」

雅特麗挺身把受驚狀態的公主擋在背後，並壓低聲音牽制伊庫塔。恢復冷靜的伊庫塔舉起雙手，把自己剛才的行為丟一邊去，表示出非暴力的意志。

就這樣，對話被打斷了。當公主在雅特麗安慰下總算恢復正常呼吸時，馬車已經到達目的地並停止。伊庫塔率先打開車門跳了下去。

應該已經前進了好一段時間，然而他們居然還在庭園內部，只是移動到適合舉辦慶祝宴會的東邊廣場。在色彩鮮豔的花朵整齊綻放的庭院中，可見餐桌上排列著極盡奢華，帝立高中畢業紀念宴會根本完全無法與之相比的各式料理，還有獲邀的高級軍官和權貴正拿著酒杯彼此談笑。

「啊啊太好了，果然慶祝宴會很有水準。這下總算可以讓心情稍微恢復。」

「等等伊庫塔！殿下還沒……！」

伊庫塔徹底無視公主發青的臉色，一發現站在稍遠位置的馬修等人，立刻打算去和他們會合。雅特麗的聲音裡也不由得出現責備的意思。

少年繼續背對兩人，以乾啞的聲音說道：

「我說雅特麗，妳通過了高等軍官甄試，還得到了首席根本比不上的『帝國騎士』稱號。雖然有些讓人無法釋然的部分，不過就算扣掉那些，對妳來說今天毫無疑問是個值得紀念的日子，對吧？」

「…………」

「相較之下我的情形又是如何呢？和妳一比簡直就像是鏡中相反的兩種結果，完完全全是人生中最惡劣的日子，和母親過世那天難分上下。畢竟我在今天，同時獲得了三個原本希望自己這輩子裡絕對不要成為的身分。貴族、軍人──還有英雄。

在這種日子，總之只能先喝到什麼都搞不清楚再說。這是我唯一能想到的對應方式。」

以顫抖的聲音如此說完後，伊庫塔直到最後都不曾再看向公主殿下，而是直接離開。

即使找遍這世上的每一個角落，能夠讓他停下腳步的發言恐怕都不存在吧。

第三章

Alderamin on the Sky

永靈樹的看門狗

帝國軍中央基地附屬高等軍官學校是位於帝都邦哈塔爾往南約三十公里位置的訓練設施。現在的卡托瓦納帝國採取募兵制度，平時就有四千名以上的職業軍人隨時駐紮在中央基地裡。

「給我打起精神跑～！從二等兵到元帥，怎麼可能有沒體力的軍人～！」

歇斯底里的怒吼聲在晴空萬里的藍天裡響起。古今東西，講到在軍方設施裡的「教官」，基本上都是指「魔鬼教官」。他們對部下的教育，首先是從把新兵們收藏在心中的寶物——主要是指自由意志或個人尊嚴這類的天真幻想——全都摧毀粉碎這步驟開始。

「怎麼了，馬修．泰德基利奇准尉——！『會動的胖子』不是你的賣點嗎！慢吞吞的肉丸子在戰場上只會成為擋子彈用的肉靶！」

「……s……Sir, yes, sir！」

「速度慢下來了，哈洛瑪．貝凱爾准尉——！醫護兵必須比任何人更快在戰場上四處奔跑尋找負傷者！這樣差勁的體力能夠勝任嗎！」

「呼……呼……呼……s……Sir, yes, sir！」

「哈洛小姐加油，還差一點……！」

「還有力氣去關心其他人累不累，不愧是托爾威．雷米翁准尉——！追加三圈給溫柔的你當禮物！滿懷感激地收下吧！」

「……Sir, yes, sir……！」

「雅特麗希諾・伊格塞姆准尉——！聽說妳最喜歡跑第一個，所以隊伍最前面就是妳的指定席！不准妳跑在其他位置！要是被超過，在反超回來為止之前絕對不准停！」

「Sir, yes, sir！」

本期高等軍官甄試的合格者是男性二十四名，女性八名，共計三十二人。耗在基礎訓練的最初三個月內，全體必須一起接受教官的魔鬼訓練。馬拉松、體能訓練、團隊行動、射擊技術、白刃戰鬥技術……目前的訓練內容，和普通士兵並沒有兩樣。

總之就是過著被迫像白痴一樣不斷跑步，由於毫無道理的原因而受到連帶懲罰，還有被教官痛罵到耳朵長繭的日子。這是要讓一般人成為軍人的必經過程。到身體能搶在腦袋之前先對教官的命令產生反應為止，這種生活都會一直持續下去。

「伊庫塔・索羅克准尉，你落後一圈了——！你不覺得給同伴帶來困擾很丟臉嗎！而且為什麼你這傢伙的眼神這麼無力——！我看你乾脆收拾包袱滾回老家去——！」

「哎呀……就是說啊，我很想那樣做……」

「你說什麼啊啊啊啊！聲～～～～音太～～～～～小了啊啊啊啊啊～～～～！」

「Sir, yes, sir！」

「我到底犯了什麼罪，得受到這種對待啊？」

伊庫塔不死心地抱怨著。現在是好不容易才剛熬完上午訓練後的午休時間，大家正吃著用圓筒形黏土烤爐烤出來的薄麵包，搭配加入大量辛香料，從大鍋裡舀出的燉煮料理。至於地點則像是在惡整他們一般，位於室外。

「這嘛，應該是貪逐女色之罪吧？不管怎麼說，帝國軍的制服很適合你喔，伊庫塔准尉。」

雅特麗以平靜的表情開口挖苦。在場所有人都穿著同樣的無袖襯衫和深咖啡色褲子。正式制服則要加上外套和帽子，左胸還得別上階級章。就連放在腰包裡的精靈們的頭上都戴了一頂紅色頭冠顯示隸屬於軍方。

如果說把這身軍服穿得最有模有樣的人是雅特麗，那麼相反的範例毫無疑問就是伊庫塔。不過這與其說是外貌的問題，由於本人自覺造成的影響似乎更為嚴重。

「嚼嚼……喂，伊庫塔准尉，如果你不吃那個就給我吧。」

「吾友馬修，我是在等它變涼啊……或者該說既然你擁有風精靈，乾脆為大家提供一下清涼不是很讓人開心嗎？還有那邊的小白臉，你也是一樣。」

聽到伊庫塔這種厚臉皮的要求，善良的托爾威真的命令搭檔沙菲送出涼風，馬修的風精靈圖也跟著照辦。

「得……得救了……每天都這個樣子，會熱死人呢……」

和伊庫塔一樣筋疲力盡的哈洛搖搖晃晃地過來吹風……雖然她的搭檔水精靈米爾能夠製作出冰

塊，然而因為每天的生產量有限，所以被教官指示必須保存起來以備出現傷患時使用。

「打起精神來，阿伊，哈洛小姐。下午的預定是團體行動和十字弓的射擊訓練，還有課堂講習。需要跑來跑去的只有最後的馬拉松而已，不過那也是傍晚才舉行因此會比現在輕鬆很多。」

「你這算哪門子的鼓勵？還有別叫我阿伊。」

伊庫塔一邊回嘴，同時把沙菲的「風穴」朝向自己。這動作讓雅特麗生氣了。

「等一下，你那樣這邊就沒風了呀！不要一邊嘀嘀咕咕抱怨一邊獨占涼風。」

「哼，從首席畢業生晉級為帝國騎士的人，居然無法把涼風禮讓給別人……」

「你這個在哪裡聽過的理論，只會遭到在哪裡聽過的反擊——身為紳士的帝國騎士當然願意讓女士優先吧？伊庫塔先生。」

雅特麗這樣回嘴後，把沙菲先抱了起來，並在能讓自己和哈洛吹到風的位置把他放回地上。當伊庫塔有氣無力地打算回頭繼續吃飯時，眼前突然出現三個身影。

「哎呀～遲鈍的帝國騎士大人，今天只落後一圈而已真是太好了呢。」

和雅特麗與馬修的發言不同，完全感覺不到親切的嘲諷在耳邊響起。伊庫塔愣愣地抬頭看向對手，只見符合預料的幾張臉孔一起出現在眼前——渾身肌肉的阿格拉、長著暴牙的科薩拉、還有眼睛特別大的尼拉。他們是同一期的合格者中從一開始就成群結黨的三人組。

「我們為體力不足的騎士大人準備了特別的營養劑喔，來來，收下吧。」

某種還在扭動的細長物體從科薩拉的手中落下，掉進伊庫塔端著的盤子裡。以不安表情旁觀情勢發展的哈洛發出小聲的慘叫。

在燉煮料理之海裡滾動的東西，是有著無數節肢的大蟲子——蜈蚣。

「聽說在齊歐卡會拿來泡在酒裡，你就試試看吧。」

阿格拉抱著像是樹幹般的粗壯手臂露出不懷好意的笑容。伊庫塔這時突然露出嚴肅表情，抓起掉在旁邊的尖銳石頭。容易大驚小怪的尼拉激動地跳起來大吼。

「怎……怎怎樣！你……你想打架嗎！」

「吃我這一記！」

伊庫塔看準蜈蚣要逃往盤子外的時機，用尖銳石頭猛砸下去。近似黃色的液體飛濺出來，失去頭部的蜈蚣身體還在繼續蠢動，彷彿在展示其強韌的生命力。

接下來的光景，讓阿格拉、科薩拉、尼拉這三人組起了整身的雞皮疙瘩。伊庫塔用手指抓起被解決的蜈蚣湊近嘴邊，然後就這樣當成麵條整個吸了進去。他發出像是在咬碎雞軟骨的聲音嚼了一陣子之後，咕嘟一下吞進肚裡。

「——多謝招待。順便說一下，蜈蚣這玩意雖然不是不能吃，不過牙上有毒所以只有頭一定要切掉不然會有危險，下次請記得處理。還有蜈蚣酒只是傳說，起碼那並不是齊歐卡一般的飲食文化。」

伊庫塔淡淡地說明，並把之前泡過蜈蚣的燉煮料理扒進嘴裡。三人組茫然地望著他這副模樣，不久之後阿格拉一言不發地轉過身子，另外兩人也跟著離開。

雅特麗目送他們不滿的背影離去，並苦笑著聳了聳肩。

「對敵人再不了解也該有個下限啊，居然偏偏拿蟲子來對付伊庫塔。」

「這是某段時期的主食啊，我的身體有一半是由蟲子組成。」

伊庫塔得意地挺起胸膛。另一方面，哈洛還在瞪著已經遠去的三人組背影。

「……剛剛那實在太過分了，如果是我被那樣對待一定無法忍耐。」

「算了，那也不是現在才開始的事情，手法這麼幼稚不是挺好笑的嗎？」

伊庫塔悠哉地回應。和他認識已久的雅特麗明白——很不可思議，這個人對於「幼稚」、「不成熟」、「年輕人犯的錯」等等特質相當寬容。所以他單方面對馬修有好感似乎也是基於這種理由。反過來說，他似乎不喜歡那種不符合年齡，過度成熟的行為舉止，因此讓人也能理解他為什麼和夏米優殿下合不來。

「我們『騎士團』本來就是嫉恨的對象嘛，要一一對付那些傢伙也很麻煩，他們能把攻擊都集中在伊庫塔身上實在感謝。」

「雅特麗小姐，那樣似乎太過分了一點……」

托爾威出言規勸這過於坦率的意見——他們五個遇難成員因為所有人都獲得封爵並憑此入學，自然而然就被周遭稱呼為「騎士團」。當然比起尊敬，這稱呼帶著更強烈的嫉妒和輕蔑，甚至還有人叫他們「靠著第三公主幫開後門才通過甄試的傢伙們」。這從某角度來說是事實，因此難以反駁。

……話雖這麼說，攻擊集中在伊庫塔身上的原因大部分出自於他本人。原本就不想通過甄試的伊庫塔和萬中選一的合格者們相較，體力上比平均水準落後很多，訓練剛開始時嚴重地拖累了周遭的腳步。再加上那露骨的缺乏幹勁態度，被嘲笑成「遲鈍的帝國騎士大人」也是沒辦法的事情。

徹底填飽肚子的馬修摸著唯一沒變的圓滾滾肚子開口說道：

「也沒什麼啦，無視那種傢伙就是最好的對應。所謂愈弱的狗愈會亂叫嘛。」

「由你講出這話很有說服力呢。」「這話你來說很有說服力。」

「為什麼只有這種時候會這麼有默契啊！你們實在太讓人不愉快了！」

馬修鼓著雙頰鬧起彆扭，哈洛也噗哧笑了出來。就這樣，雖然周遭環境有著各式各樣的問題，但至少「騎士團」眾成員還是相處融洽。

撐過團隊行動和射擊訓練後，終於來到室內的課堂講習時間。已經筋疲力盡的伊庫塔剛往教室桌上一趴，就感覺到旁邊有人坐下，讓半夢半醒的他又回到現實。

「可以坐在你旁邊嗎，索羅克准尉。」

搖晃著一頭美麗金髮的少女開口發問……深咖啡色的下半身制服和白色襯衫，以及准尉的階級章。雖然無論看哪裡都是和伊庫塔這些高等軍官候補生同樣的打扮，然而全體的尺寸卻極小。至於本人的模樣則是不管怎麼看，依舊是還無法確定是否上了中等學校的年齡。

「……因為桌子和椅子都不是我的東西，所以請便吧，夏米優准尉大人。」

伊庫塔的語氣很冷淡——「皇族接受軍事教育」這件事本身在皇帝位居軍方組織頂點的卡托瓦納帝國的制度上，並不是特別不自然的行動。然而這次卻另外有兩大項特異之處，一是夏米優殿下才十二歲的年齡，二是她也以和其他候補生同樣的立場進入高等軍官學校就讀。

關於年紀太輕這方面，似乎是靠著公主的早熟傑出才能以及拿皇族身分來強行突破後才得以通過。至於以一介准尉身分進入高等軍官學校的安排，似乎也是為了促進皇室形象提昇的政治手段之一——也就是說再怎麼樣本人的想法都是另當別論。

在公主殿下就座的同時，教官進入教室開始授課。目前課程的內容尚未涉及到太深奧的部分，可以說是為了確認各學生在高等學校等地方學過的用兵學基礎而進行的複習。

所以伊庫塔和公主都同樣感到無聊。在少年第七次打起呵欠時，少女下定決心將手上用來抄寫板書的黑石板轉向隔壁，開始寫起私人的訊息。

——在這裡的生活順利嗎？看起來似乎有點瘦了。

發現公主用文字對自己搭話，伊庫塔考慮了一會之後，也在自己的黑石板上寫下回答。

——無論是誰，就算不願意也會變瘦。要不要試試和我們一起跑啊？

被踩中痛腳的公主「嗚」了一聲……沒錯，正確來說她並非處於「和其他候補生相同的立場」。這類課堂講習還另當別論，要面對體能訓練和白刃戰鬥技巧等艱苦的訓練時，她的基礎體力和年長的候補生們相比有著絕對性的不足。

因此，受到皇室指示的教官們為公主殿下安排了專用的課程，伊庫塔就是在挖苦這點。不過以客觀角度來看，他這態度相當不成熟……

——不能睡午覺，不能喝酒，也不能接近妙齡女性。我的三大欲求精彩地全滅。在這種地方要以什麼為樂趣生活下去呢？

坦率的不滿接二連三地被列舉出來。公主邊嘆氣邊移動粉筆。

——三個月的基礎訓練期間應該很快就會結束，並開始正式的軍官教育。雖然現在每個人都只是空有名號的准尉，不過等到擁有部下以後，待遇自然也會跟著改變吧。

——比起部下，我現在更想要單人房。睡在共用房間的三層床上根本無法把女性帶回去。

——女人、女人……你的腦袋裡只有這個嗎？老實說，你在這裡向我抱怨這些也只是造成我的困擾。

——哎呀，真是抱歉。我弄錯商量的對象了，對於小朋友來說這話題太深奧了呢。

這充滿挖苦的一句話讓公主內心的怒氣猛然膨脹——每一次都這樣！明明自己這邊盡量體貼地對他說話，這傢伙卻完全不肯打開心扉。無論再怎麼以好意相對，他也只會用壞心眼的諷刺來回應。

即使如此，關於透過封爵為「帝國騎士」來把伊庫塔硬綁入軍籍的事情，夏米優殿下內心有愧。再加上他還有兩次拯救自己逃出窮途的恩情。只要想到這些，不管遭受多麼冷淡的對待，公主都不會想要對這少年發怒。

而且……每當和他溝通失敗時，胸中會有一種朦朧又煩悶的感情和怒氣一起沉澱。這份感情的真面目到底是什麼？公主並不很明白。很不幸，她還沒有能針對這類問題提供建議的親密友人。

「……戰役中，下級士官的活躍表現特別引人注目的戰局是？夏米優准尉。」

「──！」

教官突然提出質問，讓公主殿下慌慌張張地站了起來。然而，她沒有進一步的反應。就算是天才兒童，沒聽到質問的內容也無法作答。

「第132頁。」

當公主拿著教科書不知所措時，旁邊的伊庫塔低聲講了一句。察覺到這是援手的她也迅速地翻開頁面，「特別引人注目的戰局」──符合條件的記述只有一個。

「……阿布西利亞擊破戰？」

「正確答案，請坐。」

公主鬆了一口氣再次坐下。瘦巴巴的教官這時把不懷好意的眼光轉向她的旁邊。

「那麼──請闡述這場戰事的詳細內容，以及在戰爭史上的意義，伊庫塔．索羅克准尉。」

聽起來就很麻煩的問題輪到伊庫塔回答。這也是家常便飯了。由於凡事都表現出一副缺乏幹勁的態度，因此伊庫塔不只被同學還有前輩討厭，連特定某幾個教官也對他很感冒。

然而，沒有屈服於這些來自周圍的霸凌，目前依然繼續受人討厭的情況本身就不太尋常。伊庫塔強忍著呵欠站起，開始展示箇中緣由。

「……這是在帝曆七八八年，皇帝陛下御駕親征現在已經是齊歐卡共和國領土的極東亞波尼克州時發生的『亞波尼克戰役』的其中一場戰局。帝國方面的指揮官是伊爾思希姆．鳩爾格上尉。他是以這次的戰功為起點，之後甚至晉升到元帥位階的名將，現在仍然被視為英烈祭祀。」

「繼續說。」

「阿布西利亞擊破戰——正確名稱是『阿布西利亞涇地各個擊破戰』的這場戰役如果根據當時的基準，是在對帝國方面明顯不利的狀況下開始。伊爾思希姆上尉指揮的獨立營八百人遭到亞波尼克軍以三個連共一千六百人分別從北、東、西三方向進軍，處於不立刻撤退就會被兩倍戰力包圍殲滅的關鍵局面。

然而在這種普通指揮官只能做出撤退判斷的場面下，伊爾思希姆上尉卻採取了完全相反的行動。他命令自己指揮的士兵們捨棄等於是沉重負擔的風臼炮和一半軍糧，先讓全軍裝備減輕之後，強行發動了會讓人覺得是無謀的行動。

他的目的很單純，是要趕在來自北、東、西三方向的敵軍『會合之前先一個個解決』，也就是各個擊破戰法。儘管總戰力處於劣勢，但只要敵方部隊處於分散為三部分的狀態，那麼自軍就會比單一敵人更為強大。雖然一旦和戰力合流的敵方開戰將會確實落敗，然而即使必須和會合前的敵人連續對戰三次，也是會由己方獲勝。所以伊爾思希姆上尉基於這份確信發起連戰，結果獲得了符合策略的戲劇性勝利。」

伊庫塔愈是滔滔不絕地論述，教官的表情就更是扭曲苦悶。

「關於這場戰事在戰爭史上的意義，一般被認為是『創造了戰術性勝利顛覆戰略性敗北的實例』。即使全體形勢處於下風，只要累積局部勝利，就能夠推翻勝敗結果。直到現在，這觀念依然

對帝國軍的精神有影響，『效法伊爾思希姆！』甚至成為鼓勵劣勢部隊時的慣用句——然而，真的是這樣嗎？」

伊庫塔用強而有力的反問制止了打算叫他坐下的教官。身處同一教室裡的學生們紛紛把視線集中到伊庫塔身上，當公主回神時，他已經成為現場的中心。

「我認為如果只把伊爾思希姆上尉的勝利視為單純的精神論證據，實在太浪費了。『戰術性勝利顛覆了戰略性敗北』這點雖然是單一角度的事實，然而後世的軍人必須先把這個事實納入考慮後再建立戰略。所以，這裡我們不應該單純地稱讚伊爾思希姆上尉的精彩表現，而是該去領會當初只有他注意到的戰術性優勢地位。

伊爾思希姆上尉的部隊和亞波尼克軍相較之後，擁有三項主要優勢。第一，敵方兵力分為三部分，相對之下他的兵力卻集中在一處。第二，和敵方相比，他的部隊裝備是壓倒性的輕便，在機動力方面取勝。還有第三，透過事前調查，他熟知阿布西利亞溼地的地形。這三個要素，讓他腦中可以描繪出遠比亞波尼克指揮官們更寫實的戰況推移。

簡單來說，首先亞波尼克軍的指揮官們掌握了『敵方和我方在阿布西利亞溼地上的兵力』，並據此確定自軍的優勢。然而伊爾思希姆上尉卻連『配置在阿布西利亞溼地上的敵我雙方部隊會在什麼時間位於哪個位置』都已經看穿。結果，在他心中，兩軍的優劣就逆轉了。」

教室裡的每一個學生們，甚至連教官在內，都專心地聽著伊庫塔的演講……不，正確來說只有一個人是例外。坐在最前列的炎髮少女現在根本不需要再去聽這些。

「可以理解嗎？至今為止的戰爭只把『戰爭地點』和『彼此的兵力比』作為判斷的依據，而伊爾思希姆上尉則追加了『每一時期的部隊所在位置』作為第三項判斷基準。讓二維思考的戰爭進化到三維思考，這才是他真正的功績。

如果要正確繼承這份遺產，現代的指揮官們在戰場上打開地圖時，不能只是漫不經心地觀看。而是必須像在腦中浮現出盲棋棋盤那樣，想像著即時在地圖上四處行動的部隊才行。」

看準長篇大論結束的時機，坐在窗邊的托爾威率先鼓掌。接下來雖然不是所有人都照辦，但其他學生也呼應了這個動作，坦率地帶著讚賞之意拍起雙手……雖然說來諷刺，但聽眾由這些學生組成對伊庫塔來說是件幸運的事。不愧是通過高等軍官甄試的成員，在場學生們的素質起碼都足以理解這場演講的價值。

伊庫塔隨便揮揮手回應掌聲後，或許是已經感到滿足吧？他就像是斷了線的人偶那般一屁股坐下。趴在桌上那張毫無霸氣的側臉跟剛才簡直是判若兩人。

然而……公主心想。雖然不甘心承認這點，然而自己應該希望能再見識到他像這樣一時興起而發揮出的智慧才能和行動力。

伊庫塔在課堂講習時偶爾會發揮出才能的片鱗半爪，然而除此之外的訓練就顯得相當無能，尤其是白刃戰鬥技巧和射擊技巧實在慘烈。以下就節錄能簡單明瞭顯示出其慘狀的一段插曲吧。

「伊庫塔准尉！快點起來！格鬥時敵人不會等你！」

「噢，這是因為沒有做好保護自己的動作所以昏過去了，我現在就叫醒他──喝！」

伊庫塔一翻白眼，雅特麗立刻過來把他弄醒。確認好不容易起來的他有確實回去練習對戰，教官滿意地去巡視其他地方。然而……

「……怎麼回事？不是才剛被叫醒，伊庫塔准尉又昏倒了嗎？」

「噢，這是因為被擊中肚子所以痛到昏過去，我現在就叫醒他──喝！」

雅特麗再度過來把他弄醒。這次基本上他還是爬了起來，因此教官放心地去巡視其他地方……但是，三分鐘後回來一看，伊庫塔又同樣倒地不起。

「……喂，伊庫塔准尉口吐白沫了，沒問題嗎……？」

「噢，這是因為受到勒絞攻擊所以窒息了，我現在就叫醒他──喝！」

第三次過來的雅特麗這次也沒讓少年有機會偷懶。勉強才爬起來的伊庫塔正一臉茫然地想要回去練習對戰，卻在途中砰地倒了下去開始抽搐。

「伊……伊庫塔准尉？有傷患！醫護兵！」

「噢，這是因為復甦法的副作用導致肌肉不正常反應，我現在就叫醒他──」

「夠了！已經夠了快點送他去醫務室！」

在教官叫停之前，伊庫塔以「練習三次卻昏倒四次的男人」這身分留下了傳說。順便提一下在這之後，同輩們稱呼雅特麗時似乎一律都會尊敬地加上「小姐」。

此外，還有這樣的故事。這發生於使用十字弓練習射擊技巧的時間。由於只有風精靈的持有者才能使用風槍，因此任何人都能使用的十字弓是全體士兵共通的遠距離武器。問題是……

「……伊庫塔准尉，你真的看得見標靶嗎？」

「當然看得見，我雖然這副模樣但視力不錯。」

「那麼，為什麼你連一次都沒射中？」

「也會發生丟十次硬幣結果全部都是背面的情況嘛，總之就是所謂的機率。」

「……那麼，根據你的自我評價，射出去的矢會命中標靶的機率是多少？」

「再怎麼說射五次也會中個兩次。因為到現在為止射十次都沒中，所以接下來應該會發生『觸底反彈』才能打平統計上的收支。哎呀您請在旁邊看著吧，按照我的計算，一定會連續命中五～六次。」

伊庫塔一邊宣言，並轉動滑輪拉緊弓弦，把新的箭矢放了上去……然而打著這次一定要射中的主意並瞄準後射出去的箭矢，又飛向錯誤的方向並刺進地面。

「……又沒中。」

「是啊，很遺憾。」

「你剛剛的計算要怎麼解釋？」

「因為現在是連續十一次沒射中，所以接下來只要連續命中七～八次就能打平……」

伊庫塔還沒說完，教官的鐵拳制裁就命中了他的後腦。

「機率才不是那種東西！為什麼不修正認定五次會命中兩次的預測！」

這就是硬要賣弄多餘的歪理結果踩到教官地雷的好例子。不用說，伊庫塔之後落入必須接受一對一嚴格特訓的下場，直到他總算能夠射出一般水準的命中率為止。

先不管是好是壞，在伊庫塔向周圍展現出存在感時，其他的「騎士團」成員們也專心投入自己的訓練中。雅特麗對托爾威的競爭意識雖然依舊不變，然而由於志願兵種不同，讓兩人比較能力的機會尚未造訪。反而因為同樣身為風槍兵，讓托爾威和馬修的交情逐漸加深。

好幾個壓縮空氣迸發的聲音互相重疊，在室外的射擊訓練場內迴響著。以連同精靈身體一起抱起的姿勢來舉好風槍，瞄準遠方的標靶，射擊。這是召集擁有風精靈的學生們一起進行的射擊訓練。

「……——呼——呼……哼！」

慎重瞄準後射出的鉛彈，貫穿了位於四十公尺外的人形標靶的心臟部分。即使身處自認射擊技術高明的眾學生之中，托爾威．雷米翁的技術依然出類拔萃。或者該說，他對於射擊這種行為的造詣之深，和其他學生有著根本性的不同。

「又命中了嗎……雖然不甘心，不過以你的技術大概可以直接狙擊敵方指揮官吧。」

馬修一邊嘆氣，同時把子彈塞進自己的風槍裡。兩人的命中率有著顯而易見的差距，就連不服輸的馬修也只能乖乖承認。如果距離是十公尺或二十公尺，雙方差距倒還不太明顯，不過只要距離繼續拉開，馬修的子彈就會慢慢無法命中。

「謝謝，小馬……因為就算再怎麼說還辦不到直接狙擊指揮官，能擊中遠處目標就已經是單純的大幅優勢。我想首先要把這個技術練到頂點。」

托爾威說完，接著又開了一槍。標靶上的洞沒有增加，不過並不是因為他射偏了，而是因為子彈通過先前打出的孔。

「風槍在戰爭中登場已經過了百年，實際上它的存在驅逐了過去主力兵種的『槍兵』，我認為這份霸權應該還會持續一陣子……雷米翁家的確是發明了戰列步兵戰術，但是我想要在『槍的戰爭史』上再加入和那不同的嶄新一頁。」

「好遠大的目標。不過所謂『嶄新的一頁』具體來說是什麼內容？又是槍兵的新戰法嗎？」

「雖然我已經有大略的構想，不過現在暫時保密。下次再聽我聊吧，小馬。」

當他們把配給的子彈都全部用完時，教官正好發出了「停止射擊！」的命令。聽到這指示後，托爾威和馬修將風槍從搭檔的風精靈身上拆下，接著把沙菲和圖各自收進腰包裡，和其他學生們一起整列。

「上午的訓練就到此為止！接下來是午休吃飯時間，解散！」

學生們都鬆了口氣。吃完飯後，在下午訓練開始前都是貴重的自由時間。

「結束啦，總之先去餐廳和阿伊他們會合吧。」

「總是只有『騎士團』成員湊在一起好像也不太對吧。算了，今天我還是配合你們啦。」

兩人有共識後開始往前移動，然而當他們選擇走近路前往餐廳並進入倉庫後方時，卻和先聚集在那裡的人群打了照面。有五個看起來有些不良的前輩軍官正湊在一起抽菸。

「……嗯？你們是來做啥的？這裡不能通過。」

「准尉的階級章……而且又是這年紀，看來是高等軍官課程的新生吧。」

「殼都還黏在身上的小雞嗎？喂，想去餐廳的話別想偷懶，乖乖去繞散步道吧。」

他們發出咯咯笑聲。在這種地方吸菸當然不是什麼好事，然而所謂軍中的學長學弟關係卻強大到不合理的地步，因此這種時候必須禮讓給年長者。

「打……打擾了！……喂，我們回去吧，托爾威。」

馬修迅速地想要回頭，不知為何托爾威卻繼續發呆不肯移動。

「托爾威？趕緊走吧。」

「…………啊……嗯……」

托爾威終於回神，然而他的視線依然在對面較後方的兩名前輩軍官之間徘徊。對方似乎也注意到這一點……以懷疑的眼神看向他，這時才終於察覺到是怎麼回事。

「——咦？什麼啊，原來是小托爾嗎。」

一名前輩軍官站了起來，發出莫名親切的聲音。那是個有著碧眼，長相相當英俊的男性。不只眼睛顏色類似，連長髮也和托爾威一樣是淡綠色。收在他腰包裡的是風精靈，階級章則是上尉。

「哈哈，你看，斯修拉。喂，你們幾個也給我站好，帝國騎士大人大駕光臨了喔。」

青年一邊說，同時拍了拍坐在旁邊的剃平頭大漢的肩膀。那人以單眼皮且眼白較多的眼睛狠狠瞪向托爾威，眼珠的顏色果然也是清澄的綠色。搭檔照例是風精靈，不過除此之外，他的背上還背著一支口徑特別大的風槍。軍階是中尉。

「薩利哈大哥，斯修拉二哥……」

托爾威以發著抖的聲音叫出對方的名字。被稱作薩利哈的青年笑著走了過來。

「好久不見了小托爾，過得好嗎？嗯嗯？哎呀，我也是今天才剛從北方鎮台回到這裡，本來想說今晚去找你打個招呼，這下倒是省了麻煩。」

薩利哈上尉一邊說個不停，同時用右手拍著弟弟的肩膀。儘管兩人的體格幾乎相同，然而這時的托爾威卻跟平常不太一樣，整個人縮成一團。

「……看到兩位哥哥能平安回到中央，實在是太好了。」

「哎呀～那邊每天都閒到發慌呢，真羨慕能和齊歐卡軍交手的東域那些傢伙……呃，你是小托爾的朋友？」

由於話題轉到自己身上，馬修反射性地點了點頭。

「是嗎是嗎～——啊，我叫做薩利哈史拉格．雷米翁，基本上是這傢伙的哥哥。那邊剃平頭的大塊頭是斯修拉夫．雷米翁。方便的話，可以告訴我你的名字嗎？」

「我是馬修．泰德基利奇准尉。初次見面，薩利哈史拉格．雷米翁上尉。」

「啊啊啊～別這樣別這樣！不必加上尉也不必稱呼全名，叫薩利哈就可以了。」

馬修不由得歪了歪頭。階級比自己高的人要是過於親和，倒也很難應對。

「不過啊不過啊，你的全名我也還算有印象喔。是救出第三公主獲得帝國騎士稱號的五人之一吧？弟弟和伊格塞姆家的長女雖然一看就知道是哪一個，不過其他的名字倒是讓我很在意。哦～是嗎～你就是馬修小弟嗎！」

薩利哈以不客氣的視線上下打量過馬修全身之後，突然對著他低下頭。

「哎呀～謝謝你了，真的很感謝。身為哥哥必須向你道謝。」

「……啥？呃……不，為什麼？」

「也沒為什麼啊——我家的弟弟扯後腿了吧？」

托爾威的肩膀微微發抖。馬修還在因為無法理解聽到的發言而感到很困惑，薩利哈就自顧自地開始講個沒完。

「這傢伙啊，從以前就是那樣，總之很不擅長對應戰亂現場之類的意料外事態。也不知道是不是因為輸給壓力，反正就是會變得完全派不上用場。我想你們光是要保護公主應該就已經費盡全力了，還要把這種傢伙一起平安帶回來，想必很辛苦吧？乾脆不要勉強，直接把他丟在那裡自己回來也沒關係啊。」

馬修這次真的感到啞口無言。就算只是在開玩笑也太過惡劣，更何況如果出自真心，也完全不像是身為哥哥的人會當著弟弟面前講出的話。

「不……那個，托爾威確實很努力喔……？他從沉船之後就很冷靜行動，後來迎擊齊歐卡士兵時也——」

馬修回想起反而是自己無法動彈，根深蒂固的劣等感受到刺激而一時語塞。然而這份沉默卻被薩利哈以別的角度解釋。

「就說不必勉強替他說好話嘛。我很清楚這傢伙在關鍵時刻根本派不上用場——你知道嗎？我家這個弟弟要是目標接近就會打不中。」

「……咦？目標接近就……？」

「訓練中使用的那種標靶還沒問題，可是如果對象是會動的目標就完全不行。就連五公尺外的兔子都無法解決，是個沒救的膽小鬼——沒錯吧，小托爾？」

托爾威依然低著頭沒有回答。這樣一來再也沒有人阻止薩利哈不客氣地高談闊論。

「我猜這傢伙在訓練時可以靈巧地打中遠方的標靶吧？可是啊，說到底這也完全是出自於他想要盡量遠離敵人的想法……所以囉馬修小弟，我基於好意給你一個忠告，在實際的戰場上，千錯萬錯也不可以相信這傢伙喔。只要形勢稍微變得有點不利，他肯定會把同伴和部下全都丟下一溜煙地逃走——」

「我才不會逃走！」

托爾威口中發出近似慘叫的吼聲。話講到一半被打斷的薩利哈這時把視線放回弟弟身上，依舊親切的笑容現在反而顯得有些詭異。

「我說，小托爾——剛剛，我正在講話吧？」
光是這句話，就讓托爾威的嘴巴再度緊緊閉上。這是顯示出兄弟間上下關係的光景。
「為什麼在我說話的途中插嘴呢？你是怎樣，自以為老幾？」
「……我……我……只是……」
「我只是？我只是怎麼樣啊？你給我說清楚！」
即使這聲怒吼並不強烈，然而承受的托爾威臉上卻浮現出強烈的膽怯。他完全被對方的氣勢壓倒，看來對兄長的畏懼以近似銘印現象的形式深深烙印在他的心裡——然而……
「好，我就直截了當地告訴你吧這個虐待狂小白臉。我光是看到哥哥的臉就會覺得不愉快，光是聽到聲音就會感到頭痛。和哥哥相比，豬圈裡的豬反而乾淨可愛得多。只要哥哥不存在，這世界就很和平。唉唉真是的，如果哥哥現在能立刻因為原因不明的怪病從臉部整個爆炸那該多好！」
氣氛整個僵住。當然，托爾威的嘴巴沒有動。這串行雲流水般的壞話來自於他們的頭上。
「阿爾德拉教的聖典有云——對腹黑小白臉沒有酌情減刑的餘地！」
聲音的主人邊捏造著真理，並從樹枝上一躍而下。在雷米翁兄弟附近落地的人，是一個把軍服襯衫隨便穿在身上的黑髮黑眼少年——也就是雙手抱著搭檔光精靈庫斯的伊庫塔·索羅克。
「阿……阿伊——痛！」
「所以我不是說過別叫我阿伊嗎！」
托爾威遭受彈額頭攻擊。另一方面，薩利哈則是皺起眉頭望著這個突然闖進來的傢伙。

「……小托爾，他是你的朋友嗎？」

「不，我只是路過的帝國騎士，我的使命是要讓在世上橫行的小白臉們全都回歸塵土。」

伊庫塔講著亂七八糟的台詞並擺出姿勢。根據發言內容，薩利哈也察覺到對手的來歷。

「帝國騎士……既然這位是馬修小弟，那麼原來如此，你就是伊庫塔．索羅克小弟嗎？」

「閉嘴，虐待狂小白臉。你那種『我比較偉大還可以這麼親切』的氣質讓我想吐。」

「啊哈哈，真嚴格啊。不過，你等一下嘛伊庫塔小弟。我也想和你交個朋友，畢竟有承蒙你們照顧我弟的這份恩情嘛。」

薩利哈伸出右手表示友好。然而伊庫塔卻在這時無意義地裝模作樣了一陣，最後甚至假裝願意握手而讓對方中了圈套。那是一隻剛被解決還很新鮮的蜈蚣。

「哇！這……這什麼……！」

「放心吧，頭已經弄掉了。」

伊庫塔挺起胸膛，彷彿在表示這才是專家的處理方式。把蜈蚣丟開的薩利哈為了消除殘留在手掌上的感觸而用力搓手，同時帶著敵意瞪向對方。

「……你是什麼意思，想找碴嗎？」

「正確講法是，我從出生起就持續對世界上所有的小白臉找碴。」

「你瞧不起我嗎？要是玩笑開太過火，我這邊也會真的動怒喔？」

薩利哈的聲音出現殺氣後，至今為止一直旁觀對話的斯修拉站了起來。其他前輩軍官也紛紛跟著行動，伊庫塔轉眼間就被五名男性包圍。

「快道歉。如果是現在，還能用一句『對不起我太得意忘形了』換取我的原諒。」

「哼，小白臉中也有分可以容忍的小白臉跟無法容忍的傢伙。我們的托爾威還算前者，至於你毫無疑問是後者。維持容貌法庭一審有罪的判決，沒有緩刑餘地立刻爆炸吧！」

伊庫塔才大聲如此斷言，接下來還不到一秒鐘，斯修拉那如同岩石的拳頭就打凹了他的肚子。他還沒來得及發出慘叫就屈膝跪地，並遭受薩利哈以腳踢發動的追擊。

「別瞧不起人！臭小鬼！封爵太高興連腦袋都沸騰了嗎？你說啊！」

「友情真美好啊。不過勸你還是不要出手，因為那個人發飆時真的完全不會手下留情。到他隨便打一陣子腦袋冷靜下來之前，你就在這裡好好陪著我們吧，知道嗎？」

堅硬的鞋底踐踏著伊庫塔的太陽穴。馬修想出手阻止，卻被面露邪惡笑容的其他軍官纏住。

「讓……讓開啊！你還好嗎，伊庫塔……！」

當馬修隔著人牆大喊時，薩利哈也沒有停下猛踹伊庫塔的腳。然而，他的視線有一瞬間從鐵青著臉呆站在原地的弟弟身上掃過。

「……你看吧，和我說的一樣。明明眼前看得到同伴被打，卻連出面阻止我的氣概都沒。他打骨子裡就是個膽小鬼，實在是個不值得付出友誼的傢伙。是吧，伊庫塔小弟？」

「……哈……哈哈，原來你除了臉以外是缺點三重奏啊。不但是虐待狂又腹黑，甚至連腦袋瓜都不靈光嗎？」

「什麼！」

「在想打人的時候直接動手叫做原始人，確實在該進攻的時候發動攻擊才叫做軍人。托爾威很清楚這個道理，也知道現在是該拚命忍耐，等待時機的一步。

……話說回來薩利哈史拉格上尉，你知道用兵學上對持久戰的定義嗎？」

「……？」

「就是『避免決戰並拖延時間，為了等待機會到來而進行的戰鬥』。堅定撐過無論如何都想出戰的時期也是名將的條件。要是讓你這樣沉不住氣的人擔任指揮官，肯定會中了敵人挑釁過度往前，遭到包圍殲滅之後完蛋。把蠻勇誤認成勇氣的蠢蛋居然還想嘲笑別人膽小，實在有夠好笑。」

看到伊庫塔事到如今還在嘴硬，讓薩利哈更是火大地對他猛踹。

「都趴在地上吃土了還想說教！憑你的理論要用什麼藉口解釋現在的狀態啊？被敵人包圍時還裝模作樣地高談闊論，正在被痛毆的帝國騎士先生你倒是說說看啊！」

「咳咳……嗚！……你……你注意到個好地方。不過我只說一遍，要仔細聽好。」

「……你還想繼續廢話嗎！」

「沒錯，我就是要廢話。在想打人的時候直接動手叫做原始人，確實在該進攻的時候發動攻擊叫做軍人……還有，無論這裡是自由世界還是軍中，在想說的時候把該講的話全部說出口的人，才叫做伊庫塔．索羅克！」

講完這段話的那瞬間，伊庫塔把原本貼近俯臥姿勢的身體轉為朝上，讓剛剛抱在自己胸前保護的庫斯放出反擊的遠光燈。接著他一起身，立刻把抓在手裡的沙子用力甩向被照得睜不開眼的薩利哈臉上。

「……嗚啊！你……你這混帳！」

「很好！小白臉變成一張好笑的臉了，這下應該勉強能看吧。」

伊庫塔一邊拍掉沾在衣服上的塵土，同時毫不客氣地放話。雖然薩利哈以外的其他四人立刻試圖包圍他，但少年卻不慌不亂地往右一轉往前走。

「好了，換人。加油吧帝國騎士小姐。」

「雖然不知道是怎麼一回事，不過我接棒了帝國騎士先生。」

伊庫塔和出現在眼前的炎髮友人互相擊掌，把後續處理全都丟給她。

「……嗚！妳是……雅特麗希諾．伊格塞姆嗎！」

把臉上沙子拍掉的薩利哈瞪著新出現的少女。聽到他說出口的名字，斯修拉和其他軍官們也隱隱透露出緊張。馬修和托爾威也同樣吃了一驚。

「……伊庫塔，這些人是？」

「雷米翁家的愉快兄弟，和跟班的三個混混。」

「噢，是薩利哈史拉格．雷米翁上尉和斯修拉夫．雷米翁中尉嗎……兩位初次見面，我是雅特麗希諾．伊格塞姆，能像這樣見到你們是我的光榮。」

雅特麗以沒有誠意的敬禮打了招呼。接著在薩利哈開口之前，她再度搶得先機。

「看起來各位是在擔任與我同屆的伊庫塔的對戰練習對手。根據這個布陣，是假設必須多對一的包圍突破戰嗎？不過似乎是相當嚴格的訓練呢。」

薩利哈他們一時語塞。不管再怎麼說，要承認是起了爭論後還動用私刑實在有困難，「對戰練習」可說是求之不得的大義名分。因此稍微考慮之後，他們也曖昧地點了點頭。

「果然是這樣嗎——太好了，看樣子不需要叫教官過來也沒關係，公主殿下。」

雅特麗轉身向後方說道。於是從倉庫建築物的陰影處出現一個帶著高個子女性軍人的嬌小少女。她長度及腰的美麗金髮隨風飄揚，吸引了薩利哈等人的視線。

「是嗎，那麼我也安心了。原來軍人之間的交流是如此激烈啊。」

淡淡發言的語調中透露出高貴氣質，讓薩利哈等五人終於明白自己面對的人物是誰。

「公……公主殿下……那麼……您是夏米優第三公主嗎？」

跟班之一以僵硬的表情發問。有個好事皇族以等同於一般學生的立場進入軍官學校就讀的傳聞也傳進了他們的耳朵。和哈洛並排站著的公主做出不熟練的敬禮動作。

「是那樣沒錯，但我現在的立場只是一介准尉。抱歉從旁打擾了你們特地進行的訓練。」

「不……那個……沒有那回事……」

趁五人畏懼地說不出話來時，雅特麗使出下一步。

「公主殿下——不，夏米優准尉不需要道歉。從遠方注意到他們的訓練，誤以為在打架的人是我，能讓我負起這個責任嗎？」

「是嗎，既然妳這樣說那也好。」

獲得公主允許後，雅特麗直接主動走向薩利哈等人。她把雙腳張開到與肩同寬，重心放到軀幹上，擺出磐石般的架勢。

「伊庫塔，對戰練習的規定是？」

「嗯～……五對一，倒地後可以追擊……吧？」

「了解。那麼就由在下雅特麗希諾．伊格塞姆代替他擔任各位的練習對手，請再度開始。」

「呃……不……等一——」

在跟班之一困惑地伸出手的瞬間，雅特麗貼近他充滿破綻的胸前，不容任何抵抗地把他摔飛了出去。以背後撞擊地面的青年因為衝擊而無法站起，只能開闔著嘴巴像是隻擱淺的魚。

「等……等一下，我——」「怎麼能跟女人練習對戰——」

接下來的兩個人也想說些什麼但沒能成功。才看到沙土揚起兩次，雅特麗腳下就已經躺著三個被她撂倒的男性。

沒有雙刀依然精彩犀利的伊格塞姆近身戰鬥技術幾乎讓旁觀的所有人都倒吸了一口氣，只有伊庫塔悠哉地吹了聲口哨。

「…………別得意忘形。」

剩下的雷米翁兄弟中，被點燃鬥志的是魁梧的斯修拉。他把大型風槍放到地上，擺出要以全力迎擊伊格塞姆家狂妄小姑娘的架勢。雅特麗也淡淡一笑，準備踏入對方的攻擊範圍。這時——

「住手，斯修拉！已經夠了！」

領悟到狀況不利的薩利哈，在衝突即將發生前以吼聲阻止了兩人。

「……哈哈，哎呀～不愧是伊格塞姆小姐，我放心了。看來伊格塞姆的白刃戰術到妳這一代也沒有生鏽呢。」

「不，過獎了。在薩利哈史拉格少……上尉您面前獻醜了。」

薩利哈察覺到發言裡的小錯誤暗喻的諷刺，保持僵硬笑容並用力握緊拳頭……他的階級一直是上尉，這五年以來都沒有改變。所以雅特麗刻意改口的說法裡，包含了「怎麼還沒當上少校」的嘲諷之意。

「……對戰已經練習夠了，不好意思讓你們配合。」

看到薩利哈以眼神示意，斯修拉老實地點了點頭，接著把被雅特麗打倒的跟班們一個個扛了起來。扛著三人的體重都不以為意，雷米翁家次男的怪力真是令人畏懼。

「那麼夏米優公主殿下，我等就在此告辭。願您度過順心的一日。」

兄弟按照禮儀行禮後準備離開，然而在和伊庫塔擦身而過的那瞬間，薩利哈帶著全副殺意低聲說道：「……別以為這樣就了事。」

兩人身影在轉角消失後，或許是因為緊張解除吧？伊庫塔兩膝一彎癱倒在地。托爾威也從哥哥們的強大壓力中脫身，慌慌張張地跑向同伴身邊。

「阿伊！傷勢如何？有沒有哪裡骨折……？」

「……肚子好痛……背後也好痛……」

痛斥薩利哈時的氣勢不知消失到哪去了，伊庫塔虛弱地哭訴著，哈洛立刻靠過來幫他檢查。

「………嗯，只有瘀傷和內出血，冷敷一下就不要緊了。米爾，給我冰塊。」

聽到哈洛的指示，水精靈米爾點點頭，從身體的「水口」中吐出三塊巴掌大的冰塊。哈洛迅速用繃帶包起一接觸到外部空氣立刻開始融化的冰塊，綁在幾個患部之中腫得最厲害的地方。

「不必擔心，托爾威。伊庫塔雖然看起來這樣，但很耐打。」

「怎麼這樣說……他是因為我不好才會被哥哥他們打成這樣……」

「……你的錯？喂，小白臉你可別誤會。聽好了，我只是因為那個虐待狂小白臉讓人不愉快的聲音妨礙到我的安眠所以想要報復而已。可以看到那棵樹上有張床吧？」

眾人往伊庫塔指出的方向一看，只見距離地面約十公尺的樹上，有張挑選粗壯樹枝綁在上面的吊床。連跟伊庫塔認識已久的馬修看到這光景，也感到非常不以為然。

「你是蜘蛛嗎……沒想過可能會掉下來摔死嗎？」

「給吾友馬修上個單一重點課程，伊庫塔同學出人意料地擅長爬樹。」

「不是只有這裡，這傢伙在基地中至少還有兩處巢穴……今天他從早上的課堂講習就蹺課，我想他會不會在這附近睡懶覺，所以訓練結束後繞過來看看，果然不出所料。」

雅特麗嘆了口氣。公主看著以若無其事表情吹著口哨的伊庫塔，開口說道：

「……正因為你連雅特麗會那樣行動都已經事先預測到了，所以才會和人數較多的對手起衝突……也就是把我們會出手幫忙這點視為前提，沒錯吧，索羅克？」

「哎呀……我說哈洛，妳身為年長者，可不可以教導一臉得意講出這種話的公主一句美妙的建議呢？」

「咦？呃……是什麼呢…………啊，沉默是金？」

聽到這句說溜嘴的正確答案，公主紅著臉閉上嘴巴。察覺到自己失言後，哈洛慌慌張張地和雅特麗一起想要補救……面對這個公主時，伊庫塔無論做任何事情都會特別壞心。

「喂，托爾威。」

疼痛減輕後總算起身的伊庫塔很難得的用名字對眼前的青年搭話。

「你能正確講出持久戰的定義嗎？」

「……咦……？這不是阿伊你剛剛……」

「反正你說說看啊。」

「啊……嗯……是『避免決戰並拖延時間，為了等待機會到來而進行的戰鬥』吧？」

托爾威一字一句毫不遲疑地說出，伊庫塔哼了一聲轉身背對他。

「既然會說就好，接下來只要照辦……不過呢，這就是最困難的地方。」

這句話以超過發言者本身意圖的威力，更深更沉地刺進了青年的胸口。

就這樣，雖然中間發生過各式各樣的意外事件，但為期三個月的基礎訓練期間即將過去，伊庫塔等人也終於進入正式以軍官身分接受教育的階段。

「通過高等軍官甄試的三十二名合格者，仔細聽好！從現在開始，你們每一個人手上都會被交付一支由四十人構成的帝國軍部隊！雖說是訓練排，但也是支名正言順的正規部隊！要用心扛起責任！」

教官對聚集在廣場上的學生們說明，只有這種時候教官才會成為期待眼神的中心。

「士兵構成會因為每個兵種而有所不同！在風槍兵排裡會配置較多擁有風精靈的士兵，燒擊兵排裡則是擁有火精靈的士兵。為了指揮好部隊，要知道首要之務就是掌握自己部隊的特性！」

教官接著講了一輪身為指揮官該有的心理準備之後，才終於把在旁邊廣場待機的士兵們叫了過來，開始把一排四十名的士兵交給一名准尉管理的任命儀式。

看來滿懷期待的人不只是准尉們，要交由他們指揮的士兵也是一樣。每當教官唸出一位新任排長的名字時，就會出現悲喜交加的反應。

「雅特麗希諾・伊格塞姆准尉，燒擊兵第一訓練排就交給妳了！這是歷代的伊格塞姆必須通過的關卡，讓我們看看確實統率士兵的表現吧！」

「在下恭敬奉命。」

成為雅特麗部下的士兵們以狂熱的歡呼聲迎接從教官手上接過任命書的她。伊格塞姆的名號本來就廣為人知，況且在這三個月內，眾人也已經評價出看起來較優秀的准尉。所以現在雅特麗排已經成為所有人都想擠進的最受歡迎部隊。

「托爾威．雷米翁准尉，風槍兵第一訓練排就交給你了！這是你哥哥薩利哈史拉格上尉以前也指揮過的部隊，期待你能表現出不辱雷米翁家名聲的名將表現！」

「……在下恭敬奉命。」

雖然兄長的名字被提起讓托爾威心境複雜，不過他也受到部下士兵們以熱烈歡呼聲迎接。和隨後就任的馬修、哈洛兩名相比，士兵們的熱情程度明顯不同。自己會不會被好不容易可以負責指揮的部下們當成下下籤呢？許多准尉必須忍受著這份不安。

燒擊兵、風槍兵、醫護兵之後，伊庫塔的任命被排到了最後。擁有光精靈的他負責的部隊，是因為主要職責過於不起眼，而成為另一個不受士兵們喜愛的兵種。

「伊庫塔．索羅克准尉，光照兵第三訓練排就交給你了！」

「在下恭敬奉命。」

伊庫塔以有些呆板的語氣回應……然而，重頭戲現在才開始。

收下任命書之後，他帶著傻傻的笑容走向士兵們，卻受到極為沉重的沉默迎接。並非只帶著單純的失望，甚至還混有敵意的無數視線刺向他的全身。

「恭喜您被任命為排長，伊庫塔．索羅克准尉。請多多指導。」

從同伴列隊中往前踏出一步的女性士兵雖然嘴上說得很恭敬，但帽子下卻以相反的銳利眼神瞪著伊庫塔。她和哈洛相比略為矮了一點，不過即使如此，也擁有將近一百七十公分的修長身材。

階級章是士官長。這意味著，直到伊庫塔被任命前，她就是擔任小隊實質上的指揮官職務的人。年紀大約二十歲，搭檔當然是光精靈。雖然稍微再成熟一點會比較符合期望，不過看起來似乎是勞碌命的這點倒還算是合乎興趣——伊庫塔悠哉地想著。

「不不，我才要請妳多多指教——話說士官長，妳叫什麼名字？」

伊庫塔不經意地發問，然而在這一瞬間，對手的敵意卻直接進化成殺意。

「……我想准尉應該早就知道我的名字吧。」

「咦？真的嗎？我們在哪裡見過？」

伊庫塔每說一句話，周遭士兵們的視線溫度就愈來愈下降。這時，先當上士官長的女性扭曲著表情拿下帽子，露出自己的臉瞪視眼前的長官。

「我是蘇雅・米特卡利夫士官長，搭檔是光精靈尤基——已經兩年沒有像這樣碰面了呢，索羅克准尉。以前母親相當承蒙您照顧。」

這名字喚醒了過去的記憶，讓伊庫塔瞪大眼睛。這張看起來似乎很不服輸的臉孔以前應該位於比較低一點的位置，不過那亂翹的茶色頭髮和雀斑的確還殘留著過去的影子。

「……妳說妳叫蘇雅・米特卡利夫……咦？妳……該不會是阿蜜夏的女兒吧……？」

伊庫塔戰戰兢兢地確認後，蘇雅士官長把臉一口氣湊到他的眼前。

「沒錯，我就是她的女兒——不過索羅克准尉，可以請你不要再隨隨便便地叫出我母親的名字嗎？區區情夫沒有那個資格。」

「「「以前偷情對象的女兒？」」」

為了吃飯兼休息而聚集到餐廳裡的「騎士團」眾人聽到伊庫塔的報告後，全都大吃一驚。

「雖然說是偷情，可是那時我還沒有真的追到她啊。哎呀～傷腦筋，怎麼會在這種地方又碰面呢……」

「等……等一下，伊庫塔先生。你現在是十七歲吧？那個，所謂的以前到底是什麼時候……？」

哈洛提出理所當然的疑問，伊庫塔抱起雙臂思考了一會。

「那是我就讀高等學校四年級時，所以是……十四歲？不，再怎麼說應該也十五了吧……」

「對方的年齡是幾歲啊！根據那個引起問題的女兒來推論，對方年紀比你還大吧！」

「啊，這點我倒是記得很清楚。阿蜜夏那時是四十二歲，不知道她現在過得好不好。」

少年充滿感慨講出的內容讓馬修張著嘴啞口無言，哈洛甚至感到一陣暈眩。

「差……差了二十八歲……？那不是跟母子差不多嗎？」

頭昏眼花的哈洛差點連人帶椅子一起倒下，唯一不為所動的雅特麗擋住了她。在他們旁邊，不小心寫實想像出對話內容的夏米優殿下紅著臉低下頭。

「先不管年齡，我可無法認同強迫對方做出不道德行徑的做法。你該不會是明知故犯吧？」

「我當然是在不知情的狀態下啊。雖然喜歡年紀大的女性是我自己承認他人也公認的事情，不過我可沒有掠奪他人伴侶的興趣。阿蜜夏自己說過她已經和丈夫分開了，而且還邀請我去過她家好幾次，所以我根本沒想到她居然是有夫之婦。」

對話愈來愈往低俗露骨的方向展開。夏米優殿下整張臉漲得通紅簡直快要冒出熱氣。雖然這話題對十二歲的少女來說太刺激了，然而伊庫塔卻完全沒有顧慮到這一點。

「噢對了，話說起來被抓包的地點也是她家……她女兒蘇雅沒有先告知日期就直接回家。那次真是讓我很焦急，因為她非常生氣。她先把我打出去，然後質問阿蜜夏，最後還把父親從出差地點叫了回來……聽說吵得非常嚴重還差點打起來。」

「這真是自作自受的最佳範例，難怪她會對你懷恨在心。」

「我不會辯解啦。家庭會議告一段落之後我被蘇雅叫去，那時她對我說的最後一句話是：『我絕對不會原諒你，別再出現在我母親面前。』這話真的很傷人……不過，知道米特卡利夫一家沒有四分五裂讓我鬆了口氣。」

伊庫塔喝起茶休息，周圍的女性們則對他投以冰冷的眼光。一般來說身處這種空氣之中會讓人感到坐立不安，然而他的態度卻自然大方，彷彿神經是用鋼鐵鑄成。

「哈哈……話說回來，這下該怎麼辦？排上的所有士兵好像都聽說了這件事，明明才第一天上任，似乎已經沒有人願意聽我說話。」

「自己想辦法解決，完全沒有值得同情的餘地。」

雅特麗乾脆地捨棄了伊庫塔，哈洛和馬修也默默地點頭附和。

「夥伴們對我好冷淡……我知道了啦，不會再找你們幫忙。」

伊庫塔故意裝出一副快要哭出來的表情，拿著空碗盤站了起來。至今為止一直沒有發表意見的托爾威和公主立刻想要追上去，然而也被雅特麗阻止。

「公主殿下，請維持這樣就好。托爾威也別去追他。」

「……？為……為什麼，雅特麗。那個索羅克難得感到困擾……」

「我從初次見面開始就一直受到阿伊幫助，所以想幫上點什麼忙……」

「我就知道兩位會這樣說。但是，幫他跟寵他看起來很像實際上卻不一樣吧？這次完全是那傢伙自己粗心大意導致的事態，他有義務自己解決；況且若以問題的內容來看，外人也不該隨便插手。」

這番話義正詞嚴，讓兩人都不再說話。看他們這副模樣，雅特麗苦笑著追加補充。

「……我的講法有些不妥。我的意思很單純，只是想告訴你們不需要擔心。好啦，暫時先在遠處觀察情況吧，你們很快就會知道為他擔心是浪費時間——如果他伊庫塔．索羅克是遇上這種程度的狀況就束手無策的人，根本打從一開始就不會出現在這裡。」

「——立定！全體，向左轉！」

果斷的女性聲音響遍廣場。在熱辣辣的太陽照射下，蘇雅士官長率領的伊庫塔排用四十雙軍靴強而有力地踏著大地，整齊地持續行進。

「唔～訓練程度相當不錯。」

然而，講到原本該負責總指揮的排長，現在卻一個人坐在略為高起的小丘上觀察部下們的情況。這並不是因為他一如往常地偷懶，而是受到士兵們的抵制。

「該怎麼辦才好呢？」

一手搔著腦袋的伊庫塔喃喃自語著……多虧蘇雅幫他散播的惡評，士兵們對伊庫塔的好感度別說是零，根本降到了負數。而且在開始這場訓練前，她本人還這樣對伊庫塔宣言：

「索羅克准尉可以什麼都不用做，因為光靠我的指示士兵們也會確實行動。」

看起來她完全不打算根據原本的職責，也就是站在輔佐排長的位置來工作。就這樣，伊庫塔雖非自願，但也只能在丘陵上成了擺設……算了，這樣也挺輕鬆是還不壞啦。

「話雖如此，站在我的立場，最少還是有必須監督部隊的義務啊……這也是為了他們好。」

他嘆了口氣。雖然伊庫塔是因為夏米優殿下的事前交涉而被迫當上軍人，但這件事和部下的士兵們無關。就算他心裡打著要找個機會離開軍隊的主意，但是在實現之前，至少想要盡到監督無辜部下的義務。

「……唉，看來我身上還是有利坎中將億分之一左右的責任感。」

伊庫塔在放棄的同時也下定決心，撐起沒勁的身體從小丘上往下走——千里之行始於足下。就算無法直接被承認為排長，起碼在今天內，要進步成會說話的擺設。

＊

在遠方，有兩個男性用望遠鏡眺望伊庫塔靠著天生的厚臉皮嘗試和部下們溝通的模樣。那是有著淡綠色頭髮的英俊青年，還有身高將近兩公尺的巨漢，也就是雷米翁兄弟。

「——哈哈，活該。喂，斯修拉你看得到嗎？那傢伙被士兵無視了。」

「…………」

「那副德性算什麼帝國騎士。反正能從齊歐卡領土穿越國境生還肯定也只是因為運氣很好，居然敢對我講出那麼多沒禮貌的廢話……」

斯修拉就像是一塊岩石，默默地聽著薩利哈跳針般地低聲痛罵。

……老實說，他並不是哥哥那種會記仇的類型，早就沒有把伊庫塔的事情放在心上。像這種跟偷窺沒兩樣的行為，也只是顧慮到哥哥的面子所以陪著他。

「啊啊可惡！光是想到就覺得不爽。對了，講到狂妄，小托爾那傢伙也是一樣。明明只要像以前那樣閉上嘴乖乖聽我的話就對了，卻和那種莫名其妙的傢伙湊在一起變得那麼反抗。這樣一來我只好一口氣讓他們兩個確實了解自己的立場，斯修拉你也這樣認為吧？」

「…………」

和斯修拉的沉默寡言相反，薩利哈一直講個沒完。這時正好路過的年長教官注意到他們兩人的身影。

「……在那裡的是薩利哈史拉格上尉嗎？是嗎，你也從北方回來了啊。」

聽到聲音的薩利哈立刻放下望遠鏡對著教官敬禮。面對長官時，那貶低討厭對象時的態度產生了一百八十度的轉變，他收起表情，也換上恭敬的語氣。

「好久不見，庫利少校。看到少校您依舊沒變真是太好了。」

「嗯，三年沒見了。斯修拉中尉的神情也變得很精悍。不過，你們拿著望遠鏡在看什麼？」

「是！我們剛才在看高等軍官課程的後輩們的狀況。現在似乎正好是基礎教練期間剛結束，開始管理一個排的時期。所以身為前輩，有很多感到在意的地方。」

「原來如此，這也可以理解。畢竟我在剛開始擁有部下的時期也費了一番工夫。」

教官望著遠方懷念起過往，又突然以想到什麼的態度看向雷米翁兄弟。

「……說起來，既然你們兩個那麼介意後輩的情況，要不要以前輩的身分來教育他們呢？」

「咦……？可是，我等並非教官……」

「不，不是那樣。我的意思是……你們應該也還記得吧？負責帶領一排後，時時會舉行一些用來培養實戰指揮感的演習。具有代表性的演習就是使用油漆的模擬戰，到時候你們要不要來擔任新人的對手啊？」

薩利哈瞪大眼睛，嘴角欣喜地往上抬。所謂的天從人願就是指這種情況。

「——請務必讓在下有機會負責這任務，請問最早的演習是什麼時候呢？」

「差不多一個月後，不過那時期光是要走到目的地再回來就已經幾近極限，說不定沒辦法顧及模擬戰呢。應該也會發生多次因為後輩的不成熟而感到煩躁的狀況吧，即使如此也沒關係嗎？」

「是，因為無論是誰一開始都不成熟……話說回來，我等負責指導的後輩是哪些人呢？」

「你們有特別注意的新人嗎？的確，比起往年，今年有很多有趣的傢伙。如果有希望人選的話就說出來吧，我可以推薦你們參加他們的演習。」

薩利哈獲得了求之不得的選擇權，他毫不猶豫地報上了五個名字。教官聞言不禁咧嘴笑了。

「哈哈，原來如此，居然想負責整個『騎士團』，你們還真是充滿幹勁啊。」

直到最後，教官都沒有發現隱藏在薩利哈爽朗笑容下的陰暗感情。

＊

高等軍官課程的准尉們被交付部隊後，大約過了一個月的某天。

伊庫塔、雅特麗、托爾威、哈洛、夏米優殿下等五人正在兵營的談話室裡，面對面研究課堂講習考試的對策，這時馬修氣喘吁吁地跑了回來。看到他那明顯的慌張模樣，「騎士團」眾成員都不解地歪了歪腦袋。

「怎麼這麼急，出了什麼事嗎？馬修。總之你先喝口水冷靜一下。」

「真……真是失禮了，公主殿下。謝謝您……」

馬修從公主手中接過杯子，一口氣喝乾之後才再度開口。

「——大事不好了！雖然這事和公主殿下以外的所有人都有關係，不過尤其是我和伊庫塔還有托爾威特別不妙。因為遇上那種事，真不知道能不能四肢健全地回來……」

「什麼四肢健全……怎……怎麼覺得似乎非同小可，發生什麼事了？」

「公告欄上發表了我們要參加的演習日程。日期是五天後開始，這個不重要。問題是內容，好像是要讓六個排分成兩邊，各自朝著位於此處西南方約三十公里的演習地點行軍，然後在那邊進行使用油漆的模擬戰……」

「行軍訓練加模擬戰嗎？以頭一次演習來說，似乎不算簡單呢。」

「所以說，現在不是講那種悠哉感想的時候啦！因為關於要分成兩邊對戰的六個排，其中一方是我和伊庫塔還有托爾威的部隊！另一方是雅特麗和薩利哈史拉格上尉以及斯修拉夫中尉的部隊！」

所有人都吃了一驚。自己名字和出乎意料的兩人並排的雅特麗瞪大眼睛。

「什麼？意思是只有我一人是別的陣營？雷米翁兄弟還真喜歡我啊。」

「雅特麗，妳怎麼到現在還講這種話。不需要把兩個哥哥當例子……」

伊庫塔帶著笑容講出的低語讓托爾威愣了一下，不過幸好這句話並沒有傳進雅特麗耳裡。或許是被如同男性般豪爽的個性拖累，她對於這類的內心纖細感情不太理解。

「不過啊，這為了欺負我們三人的布陣還真是明顯到露骨呢。這邊所有人都才剛當上准尉，那邊三人中卻有兩人是現役的上尉和中尉。是不是沒有辦法連同公平感的表現也一併顧及呢？」

伊庫塔以無奈表情苦笑著，馬修無法理解他為什麼如此悠哉。

「所以說現在不是笑的時候啊！到底該怎麼辦啊？那兩個人還對之前的事情懷恨在心！再這樣下去會被他們把演習當作最佳藉口，利用模擬戰痛打我們一頓啊！」

馬修的發言刺傷了托爾威的內心，感到責任的他咬著嘴唇低下頭。

「對……對不起，都是我不好……哇！」

他話還沒說完，額頭就遭到伊庫塔的彈指攻擊。接著他哼了一聲說道：

「所以我不是叫你別自以為是嗎，小白臉。再怎麼想報復的主要目標都是我，其他兩人則是附帶吧？老實說馬修根本是倒楣被捲入。」

「同感。如果要追究導致事態的責任，或許介入打架的我也是對象。算了，事到如今再說這些也沒用……話說回來馬修真是可憐。」

「所以說為什麼你們只有在這種時候特別有默契啊！同情我就拿出對策啊！」

聽到馬修悲痛的喊叫，雅特麗露出有點為難的表情雙手抱胸。

「我是很想那樣做啦……不過事關伊格塞姆家的名譽，我這個當事者自然不能在軍事演習中手下留情。雖然對你們很抱歉，但我要全力以赴。當然如果眼前發生不正當的暴力行為時，我會出面阻止。」

「不愧是雅特麗，立場不為所動。算了，應該這樣就好吧。畢竟對妳來說，和競爭對手直接對決也是期待已久的，無視雜音是最好的做法……話說回來，馬修，哈洛那排不參加演習嗎？」

「按照指示，醫護兵部隊也要一起前往現場，不過他們不隸屬於任何一邊陣營，要是訓練中出現傷患，要一視同仁地救助……不對，所以說伊庫塔，為什麼你可以那麼輕鬆啊？現在是該把別人的事情丟一邊去，先擔心自己的時候吧！」

「好了冷靜點啊，馬修。再怎麼說這都只是演習，只不過是壞心的前輩會稍微妨礙而已。船到橋頭自然直，總是有辦法解決。畢竟我們可是在伴隨著死亡危機的情況下越過了國境啊。」

伊庫塔毫無根據地這樣扛起責任後，突然站了起來。當他正打算離開談話室，托爾威以困惑的聲音對著他的背影開口。

「阿伊，你要去哪……？」

「我要去讓危機變成轉機，也差不多是該讓持久戰結束的時候了。」

還以為伊庫塔留下這句話後就已經離開，結果他卻突然只把腦袋伸進門內開口說道：

「還有別叫我阿伊！」

結束激烈白刃戰鬥訓練的回程。在飲水場潤潤喉稍作休息的蘇雅．米特卡利夫士官長因為背後傳來一道有印象的聲音，讓她的情緒一口氣掉到谷底。

「啊，找到了找到了。蘇雅，妳現在有空嗎？可以聊聊嗎？」

「…………」

「蘇雅？我說蘇雅，妳有聽到嗎？蘇雅蘇雅蘇雅～！」

「我有聽見所以請不要連續這樣叫！還有為什麼不叫姓而是用名字叫我！」

「即使是初次見面的女性，也要親密地用名字稱呼對方，這可是獵人的基本技能。不過還是要看場合啦。」

「居然一本正經地講這些亂七八糟的發言……那麼，叫我的時候至少請加上階級！」

「我不要，難得蘇雅這名字叫起來這麼好聽，要是加上士官長不就全毀了嗎？」

伊庫塔認真地如此斷定。到此為止的對話讓疲勞戰勝了惱怒，蘇雅士官長不得已，決定要稍微聽聽對方的主張。

「……有什麼事嗎，索羅克准尉。不過下次訓練的指揮也不需要您的意見。」

「哎呀～就是關於這件事，一直全丟給蘇雅妳果然不太好，差不多也該讓我來了吧？」

「不，完全不會不好，您一直不插手也沒問題。」

「真是銅牆鐵壁啊，這是因為我過去和阿蜜夏很要好？」

蘇雅以帶著殺氣的雙眼瞪著對方。伊庫塔毫不猶豫，擺出和平常瞎扯時相同的態度，踏進了對她而言的聖域。

「……我說過吧，別再用名字稱呼我母親。」

「妳是說過。不過我不記得自己有回答過：『是，我知道了』。比起這事，先回答我剛剛的問題吧——妳不想讓我指揮部隊的原因，是因為我曾和妳的母親有關係嗎？」

蘇雅無法回答。當然的確是如此，但伊庫塔也清楚她無法直接承認就是這麼一回事。因為一旦承認這點，就等於她承認自己因為私人感情而違反軍規。

「……不是……不是那樣，那不是理由。」

「哦？那又是為什麼？」

「是因為……那個……索羅克准尉您的體力低於平均水準，似乎也不擅長白刃格鬥和射擊，看起來不像是適合在現場直接指揮的類型。」

「哦～這就是最大的理由？」

「是的。所以那些事情我會負責，請您在晉升之前悠哉度日吧。例如編纂戰史或戰術分析之類，既然您擅長課堂講習，集中在那方面的領域上不是很好嗎？」

蘇雅費了番工夫才找出理由。伊庫塔立刻看穿她並不是擅長詭辯的類型……本性應該專一又正直吧？而且還看得出她對學歷有自卑感。

雖然這完全是惡人的做法，不過面對這種對手，要用對話來誘導她是件非常簡單的事情。

「……稍微換個話題吧。蘇雅，妳知道五天後要演習嗎？」

「咦？啊……是，早上看到公告了。好像是兼有模擬戰的行軍訓練……」

「對，我就是要講那個模擬戰。妳啊，有打贏那個的自信嗎？」

伊庫塔沒有給她仔細考慮的時間，立刻提出下一個問題。蘇雅再度不知道該如何回答。

「……那是……當然，我會盡力做到最好……」

「盡力做到最好就能贏？」

「…………不，雖然不甘心，但我認為很困難。我方和對手陣營之間的實力相差太大。薩利哈史拉格上尉和斯修拉夫中尉是現役的軍官，而且聽說雅特麗希諾准尉的成績也是本期的第一名……雖然我方陣營的托爾威准尉也很可靠，不過關於另一位馬修准尉，很少聽到他特別優秀出眾的評價……」

「原來如此，也就是說靠妳的指揮無法推翻這些不利條件吧？」

伊庫塔先以換了個講法但無法反駁的結論讓話題告一段落，才在萬全準備下開口提議。

「那麼，如果那場模擬戰能靠我的指揮獲勝，是否代表我是比妳更優秀的指揮官呢？」

「——咦？這……這個……」

「就是這樣沒錯吧？因為我能做到妳辦不到的事情。至少妳必須改變認為『我不適合在現場直接指揮』的看法吧？」

蘇雅慌了。事到如今，她終於發現自己受到誘導。雖然心中有氣，不過既然參與了這段討論，已經無法回頭。

「…………如果，我方在模擬戰中獲勝，而且索羅克准尉您又對勝利有大幅貢獻……」

「妳以後就會允許我指揮部隊？」

「……就那樣決定吧……不過，不過！要是准尉輸了呢？」

對於不擅長賣弄口舌的蘇雅來說，這已經是全力施展的反擊。這份單純讓伊庫塔不禁莞爾，並講出對方想聽到的發言。

「到時我就按照妳所說，改變目標專心投向適合我的桌上工作吧。以後再也不會對妳的部隊運用提出意見……這樣可以嗎？」

伊庫塔確認後，蘇雅明確地點了點頭。察覺到對方是賭上尊嚴來參加這個提議，少年暫且滿足地微笑。

「這是確實的約定喔。那麼，從今天開始到演習結束的期間，光照兵第三訓練排就交給我指揮。再怎麼說至少都需要幾天時間來習慣一下，這點妳沒有意見吧？」

「……我明白了，您請便。」

「妳先去和士兵們好好溝通，要他們聽從我的命令。只要把剛才的條件說出來，他們應該願意接受。如果這要求無法通過，當然約定也跟著無效。拜託啦。」

伊庫塔再三叮囑之後，終於從蘇雅面前離開——現在宣言「舞台已經準備好了」還為時尚早，因為這種表現方式，要等到確信能夠獲勝之後才能使用。

第四章

Alderamin on the Sky

伊庫塔·索羅克的怠性科學

由七個排共二百八十人以上參加的演習第一天，在暴風和豪雨中開始。

「這是怎樣，傷腦筋。害我『大家一起快樂郊遊』的自我暗示全被毀了啊。」

不能說洩氣話明明是身為指揮官的大原則，伊庫塔卻在即將出發之際講出這種牢騷。連和他約好只有這次會貫徹輔佐立場的蘇雅士官長聽到這話，也忍不住想要嘮叨他幾句。

「算了換個想法，這樣也比熱得半死好——其他排，準備好了嗎？」

率領各自部隊的馬修和托爾威，還有哈洛都從後方送來回答。這四人在事前討論過後，決定把全體的總指揮交給領頭的伊庫塔。士兵們原本還以為托爾威是唯一選擇，因此內心全是不滿。

「那麼出發吧。前進……呃，傾盆大雨四個排！」

在這種毫無幹勁的口令下，行軍開始了。無數的軍靴踩在泥濘的地面上，背負著沉重行囊的士兵們一個接一個朝著野外走去。由於食物、醫療箱、睡袋、模擬戰用的武器等物品，每個人的行李總重量都達到三十至四十公斤，每一步的沉重感和空手時根本無法相提並論。

「目的地在西南方約三十公里處。要不要先訂下在途中紮營一次，明天中午左右到達的預定目標呢？」

蘇雅覺得自己只是在確認一個極有常識的事實，但伊庫塔卻愣了一下歪了歪頭。

「？不，在日落之前要到達目的地並展開布陣，明天早上我想用來事先調查。」

聽到這番發言後，蘇雅先是僵住，過一會才重重嘆了口氣——不行啊，這傢伙根本完全不懂什麼叫做行軍。

「……那個啊，准尉，我已經不知道該從哪裡開始吐槽了。不過首先第一點，所謂『距離目的地三十公里』再怎麼說也只是直線距離。當然道路不會是直直延伸過去，實際上要走的距離會遠比三十公里長得多，這點您懂嗎？」

「咦？嗯。」

「這時不該回我『咦、嗯』吧？然後第二點，在不熟悉的土地上，要光靠地圖前進是很辛苦的行動，還沒習慣前會迷路，而且地圖有誤也不是什麼罕見的情況。所以在修正這些問題的過程中，時間就會愈花愈多。」

「噢，嗯。」

「所以說不該回應『噢、嗯』啊。最後第三點，這種糟糕的天氣，就算不願意，行軍速度也會變慢。所以我剛剛的發言，就是要您把這些因素全都考量進去之後再設定到達時間！」

「我也是基於這些考量後才設定啊……那個，總之，可以麻煩妳不要老是大吼嗎？士兵們如果聽到妳和我才剛出發就在爭論，應該會感到不安吧？」

被想要駁倒的對手反過來義正詞嚴地回擊，讓蘇雅有些狼狽。伊庫塔沒有再多說什麼，或許是想要打發漫漫長路的無聊吧？他開始對著腰包裡的光精靈庫斯搭話。

「庫斯，我們來玩接龍吧？愛爭論的傢伙～」「火牛」「牛脾氣丫頭～」「頭巾」「斤斤計較往事～」「世界」「介意倫理度量狹窄～」「窄巷」「像是乾女兒一樣～」「樣品」「品？……嗯～不行了，想不到。啊哈哈，是堅持要講固定主題的我輸了。」

伊庫塔笑著摸了摸庫斯的頭。蘇雅強忍住想要吐槽「到底是什麼主題！」的衝動，決定再也不要提出任何建議——像這種傢伙，就隨便他變怎樣都好啦！

不過，和蘇雅那如同詛咒般的願望無關，她的長官原本就不太正常。

出發後過了幾小時，在伊庫塔的指示下，部隊全體都進入了微妙偏離正確路線的小路上。這是一條人跡罕至的舊山道，雖說只要繼續沿路前進還有可能回到正確路線上，不過當然這樣只是在白繞遠路。

情況發展至此，蘇雅原本還在內心嘲笑伊庫塔這麼快就出了差錯，然而他接下來的指示卻簡單地跳脫了蘇雅的預測和常識。

「停止進軍——各位聽好了，接下來要繼續站著，一邊維持隊形，一邊打開自己前面同袍的背後行囊。托爾威、馬修、哈洛，你們的部隊也按照事前的計畫行動！」

士兵們雖然感到不解，但還是按照命令行動。確定除了最後面的士兵，所有人的行囊都打開後，伊庫塔迅速地提出下一個命令。

「那麼，把我接下來講到的東西拿出來放在腳邊。首先是模擬戰用的油漆一瓶，固定帳篷用的樁六根，還有——」

從行囊中拿出的物品被一一堆起，這時蘇雅產生了「該不會是……！」的想法。

「把我說的東西都拿出來了吧？很好，那麼用最後拿出來的帳篷內帳部分把其他東西全都包起來。接下來最後面的人向右轉！隊伍倒數第二個人，只要現在手邊的作業結束，立刻對後面同袍的行李做出跟剛才一樣的處理。」

徹底省略多餘動作的指示發揮效果，不到三分鐘，所有的作業就結束了。確認這點後伊庫塔輕輕點頭並轉身向前，保持這方向直接下令。

「所有人向左移動五步——好，繼續前進！」

「等一下……准尉……！」

四個排就這樣把一部分行李丟在地上，準備再度開始行軍。蘇雅驚慌失措地質詢長官。

「您這是什麼意思？居然擅自丟棄行李！這明顯是違反軍令！」

「什麼丟棄？講得真難聽。這是臨時兵站，是要配合行動計畫，在行程途中放下必要的物資和行李。等到回程時會確實過來回收啦。」

「我才不會被那種歪理欺騙！您是打算減輕行李好提高進軍的速度吧？就算這點能順利達成，到達以後萬一需要用到被丟在這裡的行李，那該怎麼辦？」

「所以我就說那不是丟掉而是暫時放置啊……而且我自認有挑選出接下來不會需要用到的東西。油漆加水稀釋就可以拿來使用，帳篷有外帳部分就足以遮風避雨，固定用的帳篷樁也只要必要最低數量就夠了。」

伊庫塔以煩悶表情抹去臉上的雨滴，壓低音量繼續說道：

「……而且，根據這場演習的內容，全副武裝根本是超載吧？我才不願意因為根本不會用到的行李而白白浪費體力，妳也是一樣吧？」

「可是，裝備的內容是上面決定的——」

「所以我才會放進臨時兵站裡啊。丟掉行李雖然是另當別論，但如何處置可是現場指揮官的權限之一。反正，這個命令的責任全由我一個人扛起。會被長官訓斥或是要找藉口解釋的人都是我，妳不必擔心。」

單方面結束對話後，伊庫塔打著呵欠繼續往前走，反駁又被封住的蘇雅只能強忍著悔恨情緒追上他的背影。

又過了約三小時後，一行人正走在左右都被山崖包夾的單一道路上，伊庫塔卻突然停下腳步。他東張西望地觀察四周，其他人完全弄不清楚他到底在介意什麼。

「……怎麼了，對行軍路線失去信心了嗎？」

旁邊的蘇雅以滿是諷刺的語氣發問。然而伊庫塔並沒有回答，只是徹底觀察周圍地形直到滿意為止，才喃喃說了一句。

「——這條路不行。」

「咦？」

「回去吧。好，全軍掉頭前進！」

看到長官毫不猶豫地沿著來路開始折返，蘇雅無法掩飾自己的困惑。就算是察覺到自己走錯路，正常來說也會拿出地圖確認路線。

然而，折返之後不到五分鐘，蘇雅就得到明白少年意圖的機會。一行人的背後突然響起沉重的地鳴聲。嚇了一跳的士兵們回頭一看，只見自己等人剛剛還踩在上面前進的那條道路前方，受到大量沙土掩埋的光景映入眼簾。

「怎麼會——」

蘇雅和士兵們都心驚膽顫——要是維持原路線繼續前進，恐怕已經遭到波及！

「好了好了，不要停止前進。」

伊庫塔拍響雙掌，督促驚訝到停下腳步的士兵們往前邁進。聽到這話後，各班都慌慌張張地再度開始行軍，然而對於少年的冷靜態度，蘇雅卻是無論如何都無法信服。

「……您原本就知道嗎？」

「嗯？」

「請不要裝傻，我是指裡那會發生土石流的事情。」

蘇雅提出尖銳的問題，而伊庫塔則是曖昧地笑著並側了側腦袋。

「我可不是預言家喔。雖然沒辦法連何時會發生都精準預測，不過倒是可以沒來由地察覺到那附近有危險。妳剛才沒有注意到山崖的狀況嗎？」

「山崖的狀況……?是指什麼?」

「首先，到處都露出新的地層，這是土壤因為降雨開始崩塌的證據。其次，山崖的崖面上有好幾棵朝著斜下方生長的樹木。正常來說，無論是長在多麼陡峭的斜坡上，樹木還是會朝著上方生長，所以這點顯示出地盤本身在短期間內已經鬆動。」

蘇雅瞪大了眼睛。雖然看到相同的光景，她卻完全沒有注意到這些徵兆。

「綜合以上線索，那是足以讓我警戒土石流的環境。所以才會採取慎重做法選擇回頭——這樣有回答到妳的問題嗎?」

聽完伊庫塔這番話，蘇雅光是要默默點頭就已經盡了全力——他只是比較會臨機應變，反正接下來肯定會露出破綻……蘇雅只能這樣說服自己，否則無法承受。

「啊～總算到達了。好啦各位，點名吧!結束之後就搭起帳篷然後吃飯～」

士兵們因為行軍結束的解放感而開始吵鬧了起來，然而身處其中的蘇雅卻獨自茫然呆站。

透過樹木枝椏望向西邊天空，就可以看到覆蓋天空的雲朵依然呈現染上夕陽橙色的明亮色彩。降雨過了一段高峰後雨勢減弱，在進入目的地森林地帶後的現在，已經有樹木的枝葉幫忙形成屏障。

「……居然真的……在日落前到達……」

「所以我不是說過了嗎?我有確實把所有因素都考量進去後才設定了這個時間。」

伊庫塔一邊扭著溼透上衣一邊說道。蘇雅用無法信服的表情瞪著他。

「……您以前來過這附近嗎？」

「不，這是我第一次來。」

「說謊。因為准尉您在途中從來不曾把地圖拿出來看，而且不僅如此，連測量器具也沒有使用。在這種條件下卻走了最短距離，除非是身體已經記得地形，否則不可能辦到。」

蘇雅基於自己的常識如此主張。伊庫塔活動著因為沉重行李而僵硬的肩膀。

「我不知道是不是最短距離啦，不過我有特別注意要省去無謂的動作。在那種大雨中要拿出或收好地圖都得費一番工夫，再用那個來確認路線就是雙重的浪費。關於這一點，腦袋中的地圖既不會淋濕，也省去了拿進拿出的麻煩。」

「您的意思是已經事先把地圖全記住了嗎？……可是就算真的是那樣，地圖和實際地形還是到處都會出現差異。要是沒有經驗，在這種時候無法正確做出如何修正前進路線的判斷。」

「我有經驗啊。從小就受到師父的教導，因為田野調查可是科學的基本。」

「科學」這個沒聽過的名詞讓蘇雅不解地歪了歪頭。伊庫塔瞄了她一眼，同時用手巾把身上水分擦乾，然後輕聲呼喚各部隊的隊長們。

「馬修、托爾威、哈洛，總之辛苦了。你們的部隊裡有少人嗎？」

「所有人都確實到齊。畢竟在天黑前就已經到達，途中也沒有任何人走散。」

其他兩人也做出和馬修相同的回答。伊庫塔滿意地點點頭。

「到此為止和預定一樣。不過，接下來才是重頭戲——你們聽好了，馬修、托爾威。因為走的是另一條路線，雅特麗他們最快也要到明天中午以後才會到達。在那之前的時間就是我們獲得的最大優勢，所以要活用到最上限。」

「那……那個……我呢……」

「哈洛妳不必在意，和部下一起早點睡吧。你們醫護兵部隊處於中立的立場，從明天開始就會脫離我的指揮四處行動──啊，如果覺得一個人睡很寂寞，要來我的帳篷嗎？」

「不……不必了，我還想守住貞操所以謝絕邀請……」

「我知道了。不過我一個人睡會覺得很寂寞耶，半夜可以去妳的帳篷嗎？」

「伊庫塔……雅特麗一不在，你真的是為所欲為……」

馬修露出不以為然的表情，旁邊的托爾威則是嘻嘻笑著。之後又確認了兩、三件事情後，准尉們才各自解散。

「蘇雅士官長，等吃完飯之後再做也沒關係，可以請妳從我們排上挑出五、六個擁有光精靈，體力也還充沛的成員嗎？」

原本茫然望著他們討論的蘇雅在伊庫塔對自己搭話後才終於回神。

「啊……是，明白了……要趁著晚上去事先調查嗎？」

「因為我說了要活用優勢到最上限嘛，所以想去看一下南邊河川的狀況。我打算明天要在對岸布下陣形等待對方。」

蘇雅皺起眉頭反問伊庫塔剛才若無其事講出的內容。

「在南邊河川的對岸……？請……請等一下，准尉，和對方部隊對陣的地點並不是那裡。您沒有看到公告欄上指定要使用北邊的廣場嗎？」

「我是看了，不過上面寫的只有那裡『適合戰力匯合』而已啊，又沒有要求我們一定得在那裡開戰。解讀之後，應該是指在這個南烏爾特森林地帶的任何地方布陣都沒有問題才對。」

「可是，那是慣例……」

「就算是真正的戰爭，也不會按照慣例來打。好不容易有選擇的餘地，怎麼能不挑個會對我方有利的戰場呢——那，挑選士兵的事情就拜託妳了。」

還來不及阻止，伊庫塔已經離開——蘇雅本身尚未察覺，自己正逐漸配合他的步調。

晚餐後，伊庫塔帶著包括蘇雅在內的七名士兵前往流經露營地點南方約一公里處的庫利利河，觀察周遭的情況。這一帶幾乎是被指定為演習目的地的南烏爾特森林地帶的最南端。

「哎呀，河面比想像中還寬。我原本以為這只是比小溪還大一點的河川，看來是降雨帶來了變化。」

「噢……」

伊庫塔邊嘀咕邊走過來晃過去，包括蘇雅在內的其他士兵們也能稍微明白他的意圖。和敵軍之間隔有河川的布陣適合用於防守戰，這想法本身或許是正確的選擇。然而……

「雖然水量的確是增加了，不過這條河川只要讓胸部以下浸在水中就能步行渡過……而且確認地圖之後，可以看到上游方面有更容易渡河的淺灘。」

「也就是說以這樣的深度和寬度，如果想要突擊渡河還是有可能辦到。流速也不是那麼湍急，到了明天感覺會更為減緩。」

伊庫塔一邊用庫斯的周照燈照明，同時小心翼翼地踩入水中確認河床的深度。和其他流速緩慢的河川相同，這條庫利利河的河水照例也相當混濁。就算現在是晚上所以當然看不到，即使到了白天，想看清水面下恐怕也有困難。

「嗯，河裡面的情況大致了解了，接下來是周圍的地形……」

離開河川的伊庫塔這次改為走入河邊的森林，開始東張西望地觀察。

「這裡的植被果然和東域的熱帶林相當不同呢……嗯？這是……」

他突然注意到一棵樹，並用庫斯的遠光燈從下往上照了一輪。這是一棵高約二十公尺的大型樹木，但除此之外並沒有其他特徵。後面的部下立刻把興趣轉移到其他東西上。

「……是蚊母樹！哦～原來這裡也有啊！」

然而看在伊庫塔的眼裡，即使同樣是樹，他也會注意到其他的部分。聲音裡透出喜悅的他用拳頭輕輕敲打樹幹，接下來就像是在尋找什麼東西，用遠光燈照向周遭。

「很好，這一帶是叢生區……真是走運。」

「那個，准尉……您在高興什麼呢？」

「具體的戰術已經確定了。啊啊太好了，這下今天晚上應該能睡個好覺。」

好了回去吧！伊庫塔說完，幾乎踩著小跳步踏上回程。看到急忙追上來的部下們，他以開朗的語氣如此說道：

「各位，今天要早點睡覺。因為明天一大早就得做起木工。」

＊

伊庫塔他們到達後，走不同路線前往同一目的地的薩利哈、斯修拉夫、雅特麗三個排直到隔天過午，才終於抵達南烏爾特森林地帶。

「好，擺出布陣吧！不需要慌張，反正對方大概還沒到這裡。」

在北方廣場讓士兵散開的薩利哈上尉連作夢都沒想到對方會比自己的部隊更早到達。他的推論有確實根據。因為在他還是准尉的年輕時期，曾經參加同樣的演習而且利用過兩邊的路線。

「雖然這邊的路線繞了點遠路，不過路徑單純不會迷路。相較之下，那邊的路線雖然是近路，但是必須突破複雜的岔路和地形。哼哼哼，第一次走肯定會迷路……甚至還有在途中迷失方向只好回到出發點的傢伙。他們能夠順利抵達這裡嗎？」

薩利哈身邊帶著沉默寡言的斯修拉夫，一個人沉浸在喜悅裡。過於大意或是驕傲自滿這些名詞簡直就像是為了形容現在的他。

當然他本人並沒有自覺，然而看在能夠客觀面對這個情況的人眼中則是另外一回事。

「薩利哈史拉格上尉，可以從我的排上派出斥候嗎？」

很快讓自己手下的士兵完成布陣的雅特麗向總指揮官尋求這樣的許可。在心情正好的時候被人打擾，讓薩利哈一臉不耐地看著她。

「……斥候？妳在說什麼啊，用不著做那種事。他們不可能已經到達，而且按照計畫，兩軍不是要在這個北方廣場對陣嗎？」

「公告欄上只寫著這裡『適合戰力匯合』，按照我的解讀，並沒有指定對陣的地點。」

「……的確是那樣沒錯，但初次參加演習的人並不會注意到那麼多吧？一般來說，到達這裡時已經累得筋疲力竭，根本沒有剩餘體力進行模擬戰——」

「即使是那樣，還是應該要小心為上。」

「…………知道啦，隨便妳吧。」

薩利哈懶得繼續應付頑固不肯退讓的雅特麗，因此以像是要趕走她的態度下達許可。敬禮後從長官面前離去的炎髮少女一回到自己的部隊旁，立刻精力旺盛地做出指示。

「斥候隊，聽好了。首先要筆直南下，接著從南方一邊北上一邊尋找敵人的蹤跡。」

對於指示，尊敬排長的部下們都率直地點頭。講到雅特麗部隊的士氣之高，和伊庫塔排是天差地別。

「按照我的推測，對方部隊已經到達了。以伊庫塔……對方總指揮官的個性來看，應該不打算和我方正面衝突。如果他要避開北方廣場展開陣勢……大概會選擇這裡。」

雅特麗的手指點出地圖上的一處，也就是南烏爾特森林地帶南端的庫利利河。了解她意向的三名部下精神抖擻地敬禮，隨後迅速地往南方移動。

「是個很明確的命令呢，雅特麗。揣摩伊庫塔的想法對妳來說是輕而易舉嗎？」

這時背後突然有人對雅特麗搭話，她一轉過身面對聲音主人立刻舉手敬禮。原來是由超過二十名的強大親衛隊隨身護衛的皇族子女，夏米優殿下。

「您過獎了，殿下……但是，恐怕無法徹底看穿伊庫塔的盤算吧。」

「就算是和他認識多年的妳也辦不到嗎？」

「就算是我……不，正因為是我……也不對，兩種講法大概都符合。因為那傢伙肯定會連對方如何推測自己想法也一併預測並列入考量。如果想和他互相勾心鬥角，將會陷入泥沼。」

真是個棘手的傢伙呢，公主苦笑著說道。雅特麗也輕輕一笑，接著突然改變話題。

「話說回來，今天真的非常感謝您特地來參觀我們的演習。」

「我只是來監視薩利哈史拉格上尉和斯修拉夫中尉，避免他們以這場模擬戰為藉口，做出什麼不守規矩的粗暴行徑。你們是我的騎士團。既然受到你們的保護，我也要回以同等的保護。」

「非常感謝您的厚意……不過在戰鬥開始之後，為了預防萬一，請您務必要遠離戰場避免被波及。還要小心流箭，隨時都待在他們的身後。」

雅特麗以眼神來指出口中的他們，也就是親衛隊。從常駐於中央基地的軍人中招募志願者組成的這些人，每一個都是人品性格兼優的士兵。所有人身上都裝備著風槍和輕甲冑，正符合「鐵壁」這種形容。

「我知道。必須特別留意，不能因為太想要看到你們的活躍，而粗心過度往前。」

「那麼，我會努力演出讓您不需要往前也能看得清楚的活躍表現。」

互相開著溫馨的玩笑，彼此是主從關係的兩人嘻嘻笑了起來……然而，先前派出去的斥候以全速跑回來的腳步聲破壞了這平穩的氣氛。

聽到敵方部隊已經在庫利利河邊的對岸展開布陣的報告，讓薩利哈上尉不由得愣住幾秒，直到弟弟斯修拉夫中尉拍拍他的肩膀之後才總算回神。

「全……全軍向南前進！恢復縱列隊形前往庫利利河！」

儘管就這樣在廣場等待也是方法之一，然而如果在沒有展開對陣的情況下陷入膠著狀態，將會是薩利哈這邊被視為面對訓練生卻膽怯的指揮官而蒙羞。正因為在階級上的立場較高，無論伊庫塔在什麼地方等待，他都只能主動進攻並擊破對方。

「沒……沒問題。就算暫時讓士兵排回縱列，從廣場前往河川的路上也不會遭到襲擊。因為公告上有明確記載要完成對陣後才開始戰鬥，只有這點沒有餘地去做什麼奇怪的擴大解釋——是這樣吧，斯修拉夫？」

薩利哈向弟弟尋求保證的聲音都走了調。在距離較遠的位置聽到這句話的雅特麗感到很不以為然——模擬戰還沒開打呢，鍍金剝落的速度會不會太快了些？

聽著斯修拉夫的簡短回應，薩利哈也慢慢恢復冷靜。等到他們隔著庫利利河跟敵軍對峙時，他總算取回了表面上的威嚴。

「對方真的在對岸布陣了嗎……士兵也已經完全配置結束，可惡！為什麼這麼快就結束移動？」

薩利哈焦躁地咬著大拇指的指甲。在他視線的前方，敵軍終於立起了交戰旗。只要用相同旗幟回應對方動作，戰鬥也會在那一瞬間正式開始。

「啊啊！對方先立起旗幟了！光是這樣就夠丟臉，我方也快點進行配置！」

被指揮官催促的士兵們慌慌張張地把縱列隊形重新排成適合戰鬥的橫列隊形。完成動作後，薩利哈立刻讓部下立起交戰旗。雅特麗不由得感到頭痛。

「這種時候再焦急也沒用啊……畢竟已經落後了，乾脆慢慢布署陣勢反過來讓敵人感到不耐煩就好了啊。這樣一來根本是正中伊庫塔那傢伙的下懷。」

從沒有把這段意見講出口的行為來看，對於所謂的「立場」，雅特麗遠比伊庫塔更加理解。然而也正因為如此，她心中的焦慮不斷累積。

薩利哈完全不知道部下的這種心境，滿腦子都在想該如何打倒眼前的對手。

「既然兵力相同，那麼河川防禦陣形自然是先進攻的一方會輸……渡河的士兵會在毫無防備的狀態下遭到敵方的輪番射擊。正因為雙方都不想進攻，所以才會像這樣演變成對峙。」

「哥哥，要不要先讓士兵去測量水深？根據河川深淺，情況會不同。」

「不，沒必要那樣做，我也很清楚這條河川。平時要渡河的話水大概只到腰際，現在水面因為降雨上升，我想差不多會到胸口左右的位置吧……」

語畢，薩利哈以滿懷忌恨的眼神俯視河面……他根據自己的經驗，否定了這條河沒有發揮出河川防禦陣形功用的可能性。如此一來，情況會一口氣變得棘手。

「……我記得上游應該有淺灘。可以讓士兵繞過那裡突襲敵方背後，和這邊的主力配合好時機一起攻擊……這是我最先想到的戰法。不過既然對方已經擺出這個陣形，至少已經料想到這一點吧……」

無論要如何動手，都伴隨著風險。愈是考慮到被對方看穿搶先的可能性，愈覺得主動出擊很危險，心態也會下意識地想等待對手先出招。對岸的敵人推測出薩利哈不需要多少時間就會陷入這種狀態，於是採取了行動。

「……大哥，敵方似乎有一支部隊離開橫列，朝著上游移動。」

「看也知道！那是伊庫塔·索羅克的部隊嗎！既然他這樣做，好……！」

面對等待已久的敵方行動，薩利哈就像是被模擬餌引誘的魚一樣咬了上去。

「雅特麗希諾准尉！帶著妳那一排前往上游的渡河地點，在那裡迎擊敵人！」

收到命令的雅特麗沒有立刻回答，而是猶豫了一下才回覆意見。

「……雖然您這麼說，上尉。但我認為在此讓戰力分散是危險的做法，如果要採取這樣的行動，還不如乾脆避免在河邊對決，回到北方廣場如何？」

「……危險？有什麼比被敵人繞到背後更危險？」

「伊庫塔排是光照兵部隊，編組裡很少有強力的風槍兵，主要的武裝是十字弓和短矛，靠遠光燈使出的視力攻擊在白天時效果也會減半。就算他們從上游繞過來，我方也能在被夾攻之前予以迎擊……不管敵人目的為何，落入對方圈套才是現在最該恐懼的事態吧？」

薩利哈對雅特麗的慎重理論一笑置之。

「哼，伊格塞姆家的小姑娘害怕了嗎？妳仔細看看，我方和敵軍之間隔著河川。就算遭到兩倍的兵力突擊，若只要迎擊，還是我方較為有利。」

「看來您似乎忘記了，這個河川防禦陣地是敵人準備的情境，絕對不是上尉您的計策。要是認為這狀況對我等也會提供同樣的助力，再怎麼說未免也太一廂情願吧？」

「……嗚！囉……囉唆！不准違背長官的命令！快點去迎擊！」

對話被拒絕後，就連雅特麗也只能放棄進一步的說服行動。她對薩利哈敬禮之後接受命令，帶著排上的部下開始往上游移動。

「……不算攻擊也不算防守的曖昧指示。看來那個上尉的腦袋，似乎已經只能想到頭痛醫頭腳痛醫腳的對症治療法了——啊啊，真是的。對你來說想必是個很容易玩弄的對象吧，伊庫塔。」

＊

雅特麗排出發之後過了二十分鐘左右。雖然兩軍依然隔著河川對峙，但是在上游傳來某種類似清澈金屬音的那瞬間，首先是馬修的表情有了變化。

「……是信號——所有人，準備射擊。」

士兵們一起把子彈裝進風槍中。當然，因為這是模擬戰鬥，所以是利用較弱空氣壓力射擊的漆彈。拆下箭頭的十字弓用箭，還有木製的短矛、刺刀也塗上了相同的染料。沾上這種顏色的人會被視為「戰死」，無法參加之後的戰鬥。

「好——注意，要配合伊庫塔排發動突擊。」

馬修口中提到應該不在現場的部隊。空氣的變化似乎也傳達到對岸，布好陣的士兵們加強了警戒——而下一瞬間，事件如同驚濤駭浪般連續發生。

首先，先前假裝前往上游卻在中途折返，至今一直躲在河邊森林裡的伊庫塔部隊手持武器衝了出來。其中也可以看到伊庫塔·索羅克本人的身影。

在他們的最前列和自己並排的那瞬間，馬修和托爾威的部隊也猛然開始朝著河川衝刺。對岸的薩利哈等人露出嚇傻的表情。原因就是——雖然庫利利河現在的水深應該及胸，然而紛紛渡河的伊庫塔等人卻頂多只有膝蓋以下的部分浸在水裡！

「怎麼會……！射……射擊！快點迎擊！」

薩利哈宛如慘叫的命令響遍周遭，然而此時大勢已定。

在河川防禦陣地中，迎擊敵人這一方之所以有利，是因為能夠趁著敵兵渡過深水毫無防備的空檔發動攻擊。然而，如果水深只到膝蓋以下，效果就很薄弱。再加上原本埋伏在森林裡的伊庫塔排也加入攻勢，因此直接形成了三個排對兩個排的兵力差距。

受到不可能攻擊帶來的驚訝情緒也扯了後腿，讓薩利哈上尉他們的部隊無法確實應戰。前排的士兵接二連三被漆彈和漆箭打中而「陣亡」，還受到刺刀和短矛的攻擊，讓他們從原本的膠著狀態一口氣被逼上了絕境。

「撤……撤退！邊撤退邊開槍！」

如果正面交火，會因為數量差距而全滅：話雖如此，要是轉身退卻也會因為追擊而潰滅。所以雖然這是薩利哈在進退維谷的狀況下做出的迫不得已指示，然而卻很諷刺地產生了效果。

「啊……喂，你很礙事耶！既然已經『戰死』就趕快閃開啊！」

「話……話是這樣說……！」

在敵我雙方交錯混雜的最前線，陣亡者和還活著的士兵們亂成了一團。真正出現戰死者時只要跨過屍體前進，但目前的情況卻只是在規則上死亡。再加上士兵們還不習慣模擬戰，因此紛紛繼續呆站在原地成了障礙物。

「就……就是現在！趁敵人停下時射擊！」

於是薩利哈利用子彈是漆彈這一點，厚著臉皮讓士兵拚命以風槍射擊，即使打中自己人也無所謂。這當然是極為難看的醜態，然而以結果來說，這樣爭取到的少數時間卻讓他們得以倖存。因為——

「啊啊真是的！果然變成這樣！——整排衝鋒！保護撤退的友軍！」

趕來救援絕境的雅特麗部隊眾成員們穿過正步步後退的士兵之間，往前迎戰敵軍。事先已經預料到會陷入混戰的雅特麗，從一開始就讓士兵們在十字弓上裝好嵌入式的短矛，身處敵人近在眼前的狀況下，長型刀劍類比風槍和十字弓都更有用。

「果然來了嗎，雅特麗——好了好了，大家不要勉強，後退吧！停止對砍！」

要是她沒有來妨礙，這會是個絕佳的追擊機會，不過伊庫塔完全沒有弄錯該撤退的瞬間。他讓部隊和揮舞著短矛的雅特麗排士兵們冷靜保持距離，只針對莽撞往前的對手予以包圍殲滅。看到這情況，雅特麗也明白現在是自己該退後的時候。

「部隊轉向！不可以往正後方前進，要趁著敵人還在混亂時逃進森林裡！」

雅特麗排的動作確實又迅速，讓人簡直難以相信他們才訓練了一個月。雖然現在看起來是各自四散奔逃，不過肯定事先已設定好集合地點。

「啊～被擾亂的程度比想像中還嚴重呢。喂～馬修，你在哪？還活著嗎～？」

伊庫塔拖長聲音叫喊，一會之後人群當中出現了個有分量的體型。

「我在這裡……總算是還活著。剛剛我想射擊雅特麗，結果反而被她踹了一腳……」

「畢竟差點被她突破中央嘛，雅特麗的衝鋒真讓人覺得不像是在面對步兵——算了，反正已經給對方主力帶來足夠打擊，總之先召集活下來的士兵，重新排出隊形吧。」

兩人們對彼此點頭，開始重整自己的部隊。這時沒有「陣亡」依然存活的蘇雅士官長卻跑過來，以激烈的態度對悠哉清點士兵人數的伊庫塔發問：

「准尉！為什麼不追擊呢？雅特麗希諾准尉的部隊也已經撤退了，如果要追擊正在混亂的敵方主力，現在明明是絕佳的機會啊！」

「咦？你們能追擊嗎？」

伊庫塔以裝傻的表情反問。為此感到火大的蘇雅忍不住想要進一步大吼，然而在實際開口前的那瞬間，她也猛然明白長官的意思。

只要冷靜下來觀察一下四周，可以看出情況相當明顯。經歷亂戰洗禮的士兵們根本沒有保持隊形，呼喚失散同袍的聲音此起彼落。其中還有必須治療的傷患，想要讓各排恢復足夠的管制，應該還需要一段時間吧。

在這種狀態下，當然不可能達成有效的追擊，一個不好甚至有可能會慘遭反噬。伊庫塔沒有因為策略成功而昏頭，冷靜地做出這種判斷。連蘇雅也不得不承認這是正確的做法。

更何況追根究柢來說，必須耗時才能恢復管制的現象本身，並不是因為伊庫塔指揮得不好，而是因為士兵對他的指揮在熟練程度方面有著根本性的不足。而直到正式上場前都不允許伊庫塔進行訓練好提昇熟練度的人並不是其他哪個人，正是蘇雅自己。

「……不，辦不到……失禮了……」

察覺到根本沒有提出異議的空間後，蘇雅表現出有些不知所措的模樣，開始幫忙辨認出存活士兵的作業。之後她一邊繼續幫忙，一邊低聲詢問旁邊的長官：

「……到現在為止，全部符合准尉您的預測嗎？」

「妳怎麼到現在還問這種問題？我事前就已經全告訴妳了，而且妳不是還有幫忙搭橋嗎？」

伊庫塔聳了聳肩。蘇雅尷尬地把視線轉開，並回想起今天早上發生的事情。

「……在水裡……搭橋？」

剛聽到這個想法時，蘇雅完全不明白對方到底在說什麼。強制動員麾下的所有士兵開始模仿樵夫的長官，一邊揮著會在手上製造厚繭的用不慣的斧頭，同時悠哉地對她說明：

「與其說是搭橋，這次其實只是要讓木頭沉到水裡。那條河川的寬度大約是二十五公尺，而這裡的蚊母樹平均長度約十八到二十公尺。把這東西丟進水裡會垂直往下沉，只要並排個五根，就能在水裡搭出一條堅固的道路。要用來讓三個排衝鋒的話，嗯，差不多該用到三十根左右吧。」

「可是，這個……簡單來說就是圓木吧？木頭在水裡不是會浮起來嗎……？」

「雖然是木頭沒錯，但這是一種叫做蚊母樹的堅硬木頭，木頭的硬度和水分含量成反比，而蚊母樹的水分含量異常的低，換句話說樹幹內部塞得很滿沒什麼孔隙。」

「呃……」

「總之簡單來說，這種木頭會沉進水裡。那條河的流速平緩，只要稍微固定住就不必擔心會被河水沖走。最重要的是，多虧河水混濁，敵方看不見水裡的橋。只有設下機關的我們知道那條河不會發揮河川防禦陣地的功能。

這就是打破橋梁要架設在水面上的固定概念，由阿納萊・卡恩發明的『水中橋』……不過，除了軍事方面外沒什麼其他用處，所以想出這點子的當事者根本不覺得有啥好得意。」

伊庫塔以懷念態度喃喃說道。這時他望向遠方的眼神，讓蘇雅留下極為深刻的印象。

「……萬一敵方一開始就來探查河底，屆時您打算怎麼辦呢？」

「我認為那種可能性很低。庫利利河也是河川防禦陣地的練習場，出身於中央基地的薩利哈史拉格上尉以身體記住了這條河的深度。再看到這條河因為降雨而水位上漲，他只會推斷水變深而不會懷疑變淺。而且要懷疑變淺必須先聯想到『水中橋』這個創意，妳認為那顆沒耐性的腦袋會那麼靈活嗎？」

蘇雅每挑出一個毛病，伊庫塔就會準備十倍的反駁言論……在還認為那些話全是沒有內涵的妄想時，任何人都可以瞧不起他。然而這次的戰鬥證明那些並非空口白話，他的發言是具備實力的發言。

看看周遭，眼神無法從這年輕准尉身上移開的人已經絕不只有蘇雅一個。一場戲劇性的勝利，可以如此簡單地讓人們的評價完全逆轉。

「總之呢，要是他那時有來探查，當然會開槍把對方趕走啦，畢竟只要進入河中就來到風槍的射擊範圍內。不過，事實證明只有虐待狂小白臉的無能程度低於我的想像而已。也因此害我們雖然不願意，但損失還是增加了。雖說是漆彈，不過正常來說誰會連自己人一起打啊？」

雖然語氣聽起來像是在開玩笑，但是關於這一點，伊庫塔也真的動了怒氣。聽到這些話的蘇雅更加困惑，她發現自己快要尊敬起眼前這個傢伙，忍不住感到想哭。

「喔？存活者和陣亡的人已經區分完畢了嗎？——哈洛，我的天使！麻煩妳治療傷患！」

「被被被發現了嗎！……那……那麼，既然戰鬥已經結束，打擾了……」

一直躲在森林角落裡的哈洛醫護兵部隊聽到伊庫塔呼喚後走出藏身處，開始四處為剛剛戰鬥中產生的傷患療傷。模擬戰有時候也會出現死者，然而這次很幸運，似乎僅僅造成許多碰傷、扭到之類的輕傷者。

「很順利地掌握破綻搶得先機呢，索羅克。對方顯得相當狼狽。」

被親衛隊保護的夏米優殿下從哈洛部隊後方現身。雙方似乎是在尋找不會妨礙到戰鬥又能在旁觀察戰況的地點時，不知不覺地會合了。

「真是謝謝。不過現在是訓練中，如果沒什麼特別的事，就請公主退一邊去吧。」

伊庫塔這樣說完，像是要趕人般地揮著手。公主殿下的嘴角向下扭曲，親衛隊的成員也以帶著殺意的眼神瞪著這個沒禮貌的傢伙，然而本人卻毫不在意。

心情變差的公主帶著親衛隊一起往哈洛那邊移動，這時就像是在跟他們換班，帶著兩名風槍兵部下的托爾威從上游往這邊跑來。

「我回來了，阿伊，小馬。看這狀況應該有順利進行吧？」

「就說禁止你叫我阿伊。算了，結果相當成功啦。麻煩報告你那邊的情況。」

「嗯，了解。我按照作戰計畫前往上游渡河地點，和部下一起爬到樹上……前往那裡的是雅特麗小姐的士兵吧？因為只有三人先過來，所以可以判斷出這是為了確認敵方兵力是否存在的斥候。」

「是嗎，有解決嗎？」

「開槍讓所有人都『陣亡』了。雖然在那之後我們就敲響銅鑼發出信號……不過在事先預想的幾個模式中，那是最糟糕的情況吧？」

「嗯，因為雅特麗總是基於最大限度的假設來行動。她沒有讓整排所有兵力都往上游的渡河地點移動，而是把主力放在隨時都可以趕去支援友軍的中間地點，並且還為了確認我的部隊是否有真的前往上游而派出能迅速行動的斥候。」

那樣一來萬一碰到敵人就進行迎擊，如果沒有敵人就確定是個陷阱並回到主力部隊處會合。伊庫塔認為這是符合雅特麗風格的穩紮穩打戰法。雖然自己為了避免斥候發出信號聲，把包括托爾威在內的高明槍兵配置在上游……不過看這狀況，「部下沒有發出信號」這現象本身似乎就足以讓雅特麗確定有陷阱。

「算了也好，不管怎麼說，敵方的戰力已經遭到大幅削減。光是比較留在這裡的敵我雙方『陣亡人員』的數量，就能明白剛才的戰鬥是我方大勝。」

「要是對方肯投降就輕鬆了……實際上，對方受到了那樣做也不為過的損失吧？」

馬修略顯疲態地發表意見，伊庫塔則吐了吐舌頭搖搖頭。

「如果總指揮不是虐待狂小白臉倒是可以期待對方投降，不過按照那個性，除非讓他本人『陣亡』，要不然他有可能會戰到最後一兵一卒。」

讓托爾威和馬修回到各自排上之後，伊庫塔對著全體部隊這樣宣布：

「——所以啦，各位，不好意思得麻煩你們再工作一下。先朝森林地帶的北口前進吧，因為要往東邊走繞一大圈的路線，還活著的人要好好跟上別落後啊～」

他以拖長的嗓音發表出乎眾士兵意料的指示。在心懷困惑但依舊開始行軍的隊伍前方，蘇雅士官長找伊庫塔確認他的意圖。

「……准尉，這是要去追擊嗎？您確定逃走的敵人在北邊？就算是那樣，為什麼避免直線前進選擇繞遠路？」

「啊哈哈，蘇雅妳真是認真啊，要往能更輕鬆的方向思考喔。」

伊庫塔保持不慌不忙，總是固定的步調，並開始對滿臉不解的蘇雅說明。

＊

「呼……呼……可惡……！不應該……不應該會這樣！」

薩利哈上尉在隔著庫利利河的對決中敗北後，率領著殘存的部下，好不容易終於逃到應該安全的地帶。然而無論是士兵們還是他本身，現在都已經呈現出筋疲力盡的敗軍狀態。

「大哥，要喝水嗎？」

旁邊也可以看到斯修拉夫中尉的身影，他照舊面無表情又沉默寡言地支持著哥哥。薩利哈從弟弟手中接過水壺一口氣灌進嘴裡，結果喝到一半卻嗆到氣管而咳了起來。

「咳咳！……可惡，那是怎麼回事！為什麼那些傢伙能從水上跑過來？那邊的水深絕對有到及胸的程度！伊庫塔·索羅克是魔法師嗎！」

「大哥，冷靜一點。那應該是有把什麼丟進河裡吧，恐怕是類似橋梁一類的東西。」

「你……你說橋？所謂橋梁是架在河面上的東西，而且光照兵部隊的工匠還得花費好幾天甚至好幾週才能完成！那些傢伙即使動作再快，也是在昨天晚上才到達這裡啊！」

當無法接受不愉快現實的薩利哈正在大吵大嚷，比他們晚一點到達此地的雅特麗希諾·伊格塞姆靠了過來。她的部隊也遭受了相當的損失，然而士兵們的眼神中還充滿力量，存活的兵力也持續集結。

「真讓我吃了一驚，原來連上尉這樣的人，也記得戰敗撤退時的一般方向啊？」

雖然雅特麗一開口就是挖苦，然而這樣說的她本人倒是真的相當驚訝。所謂的「一般方向」是軍事用語，意思是「無論走哪條路線都行總之往這個目的地前進」的指示。而在這次的情況中，指的是敗戰四散後的集合地點，不過……

「嗚……！雅特麗希諾，妳這傢伙……！」

薩利哈找不出話反駁。是在開戰前就考慮過敗戰時的問題呢？還是覺得勝利是理所當然所以根本沒想過這些——無論真相是哪一個，到現在對他來說已經只是恥辱。

「這……這不是我的責任！要是妳有早點來支援……！」

「真是抱歉了。不過如果有動作能比我們更快的部隊，倒是希望能讓我見識一下。」

雅特麗冷淡地放話，她對於自己這一次的用兵頗有自信。在受到無能長官限制的條件下盡力做到最好——如果是伊庫塔，說不定已經如此斷言。

事實上，要不是她判斷要把部隊主力留在中間地點，薩利哈和斯修拉夫的部隊早就因為追擊而潰滅了吧。薩利哈也有這樣的自覺，正因為如此才讓他本人感到很沒面子。

「話說回來，接下來該怎麼辦呢？如果要重整部隊再打一仗，身為總指揮官的上尉必須做出指示——如您所見，我的排隨時都能戰鬥。」

「……不……不需要妳多嘴！」

薩利哈像是屁股著火般地跳了起來，對著精疲力竭的殘存士兵怒吼並要求他們重整隊形。接著他沉思十秒，說出最先想到的作戰計畫。

「……要埋伏。讓士兵們埋伏在從北方廣場往西延伸的道路兩側，在敵方通過的瞬間從左右發動夾擊。首先是槍擊，接著衝鋒。這樣一來應該可以彌補數量上的不利。」

雅特麗覺得這是還不錯的計策，不過再怎麼說，這樣評價的前提是敵方會發動追擊。

「不過為了進行那個布陣，必須讓行動靈活的士兵先出發，掌握敵人的現在位置……」

「那就讓妳的士兵行動啊，雅特麗希諾！還剩下很多體力吧！」

雅特麗忍住嘆息點了點頭——什麼體力還有剩？

薩利哈真有臉說這種話……為了幫助友軍，他們在前往上游的途中半路折返，而且還為了防止敵軍追擊而擔任後衛戰鬥。和只顧著逃往這裡的傢伙們相比，自己的部隊怎麼可能比較不累呢？

雖然腦中想著這些事情，但在接受命令後還不到十秒鐘的時間裡，雅特麗就從自己排上挑出三名士兵讓他們出發偵查。目送這些人離開後，薩利哈也立刻開始進軍。

「現在儘管得意吧，伊庫塔・索羅克。我會從旁邊全力痛毆你那張得意忘形的側臉……！」

＊

「——就像這樣，我估計虐待狂小白臉正燃燒著復仇心吧。不過其實呢！我們根本不會追擊～」

伊庫塔說完，對著空氣吐出舌頭亂動一陣。蘇雅皺起眉頭。

「我知道在追擊的途中有遭到埋伏的危險……可是如果因為害怕埋伏而不進攻，我們要如何在這場戰鬥中取勝呢？」

「蘇雅妳的腦袋真的很死板呢。那我反過來問妳，如果有敵人在前進路線上的某處埋伏，妳會如何對應？」

「這個……以一般情況來考量，我會要求士兵們徹底警戒左右及背後，做好隨時遭到奇襲都能立刻對應的準備……」

「這是正攻法，但是有點不科學。按照那種做法，我們必須持續警戒不知道什麼時候才會襲擊而來的敵人；可是對方卻只要在看到我們之後再計算襲擊時機就行了。我方非常辛苦，對方不太辛苦，這樣不划算啊。」

「……那麼，要不要主動離開道路，到森林中尋找敵人呢……」

「這方式更不科學。別說漫無目的地去找很有可能找不到對方，再說就算運氣好真的找到，屆時對方也已經注意到我方的存在。因為一大群人突破草木前進時就算不願意也會發出聲音。」

「……那您覺得該怎麼做？畢竟不先找到敵人，一切都是白搭——」

伊庫塔豎起食指，指向話說到一半的蘇雅面前。

「妳聽好了，蘇雅。首先要丟掉『我們正在追擊敵人』的先入為主之見。『不管怎麼樣都得追擊逃走的敵人並殲滅對方』——這種規則並不存在。假使勉強追擊反而會帶來不利，只要想出其他方針就好了。」

「……其他方針……？」

「順便提一下，這是我的觀念——我方主動去追會很累，但反過來被追又會造成心理壓力。不過要是設計對方來追我方，那麼還有機會享受樂趣。在這一點上，無論是戰爭還是戀愛都是一模一樣。」

＊

薩利哈感到很焦躁。他讓士兵們在評估為奇襲地點的道路兩側設下埋伏後，已經過了一個多小時。然而無論等了多久，重點的敵方部隊還是沒有追上來。

「……到底怎麼回事？那些傢伙不打算認真戰鬥嗎？……喂，雅特麗希諾！」

「是，有什麼事嗎？上尉。」

「斥候還沒回來嗎？妳的士兵該不會連偵查這點小事都辦不好吧！」

雅特麗把這種嚴以待人寬以律己的粗暴言論當成耳邊風，淡淡地說明：

「我對於派出去偵查的士兵，下達的命令是要他們按照南下、東進、北上的順序搜尋敵人。在這種情況下，既然這麼久都還沒有回來，表示原本在庫利利河的敵方部隊並沒有直接北上——換句話說，我認為他們很可能並沒有為了追擊而採用正統的路線。」

「那是什麼意思？妳是想說我的指揮有誤嗎！」

雅特麗對這個無論對他說什麼都會歇斯底里的長官感到厭惡，這時她突然注意到動靜並轉身一看。只見派出去偵查的三名士兵正喘著氣站在那裡。

「報……報告，雅特麗希諾准尉。敵方的三個排似乎是採用從庫利利河往東繞個大圈的路線往北移動，現在已經以塞住南烏爾特森林地帶北口的形式展開陣營。」

在旁邊聽到這報告的薩利哈無法理解意義，愣愣地張大嘴巴。

「……擋住了森林地帶的北口？那是怎麼回事？伊庫塔·索羅克打算做什麼？」

不理會滿腦疑惑的長官，察覺出伊庫塔目的的雅特麗嘴角扭曲。

「——被擺了一道。我方的退路被截斷了，上尉。」

「啥？」

「您忘記我們是從哪裡前來南烏爾特森林地帶嗎？正是北口。而且我們最後也必須通過北口回到中央基地。雖然規定是這樣，但如果在模擬戰結束時回程路線也被堵死，就代表這是一場連撤退都不可能辦到的必敗之戰。」

薩利哈的臉色刷地變青。直到剛剛為止，他的腦中都不曾出現過那樣的思考方式。

「但……但只要時間一到模擬戰就會結束啊，哪有什麼不可能撤退——」

「當然，實際上對方無法妨礙我們通過北口回去。然而，這是解釋的問題，上尉。您應該明白如果假設這裡是真正的戰場，不可能會出現宣布『戰鬥結束』的絕對命令吧？那麼，要是像這樣繼續戰鬥下去會演變成什麼情況呢？——我想應該要基於這種寫實的假設來判斷模擬戰的勝負。」

「……嗚，意思是如果我們在退路被截斷後無法做出任何對策，就等於是對方得到判定上的勝利嗎？」

「讓人那樣判定的證據會確實增加。因為光看現狀，我方就已經受到很大的損害。」

薩利哈咬著指甲陷入沉思……一般來說，原本演習第一次的模擬戰一旦在北方廣場開打，之後就會一直打到其中一方全滅並結束，是很單純的事情。什麼撤退或判定之類，在自己是准尉的時候根本不曾演變成那麼複雜的情況。

「……也就是說，和把這次當成模擬戰來參加的我相比，視為實戰面對的那傢伙具備更充足的心理準備嗎？甚至勝過身為現役上尉的我？——啊啊啊！開什麼玩笑！」

惱羞成怒的薩利哈以從背後將人踹飛的氣勢，把趴在草叢裡的士兵們一個個趕回路上。接著讓在對面布陣的斯修拉夫排也一起重新編組成縱列，以凶猛的怒吼命令部隊前進。

「前往北口！如果對方是這種打算，我們就正面迎戰！這種程度的兵力差算什麼！我在實戰中以上尉身分指揮過一營六百人啊！如果是不耍花招只憑數量對決，肯定是我方會靠著經驗差距獲勝！」

薩利哈不理會雅特麗請他冷靜的聲音，開始全速進軍。

＊

「哦～來了，大駕光臨了。好啦，全軍都裝出要射擊的動作吧。」

以擋住北口的形式布陣的伊庫塔一看到敵人身影出現在視線範圍內，就讓所有人擺出迎擊態勢。十字弓和風槍槍口以等距離一字排開。

「不過，心態是準備衝鋒。當對方從縱列重新排成橫列的那瞬間會發出信號，記得配合信號往

前衛。就是這麼回事，所有人都上刺刀。」

伊庫塔繼續確認。包括對部下說明的他本人，也已經拿著十字弓加入戰列。

「這可不是愈快就愈好。不要一個人衝太前面，要配合同伴一起進攻。因為率先立功的名譽和團隊默契比起來跟垃圾沒兩樣。」

敵方部隊在幾乎進入風槍射程的位置停止前進，終於開始把布陣從行軍用的縱隊變化為攻擊用的橫隊。面對決戰的瞬間，士兵們吞了口口水。

「喂！快點變成橫列！誰敢拖拖拉拉的我就把他踹出去！」

另一方面，雖然薩利哈幾乎是靠威脅來指使士氣低落的同伴，但他姑且還是有勝算。

敵方以堵住南烏爾特森林地帶北口的形式展開布陣。反過來說，這代表無論發生什麼事情對方都無法繼續後退。他從這種「規則上的後無退路」狀況找出了勝利的機會。

「我要把他們推出去……！在模擬戰中如果離開被指定的戰鬥地區，就是明顯的違反命令。只要那邊有任何一個士兵越過境界線，在那瞬間我就會宣布他們因為違規落敗！」

薩利哈並不覺得這是一場處於劣勢的戰鬥，幸好敵方部隊表現出要「迎擊」我方的態度。因為我方是要趁著對方停下腳步的時候使出剩下的全部體力進行突擊，數量上的差距應該能靠氣勢彌補吧。再加上道路狹窄，敵方無法逃往左右。

「你們聽好了，就算『陣亡』後也不能立刻倒下。要假裝沒注意到自己被射中，盡量把敵人往後推！」

雅特麗側眼看了看下達真正違規命令的長官，偷偷嘆了口氣——說是現役的上尉，真是讓人傻眼。這個人該不會以為在戰場上可以命令死人吧？

在士兵們的失望暗中累積時，戰鬥列隊也終於調整成衝鋒用的隊形。站在最後面的薩利哈為了發出攻擊命令，用力深吸了一口氣——

「……好！全軍突……啊？」

他的命令很尷尬地中斷了。仔細一看，薩利哈上尉的後腦出現四散的粉紅色油漆。面對這沒有任何前兆的突發事態，周圍的士兵們都瞪大眼睛盯著長官。

「……咦……？」

他本人啞然地把手伸向後腦。從看到並確認沾在後腦的「陣亡」標誌的那瞬間開始，他一步步理解狀況——自己被射中了。從哪裡？從斜後方。那，是被誰？

在聯想到這個疑問的同時，他也幾乎是基於直覺導出答案。薩利哈轉過身子，以凶惡的表情瞪著道路外側的森林，朝著潛伏在裡面的犯人憤怒嘶吼：

「……小托爾，你這混帳～～～～！」

以這聲叫喊為開端，敵軍開始對失去總指揮的部隊發動攻擊。先是來自斜後方的風槍一齊射擊造成傷害，接著正面的士兵也以配合這時機的形式往前衝鋒。原本打算進攻卻反遭對方攻擊的士兵們陷入驚慌，大部分連確實應戰都辦不到。

「——這下傷腦筋了，托爾威還真行啊……！」

即使身處這種狀況，雅特麗還留有能推測事態的冷靜——原來如此，乍看之下敵方似乎在正面展開了所有兵力，然而卻利用內凹陣形來掩飾人數。至於離開的部分士兵則是去路邊埋伏，並在我方主力通過的同時開始射擊。

以伏兵發動的側面奇襲。簡單來說，就是先前薩利哈原本想執行的戰術，現在卻被敵人以類似的形式用在自軍身上。雅特麗並不驚訝，她知道伊庫塔有能力做出這點程度的事情。

現在該稱讚的對象，是只用一發子彈就解決掉薩利哈的精準無比槍法。首先，這毫無疑問是托爾威的表現。回想到那確實瞄準應該身處安全範圍內的指揮官並一槍就解決對方的技術，讓雅特麗重新對「槍擊的雷米翁」這別稱感到畏懼。

「……斯修拉夫中尉，上尉已經『陣亡』了！請接手擔任總指揮！」

雅特麗一邊阻止從正面發動攻擊的敵方主力，並對著唯一還存活的長官大叫。無論是要撤退還是要抗戰，她擁有的權限並無法指揮自己部隊以外的士兵。在快要被敵人從前後包圍的目前狀況下，盡早決定全體方針是不可或缺的行動。

「……我接手了。這場決戰已經沒有勝算，要突破包圍逃入樹林裡。」

斯修拉夫以低沉嗓音這樣說完，就以單手舉起扛在背後的大型風槍，對著敵兵形成的人牆發射。四散飛向廣範圍的油漆一口氣讓四名士兵「陣亡」。

「製造出機會了。從這個缺口突破吧，雅特麗希諾。」

「——了解，包在我身上。」

雖然身處逆境，雅特麗的嘴角卻露出微笑。單純且確實，但是要達成卻極為困難。這種命令正符合她的期望。

立於絕境卻依然保持著秩序的雅特麗排針對包圍網上的微小缺口開始行動。他們打退阻擋的敵人，拚命地推開人海——結果，雖然同伴遭到許多損害，但她最終還是達成了命令。

「跟上。」

斯修拉夫率領的部隊立刻沿著雅特麗準備好的退路開始撤退。然而由薩利哈直接指揮的部隊沒能從最初的混亂中恢復，早就已經全滅。剩下的兩個排中，殘存的人數也只有三分之一以下。不管看在誰的眼裡，這都是決定性的敗退。

脫離混戰，成為殘兵敗將在樹林中奔跑的雅特麗忽然皺起眉頭。

「……斯修拉夫中尉，應該有『陣亡』者必須留在原地的規定吧？」

讓她困惑的原因被扛在斯修拉夫的肩上。因為身為弟弟的他以理所當然的態度將憤怒過頭而陷入恍神狀態的哥哥——不顧他在規則上其實已經失去了所有權限——一起帶了過來。

「如果這是實戰，我絕對不會拋下大哥。就算是屍體也一樣。」

「——是這樣嗎。」

聽到斯修拉夫簡短的回答，雅特麗也停止追究。她並不想指責斯修拉夫違反規則。只是，如果自己身處同一立場將會怎麼做呢——她只是稍微思考了一會這種沒有實際益處的事情。

「嗯～沒能把他們全部殲滅啊……」

伊庫塔目送敵人的背影消失在樹林之中，輕輕搔了搔後腦。

「我是想過雅特麗或許會突破出去，不過製造出機會的斯修拉夫中尉的散彈倒是有點犯規呢。算了，我們這邊也有托爾威在，算是扯平吧？」

旁邊的蘇雅士官長不明確地點了點頭。周圍可以看見士兵們因為勝利的喜悅而興奮不已，還對著達成重要任務的中心人物送上帶著熱意的讚賞視線。然而本人卻無視這些拍響的雙手。

「好啦～大家安靜，安靜下來！雖然讓敵人逃走了，不過模擬戰到此結束。畢竟時間已經所剩不多，我們不再追擊——所以哈洛！麻煩妳為傷患治療！」

「哇啊！又……又被發現了？」

戰戰兢兢從樹林裡走出的哈洛醫護兵部隊，開始照顧在剛才戰鬥中被量產的傷患。伊庫塔橫著眼看了一下狀況，接著大略環顧位於正面的士兵們。

「這樣一來後顧之憂也解決了——所以啦，接下來是對可愛部下們好好說教的時間。不管是戰死還是存活都一樣會遭教訓。好了，你們快點做好心理準備！」

語畢，伊庫塔握起雙手，把拳頭關節按得咔咔作響。排上的士兵們都覺得出乎意料，他們沒想到自己的長官居然是那種會以鐵拳制裁的類型。

「關普一等兵！艾吉一等兵！皮歐二等兵！特拜下士！到我面前來！」

被點名的四名士兵心驚膽戰地走到長官前方。伊庫塔先用帶著否定的眼神一一瞪過他們每一個人之後才開口：

「你～們～幾～個～我明明說了那麼多次，衝鋒時你們還是衝太前面了。那是怎樣？想被敵人包圍嗎？你們是最喜歡被包圍殲滅的被虐狂嗎？還是在團體中想標榜自己與眾不同的年紀呢？換句話說是白痴嗎？想死嗎？」

士兵們感到很困惑。一般來說，長官訓斥時會一股腦地不斷怒吼，像這種嘮嘮叨叨的發火方式很少見。再加上還帶有奇妙的幽默感，讓他們不由得聽得入神。

「那當然會死啊。要是衝那麼前面，就得自己一個人同時對付三或四個人嘛。雖然我認識某個的確能辦到那種絕技的人，不過要是去模仿她還是會死啊。

聽好了，難得有這種機會所以我要把話先說清楚。我伊庫塔的部隊裡不需要勇者。比起勇者，懶惰鬼反而好得多。與其為了在一對三時獲勝而窩在山裡修行，還不如躺在床上想想要怎麼在戰鬥時總能營造出可以三對一的狀況。因為這才叫做科學的思考方式。」

講到這裡，已經連伊庫塔本人都忘記說教的主旨是什麼了。接下來的發言就像是一種本能。

「不過你們不可以誤會，其實該如何正確偷懶真的非常困難。要是以錯誤的方式偷懶，就會面臨必須再多工作補回這部分的下場。反過來說要是以錯誤的方式去做事，就會因此少掉這部分的休

息時間。

那麼，如果把這種想法追求到極致，你們不覺得正確偷懶和正確工作這兩件事情似乎一樣嗎？總覺得有點矛盾？不過沒錯，這個理論──實際上根本不矛盾。歡迎來到科學的世界！」

科學？那是什麼？士兵之間起了一陣騷動。他們知道的類似名詞就只有「神學」。而「科學」，是還沒有被這世界的辭典列進去的名詞。

伊庫塔以宛如新興宗教教祖般的語氣，或者該說根本就是用那種語氣來繼續說道：

「合理又沒有多餘，而且以結果來說可以痛快偷懶的美妙思考方式，這就是科學的本質。大家可以回想一下，人類是如何進步到今天這個地步？──人類開拓農田，因為每天去進行成果不安定的狩獵很麻煩──人類挖掘水井，因為動不動就得去河邊汲水很麻煩──人類發明貨幣，因為每次都得搬運沉重物品好以物易物很麻煩。

結論就是，人類的進化全都受到『想要變輕鬆』的衝動引導……那麼戰爭呢？戰爭當然也一樣。換句話說『輕鬆的戰爭』才是『正確的戰爭』啊！」

由於受到發言的飽和攻擊，沒有任何人發覺途中的邏輯差不多跳過了五個階段。而且最可怕的一點是──在上天賜給伊庫塔的武器中，他本身只有對剛才自在運用的詭辯和煽動的才能並不具備明確的自覺。

「所以你們就跟著我吧！伊庫塔．索羅克的部隊隨時都會輕鬆作戰輕鬆獲勝！常怠常勝！怠惰最棒！只要是跟著我的傢伙，每一個我都會讓你們可以過得很輕鬆！」

啊，糟糕了，做太過火了……在講完的那一瞬間，伊庫塔自己也注意到這點。然而一切都太遲了。

一開始所有人都啞口無言，擾亂這份寂靜的聲音真的很輕微。然而這份吵雜在士兵之間一點一點確實地增強再增強。就像是從水面上一點產生的波紋，邊增加高度和強度邊逐漸擴散到整個水面那樣。聽完伊庫塔這篇精彩演說後，士兵們的反應不久之後就達成了最終的成果，也就是夾雜著鼓掌的歡呼聲——

「「「「哦哦哦哦哦！伊庫塔·索羅克！伊庫塔·索羅克！」」」」

聽到自己的名字被重疊的多數聲音連續呼喊，伊庫塔整個人傻住。明明只是想趁這個機會賺取一點士兵對自己的信任，卻在不知不覺間遠遠超過了目標。

「喂，這是什麼啊？……是英雄凱旋還是什麼……？」

伊庫塔並沒有感到喜悅也沒有成就感，反而覺得背後竄過一陣單純的涼意……不知道是誰說過，天才有兩種類型。那麼，或許這一次就是基於那個理論證明了伊庫塔·索羅克不可能和阿納萊·卡恩是同一類型的最初事件。

「嗚哇，才稍微沒在旁邊看，阿伊就變得非常受歡迎了。」

這時，負責指揮伏兵分遣隊的托爾威回來了。不過，臉上肌肉不斷抽搐的馬修訂正了他的發言。

「不，這是稍微在旁邊看著就變得超受歡迎……剛才的演說到底是怎麼回事？明明根本聽不懂內容，卻讓我湧上一股莫名其妙的感動。或者該說連我排上的士兵一起捲進去好嗎？」

「……馬修、小白臉……呃……抱歉，本來只是想說教結果卻大放厥詞了。」

伊庫塔用雙手拍打臉頰振作起精神，把視線放回眼前的問題上。

「好了～大家安靜～！在時間到之前至少要保持戰鬥隊形啊～」

伊庫塔以拖長的發言方式要求眾人安靜後，剛剛在吵鬧的士兵們也逐漸降低音量。在現場的氣氛回歸到應有的秩序後，托爾威開口發言：

「……話說回來，剛剛藏身在樹叢中時，我有看到夏米優殿下。」

「噢，公主啊。還在想附近怎麼感覺不到她的氣息，原來之前是待在那邊啊。」

「嗯，她和親衛隊的人一起行動，邊東張西望邊朝著西邊走去……是不是已經看夠了戰況想要先回去呢？」

「——不，那很奇怪。」

的確有可能——這時候的伊庫塔完全沒有產生這種想法。

「咦？」

「那位公主有著不符合年齡的強烈責任感，應該不會在決戰即將開始的時候離開現場才對。就算是有生理需求，也會強忍著羞恥在附近解決吧。至少，她現在不在這裡是個很奇怪的狀況。」

「有那麼誇張嗎？只是一時興起吧，會不會去看雅特麗了？」

「方向根本就不對。如果是那樣的話，不是西邊而該往南走啊，馬修。」

「那麼……會是在找我嗎……？」

「雖然不能完全否定，但可能性很低。即使公主有發現托爾威部隊不在，憑她應該也能察覺出這是計畫發動奇襲的伏兵。在這種狀態下會帶著一大群親衛隊去找你嗎？就算是公主也會觀察形勢吧。」

伊庫塔心中的不對勁感逐漸膨脹。他丟下其他兩人，開始仔細研究這個疑問。

「……沒有理由。沒錯，最大的問題就是這一點。在戰鬥開始前的時間點上，公主沒有任何理由前往西邊。無論她前來演習的目的只是單純的觀戰，還是為了防止雷米翁兄弟做得太過火，為了達到目的，她都『一定得待在這裡』。然而她卻偏偏『前往西邊』……」

伊庫塔瞪大雙眼。下一瞬間，他口中下達讓人難以置信的命令。

＊

「……嗚…………」

在模糊的意識中，公主感覺自己似乎是被放在巨大龜殼上搬運移動，臉頰接觸到的後背非常堅硬厚實。不過由於被迫吸入藥物，她現在剩下的理性並不足以判斷出那其實是輕甲冑的觸感。

「請恕我們無禮，公主殿下。也請您再稍等一下……」

背著少女步行前進的親衛隊成員明明才輪到他負責這任務不到十分鐘，卻不知道已經重複過多少次同樣的謝罪發言。

「……那個，抱歉，我不行了。可以換人嗎……」

應該如同羽毛般輕的少女身體卻讓背著她的人感覺到宛如黃金般沉重的原因，絕非只是源自於一直在森林中步行前進所造成的疲勞。

「…………………嗯。」

對於在帝國土生土長的人們來說，皇族幾乎和神明同義。除非是極為不忠誠的人，否則無法忘記對皇族成員的敬意……這種身為臣民的精神傾向，就連做出這種違法行動的他們也不例外。

「……非常抱歉，公主殿下，真的非常抱歉……」

接過嬌小身體之後經過幾分鐘，負責背著她的人一定會像這樣從嘴裡冒出致歉言論。這些發言持續傳入半夢半醒的殿下耳中，即使意識朦朧，還是喚醒了剛剛才發生的事件——

「在哪裡？索羅克倒在哪裡？」

公主殿下不在意美麗的金髮沾滿樹葉，為了尋找少年的身影往前奔跑。

事情的起因是大約十分鐘前，從一名親衛隊帶來的報告開始。他對少女宣稱：「在那邊碰到的醫護兵說伊庫塔·索羅克在西邊流著血倒在地上」。

聽到這句話的瞬間，公主失去了正常的判斷力。連「索羅克肯定是打算把敵方部隊引誘到北口再予以殲滅」的確信也煙消雲散。雖然這也是因為從她的位置無法確認少年的身影，還有對於親衛隊士兵相當信賴，然而最大的原因，反而是「伊庫塔·索羅克這個人物在她心中正逐漸成為一個致命特異點」的這個事實。只要是和他有關，最近的夏米優殿下就會有點不受理性控制。

於是在不知不覺之間，她被引誘到從主戰場的森林地帶北口往西，而且距離很遙遠的地方。然而，親衛隊暫時也假裝出陪著她尋找伊庫塔的模樣，這是因為他們並不確定周圍有沒有其他人。不，不光是這樣，甚至還有好幾個人認真在找，共有二十名的親衛隊成員並沒有全都叛變。然而這些人和暴徒相比只占少數是無法避開的事實，等待著他們的是實在過於突然的慘劇。

「什……！你……你們到底要做什——」「殿……殿下，請快逃……！」

無辜的親衛隊員們接二連三地被來自背後的風槍子彈貫穿……即使如此，沒有立刻死亡的隊員還是拚命地想保護公主。還有人渾身是血地帶著少女逃亡好幾分鐘。

然而，這獻身的行動最後並沒有獲得成果。伴隨著壓縮空氣解放的聲音，第五個人的腦袋噴出鮮血，暴徒們的手也終於伸向被瀕死的他帶著逃走的公主殿下。

「非常抱歉，公主殿下。請您跟我等一起走。」

先表達歉意後，暴徒中的一人發表反叛宣言。這名男子是擔任親衛隊隊長的資深軍人，名字叫伊森·胡，是從基層爬上來的上尉。深受長官信賴，在選拔親衛隊的過程中，是被軍方高層掛保證認定足以託付公主安危的人物。

「……宣稱索羅克倒下的報告，是為了誘出我的謊言嗎？」

被逼上絕路後，公主口中講出來的第一句話，是連她本人也感到驚訝的確認。直到這時，她腦海中的某個角落裡，還殘留著伊庫塔滿身鮮血倒在地上的幻影。

「是的……由於殿下看起來很中意他，因此就拿來當藉口使用。」

儘管伊森上尉的說法並不帶諷刺，然而公主殿下的臉依然一口氣漲紅。

「我似乎弄錯了提問的順序——為什麼要做這種事？」

「…………」

「快回答！你們難道沒有該主張的大義名分嗎！」

「非常抱歉，我等也很清楚公主殿下並沒有罪。」

伊森上尉始終不回答理由，只是再度謝罪。這句話成為信號，其他的親衛隊員從他身後走出圍住少女。

「住……住手……！……唔唔！唔——！」

公主雖然被含有藥物的手帕摀住口鼻，但再怎麼說也沒有數秒就昏迷。她揮動手腳掙扎了三分鐘以上後總算安靜下來，伊森上尉先做過確認才命令部下。

「把公主背起來，千萬不可以有粗暴的動作。」

這低沉而冷靜的發言是公主殿下最後聽到的聲音，之後她的意識就一直模糊不清，持續陷入被巨大龜背著移動的夢境。

只是在她的夢裡，龜似乎在流淚。就像是產卵時的海龜那樣……

＊

在一天內用到兩次敗退集合地點的薩利哈上尉已經不焦躁也不憤怒，反而表現出茫然自失的模樣。

「大哥，幫你沖頭。」

「…………」

斯修拉夫為頭上還沾著油漆的哥哥著想，倒出水壺裡的水幫他沖掉。薩利哈任由他擺布，自己什麼都沒有說。在擔任指揮官時錯誤百出的這個人現在卻以「陣亡者」的身分表現出模範舉止，看在雅特麗眼裡覺得很是諷刺。

「——斯修拉夫中尉，模擬戰的時間即將結束，要不要送出投降的信號呢？」

雅特麗觀測著太陽的傾斜角度，提出了理所當然的建議。然而她口中剛說出「投降」這兩個字的下一瞬間，薩利哈上尉就忘了扮演好謹慎死人的唯一美德，大聲怒吼：

「投……投降？開什麼玩笑！誰要做那種……！」

「……上尉，我想不用我提醒，現在的總指揮權由斯修拉夫中尉掌握。」

「區區准尉別講得好像啥都懂！我不會允許！在讓可恨的小托爾和伊庫塔・索羅克那混帳受到教訓之前，我絕對不會投降……！」

看到長官噴著口水亂吼亂叫的模樣，雅特麗與其說是憤怒，反而更強烈地感到憐憫。她以溫和的語調開口勸說，就像是在安撫耍賴吵鬧的小孩。

「上尉，請聽我說。無論如何，模擬戰馬上就會結束。如果不趁現在發出投降的信號，也只是會被視為『連何時戰敗都不明白的指揮官』並損害到上尉您自身的名譽。萬一因為區區一場以新人為對手的演習而蒙上這樣的污名，想必不是上尉您的期望吧？」

「…………嗚……」

「如果是現在，還能以『雖然多次遭到對方痛擊，但最後還是成功撤退』的形式為模擬戰劃下句點，也能透過主動認輸來顯示寬大氣度，這樣您明白嗎？」

薩利哈的聲音失去氣勢，往下低的頭藏進陰影裡。雅特麗用短短一句話作為結尾。

「身為總指揮官，請您務必做出賢明的判斷。」

即使聽到這句話，薩利哈依然低著頭，肩膀微微顫抖卻什麼都不說……只是仔細一看，有水滴正從他朝著下方的臉龐一滴滴落向穿著軍服的膝蓋上。

雅特麗嘆口氣轉過身子，在附近的橫倒樹幹上坐下。如果是伊庫塔會怎麼做呢——她突然產生這種想法。會像是逮到大好機會那樣繼續狠狠教訓虛弱的對手嗎？

「很有可能呢，畢竟那傢伙對長得帥的男性很苛刻——」

在她喃喃說著並露出微笑的那瞬間，不知從哪裡傳來清澈的金屬音。以雅特麗為首，察覺到這聲音代表意義的人們紛紛都露出驚訝反應站了起來。

「……投降的信號？為什麼對方會——不，不只這樣……」

雅特利用銳利的眼神讓開始吵鬧的士兵們安靜下來，專心地豎起耳朵。似乎有具備不同意義的多個信號正在重複發出，但這並不是普通的聲音信號，確實是……

「……是嗎，雖然不確定到底是什麼事，但我了解了。」

與其去深入思考，首先應該要趕快行動。雅特麗憑著天生直覺和行動力做出這樣的判斷，讓因為突然的狀況而感到困惑的排上士兵在自己的面前排好。

「扣掉尚未會合的二十八人，總共十二人……雖然有點不可靠，但也沒辦法。」

「妳打算去哪裡，雅特麗希諾？」

在雅特麗請求出發許可前，並不是薩利哈而是斯修拉夫開口向她提問。雖然因為第一次發生的狀況而有點驚訝，不過雅特麗從薩利哈的狀態判斷現在是斯修拉夫負責總指揮，因此直接報告。

「在下雅特麗希諾・伊格塞姆接下來將率領部下十二名前往西方。」

「是因為剛才的信號嗎？」

「是的。雖然我也無法完全理解，但總之有可能發生了緊急事態。」

「了解。把我排上剩下的人也帶上，雖然他們已經相當疲勞——喂！」

聽到斯修拉夫簡短的叫喚，筋疲力竭坐在地上的風槍兵們站了起來，加入雅特麗隊伍的後方。這實在過於意外的援軍讓她瞪大眼睛望著魁梧的中尉。

「要是中途累倒的話就丟下。」

「我當然會那樣做……不過為什麼要交給我呢？」

「妳在最初的戰鬥中救了大哥，他也感謝妳。」

雖然話不多，但包含了足以讓雅特麗信服的單純理論。她挺直背脊向中尉敬了一個禮，最後看了薩利哈一眼，就這樣在最前方率領著士兵們往外跑去。

＊

「……這聲音是怎麼回事，從剛才就響個不停。」

在森林中前進的十五名親衛隊原本成員，都因為遠方傳來的意義不明金屬聲而困擾了很久。雖然他們認為那應該有什麼意義，然而無論聽得再怎麼仔細都無法理解。

「無視就好。就算他們注意到殿下失蹤，但訓練部隊那些傢伙在模擬戰結束後的命令系統會很混亂。我不認為他們能對我等發動有效的追蹤行動。」

伊森上尉現在正一個人背起之前在部下間不斷輪流負責的公主，並發表沉著冷靜的意見。他的聲音依然低沉厚重毫無動搖。因為他在很久以前，曾經從敬愛的長官那裡學到身為指揮官就該隨時表現出這種態度。

「再往前一點就能到達道路，事先準備好的馬車會在那裡等待。這樣一來我們的任務也就達成了。」

「……是啊，再過一會……再過一會就……」

伊森明白部下們的內心在動搖。他們並不是認為再過一會就能完成任務，而是覺得再過一會一切就會全都結束。伊森認為這也是理所當然的反應。

「如果看到公主會感到痛苦，就別再看了。你們應該從一開始就已經做好心理準備。」

上尉這嚴厲的發言，讓部下們在忠誠與大義之間動搖不定的內心總算穩定下來。伊森確定如此一來就能支撐到最後，這是他基於長年經驗所做出的預測。然而——

「——開槍！」「……嗚？」

在短短號令響起的同時，風槍的子彈和十字弓的箭矢從四面八方襲擊一行人。鮮血和服裝的碎片飛舞後落下，運氣最差的兩名成員失去支撐身體的力氣往前倒地。

不過，由於輕甲冑的保護，剩下的十三人不是無傷就是僅受到輕傷。伊森出於直覺判斷敵方部隊的規模不大，並拔起刺在腳邊的十字弓用箭仔細研究。

「……有動過腦筋呢，把木製箭矢的前端削尖來代替金屬箭頭嗎？」

伊森在短短幾秒內就看穿了各式各樣的情報。敵方部隊的人數在一個排之下，而且大部分的編組成員是風槍兵以外的兵種。根據狀況，對手當然是未攜帶實戰用武器的訓練部隊，不過為了彌補這點所下的功夫，就是將十字弓用箭的前端削尖。風槍兵似乎也是先設定成射擊實彈時會用到的壓縮空氣壓才發射出漆彈，只是子彈本身的強度不足，因此殺傷力也很低。

就像是受到上尉的冷靜傳染，儘管受到奇襲，部下們也不見動搖。他們組成圓圈把伊森和公主

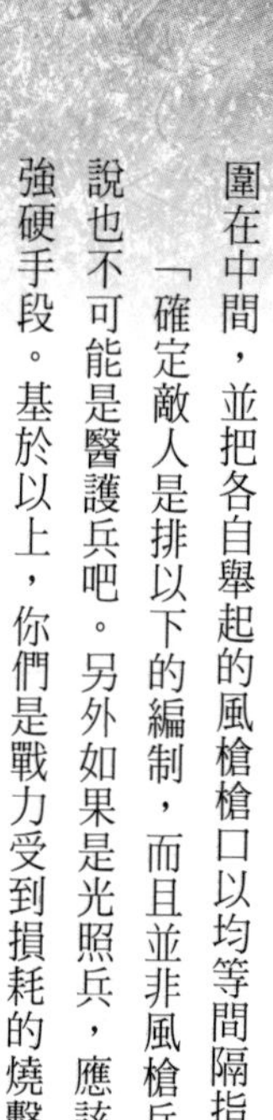

圍在中間，並把各自舉起的風槍槍口以均等間隔指向所有的角度。

「確定敵人是排以下的編制，而且並非風槍兵部隊時，就已經能夠推測出真面目。畢竟再怎麼說也不可能是醫護兵吧。另外如果是光照兵，應該會利用森林昏暗的優勢使出靠遠光燈干擾視力的強硬手段。基於以上，你們是戰力受到損耗的燒擊兵部隊——我說得沒錯吧，雅特麗希諾·伊格塞姆准尉。」

這敏銳到讓人發寒的洞察力，讓躲藏在樹林陰影裡的士兵們紛紛發抖。伊森冷淡地接收這個反應，繼續開口說道：

「來吧，發動第二次齊射。就算有一、兩人因此死去——」

「——你們也能靠這次判斷出我方的位置，是嗎？」

伴隨著鞋底和地面接觸的輕微聲響，話音在伊森的耳邊響起。幾乎與此同時，一把冰冷的軍刀抵住了他的脖子。

「不過，還有這種先占好位置的方式。軍服雖然和您很搭，但帽沿是不是壓得太低了點？」

「……原來是埋伏在樹上嗎？居然可以毫不猶豫地跳進敵方中心，妳真是個勇者啊，雅特麗希諾准尉。」

雖然伊森本人即使身處這種狀況也不為所動，但部下們畢竟無法跟他一樣。他們因為少女突然在圓圈內側現身而大吃一驚，急忙想要調轉槍口，但雅特麗卻不允許他們這樣做。

「不准動。只要有任何一個人轉向這裡，你們領導者的腦袋就會落地。」

「那麼，就隨便妳砍掉我的腦袋吧。所有隊員聽令，現在立刻轉身朝她射擊。」

伊森上尉沒有絲毫的猶豫，然而周圍似乎沒有能以同等果斷來執行這命令的部下。雅特麗用力呼出一口氣，看來死神只是從旁擦身而過。

「……撿回了一條命。看樣子雖然您很有信心，但他們並沒有那麼堅定地認為您死了也無所謂呢。雖然也會覺得很複雜，但我想這大概是該感到高興的情況吧，伊森．胡上尉。」

「……唔，我還以為在場的部下已經被培育得很完美了。」

計算錯誤的伊森上尉哼了一聲。接著他稍微思索了一會，決定放棄想單純解決的念頭。

「這是膠著狀態。不過，對妳來說算是賭上性命以爭取時間吧？」

「只有我的話太不公平了，對您來說也一樣吧。」

「就算主張自己要賭上平常隨時都在賭的東西，也不會像妳那樣顯得超脫。」

兩人在緊迫的氣氛中，持續以宛如刀來劍往般的玩笑話相互應答。不過，這時發生了一個變化。

伊森背上原本半夢半醒的公主因為雅特麗那熟悉的聲音而清醒。

「……是……雅特麗嗎？……這裡是……？」

「早安，公主殿下。身體是否有什麼異常呢？」

公主揉著惺忪睡眼環顧四周，並漸漸回想起自己身處的狀況。理解現狀已經演變成更險惡的爭執場面後，她這次換上快要哭出來的表情望向雅特麗。

「別擔心，殿下，請您冷靜。就跟從船上落海那次一樣，馬上就會將您救出。」

「……可……可是……索羅克他……？」

因為過於不安，少女的微小願望不由自主地洩漏於外。雅特麗回以平穩的微笑。

「伊庫塔那傢伙也會立刻趕來。真抱歉，是我太心急了。如果晚一點再叫醒您，說不定能讓殿下在醒來時正好遇到他呢。」

公主看到雅特麗的笑容，立刻就為自己的幼稚感到後悔。明明身處周圍全是手持風槍的敵人，顯然不容絲毫大意的狀況，她居然還能夠去體貼別人。這樣到底需要多大的勇氣，又將多重的負擔強加在炎髮少女身上呢？公主殿下甚至完全無法想像。

「……嗯，既然公主殿下已醒，那麼差不多也是說出我等動機的恰當時間了。」

這時伊森講出這種發言。雅特麗不知道他到底打著什麼主意，換上嚴峻的表情。

「……動機？意思是您要解釋身為向皇帝宣誓忠誠的軍人卻做出綁架皇族行徑的理由嗎？」

「沒錯，就是我等捨棄身為軍人的一切驕傲，犯下此等暴行的理由。」

上尉的語調缺乏抑揚頓挫，就連要提及事態核心時，這點也依舊不變。

「那麼就告訴你們吧。我等……包括倒在那裡的兩人在內，十五人全都是哈薩夫·利坎中將的學生。」

聽到這個被舉出的名字後，反應最激烈的人是發話者背上的公主。

「……你剛剛……說什麼……？」

「我是說，就在短短三個月前，率領東域鎮台奮戰到底，最後為國犧牲的利坎中將正是我等的恩師，公主殿下。儘管我等在各自的從軍歷史中曾經遇見許多長官，卻沒有人是比那一位更優秀的將帥。無論何時，我都能夠如此斷言。」

「…………難道，你們的動機是……」

公主的聲音不斷顫抖。伊森上尉轉過頭，隔著自己的肩膀以左眼瞪向她的臉。

「沒錯，第三公主……即使只能抵上億分之一，但我等的動機就是要用妳那條微不足道的小命，來洗去被當成犧牲品以填補內政失敗的恩師之遺憾！」

伊森怒吼了。這聲威脅在完全無法預料到的時機出現，瞬間就顛覆了他至今給人的無機印象。以全身承接這驚人魄力的公主由於恐懼過度而陷入驚慌狀態，開始在伊森背上拚命掙扎——然而，對於現狀來說，致命的變化並不是這點。

「妳總算露出破綻了，雅特麗希諾准尉！」

「……嗚！」

雖然雅特麗本身承受住突然的怒吼，但她卻分心去注意陷入恐慌的公主殿下。所以這時候，絕對不可以鬆懈的集中力在短短一瞬間露出了破綻……！

刀尖噗地一聲刺進了手掌裡。沒想到伊森居然主動以右手插向刀鋒，封住了軍刀的動作。接著在短劍被揮動前，他用剩下的那隻手扣住了雅特麗的左手。然後直接破壞對方的平衡，用熟練的體術把敵人拋向地面……！

就像是在宣告主人的敗北，脫離雅特麗左手的短劍掉在地上發出聲響。在製造出一瞬破綻前能先持續累積等待；還有一旦面對機會，對任何行動都不感猶豫的鋼鐵意志。這就是連以「近身戰最強」著稱的「白刃的伊格塞姆」也終於遭到意料外失敗的理由。

「我本來並不喜歡大吼……話雖如此，偶爾還是該吼一下試試。」

「……嗚……！」

「你們可以不必拿槍指著了，我會直接用單手勒死她，你們就負責警戒周圍。還有搭檔的火精靈，你一動我就殺了你主人。」

「…………嗚！」

從腰包中脫身，準備從「火孔」對著伊森放火的西亞停下了動作。這是連對精靈的思考模式都徹底掌握的軍人在全方面的完全支配。

「——公主殿下也一樣，請不要想趁著我鬆手時從我背上跳下去。恕我失禮，在您睡著時我已經先綁好腰帶了，就算試圖逃走，也只是在白費力氣。」

「住……住手！你這傢伙！快放開雅特麗……！」

公主殿下在這時沒有因為恐懼而畏縮，反而為了幫助身陷絕境的雅特麗而用力扭打敵人，這份勇氣應該值得讚賞吧。她從背後將手繞到上尉的臉上，拚命地用指甲摳抓著對方的皮膚……然而，對於主動讓手被軍刀刺穿也不皺一下眉頭的男人來說，這攻擊實在太無力了。

「……嗚……殿……殿下……」

頸動脈被手指掐住，讓雅特麗的意識因缺氧而漸漸模糊。然而上尉就像是不願等待那種慢吞吞的死亡，加強了左手的力道。就連公主因為看不下去而從背後跳下後，伊森也不需要依賴腰帶，而是使用靠著把軍刀壓向地面並拔出的右手來接住她的身體。

在似乎已經開始聽到脖子骨頭發出嘎吱聲響，可以說是臨死前一步的那瞬間——伊森上尉的太陽穴卻非常唐突地噴出鮮血。

「…………唔……？」

手腳喪失感覺，讓伊森的身體晃動了一下。應該只差一步就能粉碎敵人頸椎的左手也失去了力氣——這一瞬間，原本被壓倒在地的雅特麗用力睜大雙眼，使出全身的彈力一口氣跳了起來。接著她幾乎是照本能將掉在地上的軍刀和短劍撿起，然後——！

「啊啊啊啊啊啊啊啊啊啊——！」

現場吹起一陣腥風血雨。除了公主殿下，從死亡深淵復甦的雅特麗將位於攻擊範圍內的所有人都視為敵人，化為帶刃的烈風四處斬擊。

兩秒後有四個人失去腦袋，五秒後親衛隊半數的成員沉入血海。她部隊裡的目擊者後來敘述——在這個時候，雅特麗希諾．伊格塞姆揮舞的劍毫無疑問地超越了人類的領域。

在她復活後，躲在周圍樹蔭下的士兵們也以慢了一拍的形式開始往前衝鋒。已經被雅特麗從內部破壞的親衛隊前成員們根本沒有辦法抵抗。他們被十字弓的箭射中眼睛或甲冑縫隙後，正在畏縮時就被雅特麗的雙刀一個個貫穿。

衝鋒發起後不到兩分鐘，親衛隊就全滅了……在那之後，只有呆呆佇立於血海中的炎髮少女，

和全身都被她製造出的敵方噴血染紅的公主殿下，以被顫慄的士兵們包圍的形式留在戰場中心。

「沒……沒事嗎，雅特麗小……嗚！」

「喂！到底是發生了什麼——嗚喔！」

接連趕到現場的人是先前從遠方以精彩一槍拯救雅特麗脫離險境的托爾威和馬修。然而，連他們也因為看到同伴染上一身紅的模樣而一時啞口無言。

「……殿……下……您……沒事……嗎……太好了……」

劍鬼僵硬的嘴唇裡勉強擠出人類的語言。這時雅特麗終於注意到周圍已經沒有必斬殺的敵人。她想把雙刀收回鞘裡，卻發現鞘已經在戰鬥途中脫離腰部飛了出去。即使覺得至少要把刀放下，然而手指卻像是黏在刀柄上那般動彈不得。

「咦……劍……離不開手……」

「雅……雅特麗……」

看到這副模樣，連被她拯救的公主都忍不住害怕。然而她也覺得，世上再也沒有其他如此美麗夢幻而且高貴的存在。雅特麗是一對雙劍。是只把「守護君主」作為必將達成的願望而揮動，名為帝國騎士的鋼鐵之劍。

「——嗚哇！又搞得這麼誇張，這下子會有好一段時間吃不下番茄。」

然而這時卻有一位少年儘管嘴裡抱怨，但卻以毫不介意的態度踏入了這片赤色領域。看那急促的呼吸和掛著汗水的皮膚，顯示出他是以全力趕來這裡。

「………伊庫……塔……？」

炎髮的少女以空虛的眼神望向少年，而伊庫塔則輕輕舉起一隻手打招呼。

「嗨，雅特麗，有個很糟糕的消息。或許妳已經知道了……現在的妳整個紅通通耶。」

在開玩笑前完全不會說出「萬一滑倒了該怎麼辦」之類的擔心言論，這正是伊庫塔誇張的地方。而且很不可思議的是，他在極限狀況下講出的笑話，有時候卻莫名地可以撫慰人心。

「……哈哈……紅……變紅色是沒關係……只是全身都有股鐵鏽味，這倒是很傷腦筋……」

「鐵鏽味？哎呀～這跟紅色沒關係啦，是因為妳雙手都握著那種鐵塊吧？」

伊庫塔一邊說著「看也知道嘛～」一邊走到雅特麗面前，接著並沒有針對握住刀柄的手指，而是以沿著前臂肌肉上下撫摸的動作來幫她按摩。持續一分鐘後，僵硬的雙手放鬆力量，先前簡直像是和手指化為一體的雙刀離開她的手掌往下落。

「好啦，拿下來了。辛苦啦。」

「……謝……謝……不過……怎麼說……好像有點……累了……」

雅特麗帶著苦笑這樣說完，就直接往前倒下，把身體靠在伊庫塔身上並失去了意識。抱住並支撐著她的少年並不在乎血會染到自己身上，以似乎很受不了的態度輕輕說道：

「妳這人總是工作過度，明明我說過妳該再放輕鬆點，真的是不聽勸。」

把雅特麗交給士兵們照顧後，伊庫塔再度前往血海中心。蹲在那裡的公主原本以為伊庫塔會對自己搭話並抱著期待，然而他卻別有目的。

「……你還活著吧，還能說話嗎？」

伊庫塔對著臉朝下倒在地上的伊森上尉發問。其實這順序嚴重傷害到公主殿下的內心，然而伊庫塔的注意力無論如何都放在這個瀕死的軍人身上。

「…………雖然眼睛已經看不見了……還能勉強講話……這聲音……是索羅克准尉嗎……」

「你是親衛隊長伊森上尉吧？可以麻煩你說明一下來龍去脈嗎？」

因為實在無法忍受由伊森上尉就這樣親口把那個理由告訴伊庫塔，公主硬是介入了對話。

「他……他們似乎是哈薩夫．利坎中將的學生……這裡的十五人全都是……」

結果，由自己說出這件事也讓她痛苦到了極點。而且看到伊庫塔聽到這句話後表情嚴重扭曲，讓公主內心的後悔更深一層。

「……這下我已經理解到不能更理解了，也不再有想要繼續詢問或是責備任何事情的念頭。我可以說自己也能體諒你的心情，早知道你們也該來找我成為同夥啊。」

「喂……伊庫塔，你——！」

馬修忍不住大叫，但他的健全判斷力反而該受到稱讚吧。伊庫塔在這時犯下了兩個魯莽錯誤，一是在皇族面前講這種話的行為，還有在夏米優殿下面前講這種話的行為。

「雖然這話由我來說是有點諷刺啦，不過計畫在此中途失敗實在可惜。既然像你這樣的人居然做出極端至此的行動，代表一定和許多同志共同策劃了周到又壯大的計畫吧？最後的目的是想要脅迫或是推翻內閣嗎？真的很遺憾，雖然不知道你們究竟能走到哪一步，不過要是真能實現，我倒是很想親眼目睹。」

聽到伊庫塔像是發燒般地喃喃說個不停，伊森表現出感到不可思議的表情。

「……我可以……問一件事情嗎？索羅克准尉……」

「兩件也好三件也好隨便你問，我對你的同情沒有上限。」

「……為什麼我們，會在這裡被你們逼上絕路呢……？」

伊庫塔用力咬緊嘴唇……在臨死之前問出這種問題，實在過於謹慎保守。為什麼不更貪心一點呢？這個人應該擁有把神逼問致死的權利啊。

「……既然你想知道，我就告訴你吧。首先，你們當初是在森林地帶的北口附近試圖把公主帶走吧？雖然被托爾威湊巧目擊……但以實行時機來說，其實並不差。因為正如你的預想，我們的意識都集中在模擬戰上。」

如果要從北口附近帶著人逃走，從森林地帶的西邊前往主要道路是最近的路線。因為北口有伊庫塔他們堵著所以當然不必列入考慮；筆直穿過森林前往南口又過於辛苦；若要前往東邊不但得繞遠路而且還有遭遇到其他人的危險。

「……基於以上，你們必定會從西邊脫離。這下條件之一已被確定，再回想起周邊地形圖後，就知道可用的路線會更加有限。南烏爾特森林地帶的西北方面向塔拜山脈，當然有開闢山路，然而想要盡早前往主要道路的人不可能會去翻山越嶺。應該會盡量沿著山腳前進，並從最早遇到的路前往主要道路。所以就是這裡了。」

「……這些我可以認了，但是，為什麼雅特麗希諾准尉可以搶先繞到我們前面……？」

對於伊森來說，這是他最想要問清楚的部分。因為他們之所以趁著模擬戰進行中實行綁架，就是為了避免行動後會遭到追蹤。

「察覺到公主有可能被拐走時，我、托爾威還有馬修和哈洛這四支部隊都待在森林地帶的北口。就算我們自己去追也很有可能來不及趕上。因此那時我想到的方法，就是利用聲音把信號傳給位置比我們更接近你們的部隊，並讓對方儘快趕往西方。」

「……所以雖然聽不懂……但那聲音……果然是信號嗎……」

「因為要是使用帝國式的信號，情報也會洩漏給你們知道。那是在用聲音模仿齊歐卡式的光信號，以前上課中要惡作劇時我就會和雅特麗使用這個，所以我有信心可以把大略內容傳達給她知道。接下來就是在賭她的行軍速度會不會贏過你們浪費掉的時間……既然她像這樣成功先繞到了你們前面，表示你們也無法用最快的速度行動吧。」

伊森稍微點了點頭。由於公主殿下本人和未背叛的隊員們拚死抵抗，讓綁走她到開始逃亡的時間發生了延遲。再加上對綁架皇族這行為的罪惡感，導致隊員們的腳步比預想的速度來得遲緩。

「……我大約了解了。那麼，這是最後的問題……你在送出信號那時，就已經確定雅特麗希諾准尉的部隊位於我們附近的位置嗎？或者只是在賭運氣？」

「只有這點是要看運氣好壞——算了我不想這樣說讓你失望，那時候我已經確定。」

「……為什麼？雅特麗希諾准尉的部隊，和你在模擬戰中應該分處敵我雙方……」

「送出那信號的時候，我們才剛結束北口的決戰，敵方部隊則是各自散開並撤退。在那種情況下，前往內部事先制定好的『一般方向』並重新集中戰力才合乎邏輯……而我在模擬戰開始之前，就已經先推測出敵軍的『一般方向』會是位於哪裡。」

在南烏爾特森林地帶裡，能讓三個排共一百二十名士兵集合的地方並不多。北邊廣場是代表性的場地，然而那是原本的對戰預定地點，前往那裡簡直就是在示意敵人前來追擊。擁有能讓全軍集合的空間，又要複雜到一定程度起碼要讓敵軍不容易發現……這樣一來，大部分的候補地點都分布在整個森林地帶的西方或是西北方。

「儘管沒辦法確實定位到肯定就是某個地點，不過這次只要這樣就足夠了。因為光是位在森林地帶的西或西北，就代表雅特麗的部隊在那時候，遠比身處北方的我們更靠近你們——以上，謎底已經全部公開。不過要作為帶去黃泉的土產可能還不太夠吧。」

伊庫塔不帶任何成就感地解釋完畢，伊森上尉的嘴角緩緩拉出一個弧形。

「……索羅克准尉……在你腦中的地圖上，所有的我軍和敵軍一定都在名為『可能性』的軌道上即時往前行駛吧……？」

「……我希望能夠辦到那樣。」

「……原來如此，是這樣嗎。這樣一來我方的敗北也能讓人信服……你對於用兵的思考方式，和利坎中將在根源上似乎相同……這倒底是不是偶然呢……」

「這——」

伊庫塔沒辦法說出「這並不是偶然」，他無法說明這是因為哈薩夫·利坎是繼承巴達·桑克雷流派的名將，也無論如何都無法在這裡明講雖然世代不同，但他和利坎中將是內心具備相同源流思想的同志。

應該會在想說的時候把想說的話全部都說出來的少年，現在卻因為卡在想說出口的事情和想隱藏的事情之間而變得無話可說。這只是讓他感到難以抑制的悲傷和悔恨。

「…………啊——……」

伊庫塔為了找出適當發言而沉默許久，當他總算回神時，伊森上尉已經停止呼吸。少年用力咬牙——明明先前說過同情沒有上限，結果直到最後的最後，自己居然連一句像樣的送葬道別都沒能說出口……

「……阿伊，結束了。好啦，大家一起回去吧。」

托爾威來到呆站著不動的伊庫塔背後，輕輕拍了拍他的肩膀，伊庫塔反射性地用力點了點頭。看來他的內心現在已經疲憊不堪，甚至會想要回到那個令人痛恨的軍事基地。

「……那麼，應該在主要道路上等待的共犯者該如何逮捕……」

「對方的正確位置、數量、外貌……這些沒有一個清楚，所以很難辦到。這不是訓練部隊的工作。」

「……說得也對。趕快回去，照平常那樣抱怨沒什麼變化的供餐吧……啊，這兩天實在累人，我反而覺得在齊歐卡野外求生時還好得多。」

伊庫塔這樣喃喃說完後伸個懶腰，稍微振作起精神……這時，他總算發現以全身染滿敵人鮮血的模樣癱坐在地上的某人。雖然至今為止也一直有出現在視線內，但伊庫塔幾乎沒有去注意她。

「啊，妳好啊，公主。妳又做了一套誇張的新禮服嗎……嗯？該不會只是把番茄醬一整個打翻了吧？什麼嘛～真是混淆視聽呢。」

伊庫塔再度開始擺出平常的那副德性──然而，他並沒有發現自己至今為止到底有多蔑視公主的感情。也沒有發現因為希望聽到的話一句都沒有聽到，反而得持續忍受不想聽到的發言，讓少女現在究竟處於什麼樣的狀態。

「話說啊，我偷偷地告訴妳一個祕密…………現在的公主，一整個很紅喔。」

在開玩笑前完全不會說出「萬一滑倒了該怎麼辦」之類的擔心言論，這正是伊庫塔誇張的地方。而且很不可思議的是，他在極限狀況下講出的笑話，有時候卻莫名地可以撫慰人心。不過呢，雖說是這樣──

「嗚……嗚哇啊啊啊啊啊啊啊啊啊啊啊啊啊！」

「咦──咦？為……為什麼？」

「嗚哇啊啊啊啊啊啊啊！索羅克……索羅克是大笨蛋～～～！笨蛋～～～！嗚哇啊啊啊啊啊啊啊啊啊啊啊！」

少年付出了巨大的代價，才在這裡學會原來這個魔法也有情境上的極限。無論是天才還是英雄，至少他不可能是全知全能。

關於公主殿下爆發之後的慘狀，還有在這段期間內應該有發生的無數悲喜劇並沒有留下紀錄。或許只有哈洛瑪・貝凱爾隨手寫在日記上的「到公主哭累睡著花了五小時」這句話，以簡短的文字表現出最後一戰的激烈程度。

不管怎麼說，一波未平一波又起的首次演習總算拉下了終幕。回到中央基地的伊庫塔等人提出報告後，和選拔親衛隊有關的高等軍官中，有幾人掉了腦袋。再加上實際執行的犯人全部都死了，事後的調查最終也沒能揭發出伊森上尉的計畫全貌，因此留下一抹不安，讓人擔心軍方內部是否還殘留著火種。

*

僅僅一天之內，雅特麗希諾・伊格塞姆就讓自己殺死的人數從一位數更新到兩位數。

她睡了一晚後已經完全恢復平常的狀態，在演習回程時也確實指揮自己的部隊回到基地。她把和伊森上尉的死鬥視為過去，沒有繼續牽掛；就連「殺死許多同胞」這樣的複雜事實，也在身為軍人的倫理與責任中不後悔地自己做出了結論。

這堅強的內心，似乎讓排上的部下對她這個指揮官更加信任。

「……………呼……！」

然而，在不會讓部下們看到的地方，她也有發生變化。

雅特麗在沒有其他人的室內運動場裡揮舞雙刀，同時試圖回想起「那時候」的感覺……因為她認為那恐怕是一種「境界」。

籠罩著鮮紅霧氣的揮劍記憶。多餘的思考從缺氧的大腦中消失，名為雅特麗的存在被單純化為雙手上握著的刀劍。搶在意識前行動的利刃洗練到讓人驚奇，為了控制「劍」這種單純的道具，說不定普通人類的頭腦把事情想得過為複雜……雅特麗逐漸到達這種奇妙的領悟。

「自身即為軍人，軍人即為刀劍，刀劍即為自身……嗎……父親大人，我稍微有點理解了，還有也理解到在這句話中不包括『人』這名詞的理由。」

做完一輪自我反省後，雅特麗把雙刀收回腰際兩邊的鞘中。被放到遠處地上的火精靈西亞一直凝視著她的模樣——這時很突然地，這個沉默寡言的搭檔極為難得地主動向主人開口。

「——雅特麗，妳覺得我是火嗎？」

「……咦？你怎麼講這麼奇怪的話？西亞就是西亞吧，是世界上我獨一無二的搭檔。」

雅特麗毫不猶豫地回答後，走向對方面前抱起那小小的身體。西亞輕輕地點了點那大紅色的腦袋。

「那麼，我也不認為雅特麗妳是劍。」

「……謝謝，你是在為我擔心吧。」

這是不擅長複雜表現方式的搭檔盡全力講出的忠告。雅特麗出自內心地感謝他，也坦率地接受這份心意。

「別擔心。老實說連我自己也不知道會不會再到達那個境地……不過這一次，不是有個三兩下就把我從好不容易到達的劍之極致給拖出來的傢伙在嗎？」

雅特麗露出淡淡的微笑……把所有敵人都砍倒後，幾乎每一個人都猶豫著不敢對她說話，也不敢靠近。然而，那並不是因為畏懼殺人者，真要說起來，那會不會是對出鞘之劍的敬畏表現呢？面對刀刃被研磨得過度鋒利尖銳，一旦粗心碰到似乎就會受傷的名刀，人們只能站在遠處眺望。那甚至是一種尊敬的態度——但並非是對於人，而是對於劍這種利器。

雅特麗並不討厭自己被視為刀劍，倒不如說求之不得。所以，對於那時無法靠近她的人們，她真的完全不感到怨恨或憤怒。不只是基於理性如此，從感情上來說也完全一樣。這就是雅特麗這個人的豁達之處。

只是——想到當時毫不猶豫地靠近自己，還幫忙把緊黏在手掌上的劍溫柔拿下的那個人，雅特麗卻有不少想法。溫暖的感情湧上心頭。

「看來只要伊庫塔還在身邊，我就無法成為完全的劍呢……算了，那樣也好吧。因為劍不會說話，但是如果要我持續忍耐不去吐槽那傢伙的胡鬧，是完全不可能辦到的事情。」

最後說了一句像是在開玩笑，然而又毫無疑問出自真心的發言後，雅特麗離開了練習場。

*

同一時間，在室外的射擊訓練場中，雖然比不上雅特麗，但同樣讓自己殺死的人數增加一人的青年……托爾威．雷米翁正舉著風槍。

「……呼……呼……呼——哼！」

確實瞄準後射出的子彈一次又一次地正確貫穿了遠方的標靶——如果是過去的托爾威，大概正在為了「這樣是不是錯誤呢？我是否只是害怕靠近敵人呢？」之類的矛盾而深深煩惱。這個被哥哥薩利哈植入腦海中，如同詛咒般的價值觀讓他會產生這種想法。

然而，這次他使用當作是指揮官該有的準備而隨時帶在身上的實彈，在進入射程範圍的瞬間就立刻射擊伊森上尉的行動，以結果來說救了雅特麗一命——這個事實對托爾威很重要。甚至足以把至今為止都深受苦惱的心結，以及奪走一條人命的事實都擠進內心的角落裡。

「……這樣就好。沒錯，這樣就沒問題。」

托爾威一邊看向風槍的瞄準器，同時自己做出結論——他這種「當目標在近處，命中率就會下降」的缺點，在對象是動物，尤其是人類的情況下會特別明顯。實際上，這是青年那溫柔的個性所致。

面對接近到甚至可以感受對方存在的目標，托爾威無論如何都無法乾脆地將其視為「標靶」，所以才會射偏。並不是每個人都能像雅特麗那樣活得如此豁達，以這種在切換時的笨拙表現來看，托爾威反而和雅特麗正好相反。

會在面對敵人的關鍵時刻讓扣在扳機上的食指變遲鈍的溫柔，當然是身為一名士兵的缺陷。然而，現在的托爾威卻找出了能彌補這一點的可能性。

「為什麼以前都沒有注意到呢……我們至今為止，都只把距離這種東西視為射擊的障礙。不過，要是仔細思考，和對手保持距離不是有很多好處嗎？」

第一，敵方的子彈難以射中我方。第二，敵方難以確認我方的位置。還有第三，因為第一個和第二個理由，所以我方能夠安心地專注於射擊上。托爾威認為以上每一項都是不忍割捨的優勢。而且不只這樣，他甚至想像到如果把這些作為優點繼續加強，是否能夠創造出一個全新的兵種呢？

「……這個想法，肯定會在『槍的戰爭史』上加入嶄新的一頁吧。這是身為雷米翁家一員的我感到求之不得的事情。當然現在也是一樣，不過……」

每次想到這邊，托爾威有件無論如何都會聯想到的事情。那就是參加模擬戰時，擔任總指揮的伊庫塔把托爾威本身也配置到庫利利河上游渡河地點的目的。表面上是基於「當敵方部隊來到這裡時，可以從樹上瞄準敵方將領射擊」這種單純的理由。然而現在再回想起來，托爾威並不認為伊庫塔當時真的判斷敵方排長通過那裡的可能性很高。

「你從一開始就推論出會行動並迎擊自己部隊的敵方應該是雅特麗小姐的部隊。那麼，雅特麗小姐會把主力留在中間地點，只派斥候前往上游的做法，是不是也在你的預料之中呢？」

儘管托爾威率領的分遣隊在上游解決了三名敵兵，然而並沒有活躍到足以為整體戰局帶來重大影響。他認為既然那樣，自己留在河川防禦陣地並指揮部隊衝鋒似乎會得到更大的效果。當然這種小事伊庫塔肯定也早就注意到了。

「……是不是我想太多了呢……可是，我不管怎麼樣都覺得你把我配置在上游的意圖，似乎是想要讓我累積『射擊遠方敵人』的經驗。要是待在戰爭在河川防禦陣地並發動總攻擊正式開戰，我就沒有保持距離射擊敵人的機會。而且一旦雅特麗小姐太晚介入，即使模擬戰就在那裡分出勝負也不奇怪。基於這些原因……」

托爾威停止射擊，轉過身子從遠方眺望自己一行人居住的兵營。他先帶著感謝，隨後又加上兩倍的敬畏，開口喃喃說道：

「我說，阿伊……關於我的缺點和煩惱，還有想做的事情……至今為止我從來不曾和你面對面說過。

可是，你是不是從很久以前，就已經全部都明白了呢……？」

＊

依然在同一時間，馬修・泰德基利奇和哈洛瑪・貝凱爾正在兵營的談話室裡面對面下將棋。兩人的實力不分伯仲，到此為止是馬修以三勝二敗勉強保持領先。雖然這次也演變成無法隨便掉以輕心的局面……

「……就是這裡！反將一軍的5—8光照兵營！這樣一來三步後就會將死，絕對沒錯！」

「被發現那裡了？啊啊！嗚嗚……沒……沒路可走了，是我輸了……」

看到哈洛棄子認輸，圓臉少年放心地呼出一口氣。雖然同為准尉，但是自己如果在將棋上輸給醫護兵種的哈洛，會有損泰德基利奇家的面子。

「以前在醫護學校時我都是第一名呢……馬修先生以正常標準來看果然還是很厲害，畢竟你都有確實累積起對固定下法的對應技巧。」

「嗯，就算是我，這點小事還是沒問題啦……不過就算贏過哈洛也沒啥好得意，真心酸。」

「怎麼突然對敗者落井下石！嗚嗚～既然你那樣說，請去挑戰三巨頭！啊，現在是不是又加上公主殿下成了四天王？總之不管下贏誰都可以大大地引以自豪喔！」

所謂的三巨頭和四天王，就是在騎士團中按照將棋實力列出的排行，或者該說是區分。伊庫塔、雅特麗、托爾威、夏米優殿下這四人就算勝率有高有低，也屬於彼此對戰時可以「相互一戰」的分類。至於馬修和哈洛兩人，就是那些人認真起來後會「根本不堪一擊」的對手。

「四天王啊……就算不把公主算進去……但其他人……」

手裡拿著棋子把玩的馬修壓低聲音喃喃說道，看到這模樣的哈洛皺起眉頭。

「……咦？怎麼覺得你好像真的相當消沉……？」

「……並不是只限於下將棋，或許該說是更全面性的問題……哈洛妳不曾感覺到嗎？該怎麼說，就是我們跟那些傢伙的……那個……呃……」

「？呃……啊！是指等級差距之類嗎？」

「雖然是正確答案，但妳也該更注意失言行為啊！雖然故意這樣做的伊庫塔也很讓人火大，不過像妳這樣沒有惡意自然而然講出來，會讓人不知道該把怒火往哪裡發洩啊！」

「啊……對……對不起！我有一想到什麼就立刻說出來的壞毛病……！」

「那點我已經充分體驗到了…………不過啊，該怎麼說呢。就讀高等軍官課程的准尉們明明已經開始競爭出人頭地的機會了，妳倒是完全沒沾上關係呢。」

馬修一半佩服，一半訝異地說道。哈洛稍微歪了歪頭，接著露出苦笑。

「……那個，雖然講這種話似乎會惹別人生氣，但我並不是那麼想出人頭地……光靠現在的俸祿就已經可以寄錢給家裡，再加上獲得『帝國騎士』這種愧不敢當的稱號，拜此之賜在退役後似乎也能夠過著不需擔心的生活……」

「啊～妳這段發言，要是在考試前聽到我應該會生氣吧……大概會大叫『既然只有這點程度的動機，就去從事其他職業啊！』之類。」

「啊哈哈……那，馬修先生現在也還是想出人頭地嗎？例如想當上上將或元帥之類。」

哈洛還以為馬修立刻就會回答，但出乎意料的是他居然皺著眉頭猶豫。

「咦？馬……馬修先生……？」

「……想啊，我想要出人頭地。雖然現在還無法感覺到實現的可能讓我覺得很不甘心，可是不管是上將還是元帥我都想當上。我就是為了成功才參加高等軍官甄試。」

雖然晚了一點，但聽到符合想像的回答讓哈洛鬆了口氣。不過從那一瞬間開始，不知為何馬修就變得慌慌張張坐立不安，還過不到五分鐘，他乾脆站了起來。

「咦？馬修先生，你要去哪裡？距離晚餐還有一段時間喔。」

「……我採取行動的時候一定是因為食慾嗎？」

「啊……咦……原來不是嗎？」

「……我去一趟戰史資料室，我想再更詳細調查關於河川防禦陣地的情報。」

「啊，是要去研究戰術嗎？不愧是馬修先生，真勤奮呢。請加油！」

在來自背後的少根筋鼓勵的歡送下，馬修一個人離開了談話室。在走廊上前進的步伐有力到粗暴的程度，圓臉上的那對眼睛綻放出執著的光芒。

「……我還不會放棄。不管是將棋、成功的前途、還是什麼等級的差距。要領悟到『這裡就是我的極限』還太早，而且也有大器晚成這種講法。即使明天不行，一年後、五年後、或是十年後會演變成什麼樣，這種事情沒有人能預測吧。」

馬修憑著魄力讓迎面而來的士兵們乖乖讓路，以最短的距離到達戰史資料室。他一邊把手放上資料室的大門，同時對著不在場的對手們發出挑釁。

「你們就看著吧，伊庫塔、雅特麗、托爾威。下次我會贏。就算下次不行，下次的下次我就會贏給你們看……總有一天，我絕對會讓你們見識到馬修．泰德基利奇的真正實力！」

＊

在馬修發憤圖強的同時，伊庫塔．索羅克正站在中央基地的最北邊。在昏暗的薄暮時分，只有他一個人帶著十分厭煩的表情原地佇立。他似乎是在等人，不過對方很快就乘著馬車出現。

「我可沒讓你等多久吧，索羅克，上來。」

公主讓馬車夫打開門，自己維持坐在車內的姿勢，吩咐伊庫塔上車。儘管伊庫塔的表情有一瞬充滿鬱悶地扭曲了一下，不過他並沒有亂開玩笑，而是意外老實地進入馬車。

「你那是什麼樣子，襯衫的領子歪了，褲子上也沾了沙，快拍掉。」

「……喔……」

「主要的問題是表情太鬆懈了。就算長相一般是無可奈何的事情，但你的臉上根本沒有表現出符合年輕人的霸氣。要是向別人介紹說這麼貧弱寒酸的人是『帝國騎士』，也只會被當成笑話。你打算讓我蒙羞嗎？立刻改進！」

「…………喔……」

「把嘴巴再閉緊點，挺起背脊正對前方，不對，你應該要長更高！要散發出年輕卻才華洋溢的英才氣勢，用眼神表現出紳士又充滿知性和男子氣概的高完成度人格！啊啊真是的！你難道無法不仰賴庫斯而是憑自己的氣勢來讓背後散發出光芒嗎！」

「別一直提出根本不可能實現的要求！妳到底打算叫我表現出多麼全方面的無敵紳士風範？妳該明白我伊庫塔就算再怎麼裝扮點綴也依然是伊庫塔！」

面對連續又過度的難題，伊庫塔忍不住回嘴，然而當他看到公主的肩膀開始發抖時，他才發現大事不妙。

「你……你抗命了……你違抗我的命令了……根本不打算遵守約定吧……」

「不！有啊有啊，我有打算！啊～真是的～隨便您說什麼都好，人只要有心，長高這點小事當然也辦得到！就算叫我從眼睛裡射出光線我也照做啦！」

「那就把心臟吐出來。」

「這不是叫我去死嗎！而且不正是以我現在的心境才該拿來使用的指桑罵槐嗎！」

以任性要求發動的飽和攻擊讓伊庫塔非常迅速地感到疲倦。出發過了五分鐘後，他已經精疲力竭地躺在座位上。

「喂！好無聊啊，有沒有什麼有趣的事情呀～！」

「……我已經無法做出回應了……要殺要剮都請便……」

「哦，這可是你自己說的，那我要盡情講你的壞話。你這個欠缺毅力、愛詭辯、神經粗、色情狂……還有……那個……」

「……殿下，您的詞彙有點貧乏呢……」

「別……別瞧不起我！只是符合你的詞彙太少了而已！而……而且還有一個珍藏的詞彙！只是我認為要是講出來你絕對會生氣所以才自我克制，既然你那樣講，我可要說了喔！」

「……請便～只要是關於我本人的事情，隨便怎麼說都行……」

「…………………………戀……戀母情結！」

明明公主猶豫了那麼久，結果說出來的內容卻讓被指責的對象感到白期待一場。摀住耳朵縮成一團的公主戰戰兢兢地望向伊庫塔。

「……你……你不生氣嗎？」

「不，有什麼好生氣？反正是事實，我並不覺得是在說我的壞話……」

「可……可是，上次提到你母親時……」

「？……噢，您是指封爵之後的事情啊。那次是因為公主您一臉得意地以讓人不愉快的上下文帶出我母親的名字。就算是那樣，也請不要說我母親的壞話。雖然因為有約定所以我無法生氣，不過替代方案就是我會再也不做出任何回應。」

依然躺著的伊庫塔揮了揮手。兩人從先前開始提到的「約定」，其實是為了安撫在綁架事件後大爆發的殿下而想盡辦法的少年不得不提出的交換條件。伊庫塔已經被「從今天起的一個月內你必須聽從我的所有發言」這個約定束縛了兩個星期。

「……我不會說。因為要是你真的什麼都不回應，我會感到困擾。」

或許是害怕引起對方不快吧，公主殿下突然安分下來不再說話。馬車的車廂裡充滿沉默。不過厚臉皮的伊庫塔完全沒有想要改善這種情況的念頭。

「……索羅克，聽我說。有正經的事情。」

音調給人的感覺變了。大概是趁著先前的沉默時間先做好提出這件事的心理準備吧，公主的表情比平常更嚴肅。不得已，伊庫塔也在位子上坐直上半身。

「我今天找你的原因，雖然有一部分是為了招待你去參加在帝都舉行的派對，不過接下來要說的事情才是正題。」

「…………」

「包括之前綁架未遂那件事，我的命已經被你救過三次。我對你當然心存感謝……不過我更覺得，已經沒有繼續瞞著你的理由了。」

聽到公主這段前言，伊庫塔用一副「早就等得不耐煩了」的態度哼了一聲。

「您終於打算把那顆小腦袋裡的內容開誠布公了嗎？」

「對於結果是吊了你的胃口這點我感到很抱歉。然而，我也需要時間去研究推測你這個人。而且我並不認為幾個月就能結束，原本已經做好必須花費整整一年的心理準備……」

公主正要切入核心，卻被伊庫塔揮手阻止。

「請等一下。在進入正題之前，我有件事情想先問清楚。」

「……什麼事？」

「之前也曾經出現過這樣的情景吧？在我想忘記也忘不掉的白聖堂封爵後，我曾經和您一起搭乘馬車，並在車內進行了祕密談話。」

「……那又怎麼了？」

「您還問什麼『那又怎麼了』。現在，這裡少了那時候有的東西吧？」

伊庫塔不允許公主以藉口搪塞，提出明確的疑問。

「我說，殿下。為什麼雅特麗沒有被叫來這裡？既然您說是因為我救了您所以沒有理由再瞞著我，那麼無論怎麼想，她也應該被找來才對。或者該說，在我們幾個人當中對您最為盡忠的人，毫無疑問正是雅特麗。您該不會把那個模樣給忘了吧？」

公主殿下回想起雅特麗手持雙刀佇立在血海中的身影，羞愧地咬住嘴唇。

「……沒錯，雅特麗是真正的忠義之士，我已經透過那件事親自體會到這一點……然而正因為如此，我不能叫她前來參加。」

「意思是您打算讓我協助您做什麼忠義之士無法負責的事情嗎？原來如此，我理解了。」

伊庫塔不懷好意地出言諷刺，公主露出快要哭出來的表情搖了搖頭。

「不是，不是那樣……！我從來不曾認為你是適合擔任骯髒工作的人才！反而正好相反！你身上有著和雅特麗不同的高潔！我對那個……！」

「算了，怎樣都好。我是那種會把想說的話一字不少地全部講出口，活得像個行屍走肉的人。不過，看來確實有哪個部分承蒙殿下您賞識。我就洗耳恭聽吧。」

伊庫塔的漆黑眼眸彷彿在試探般地凝視著對方。公主先用力吞了口口水，才慎重地開口。

「……你覺得卡托瓦納帝國的現狀如何？」

「如果要用一句話形容，那就是走在下坡路的後半段吧。」

「真辛辣，但我完全同意……和一百多年前的全盛時期相比，產業全面委縮，國力衰退，卻只有軍事力量很不平衡地持續膨脹。而且帝國衰弱的部分，卻成為鄰國齊歐卡共和國的繁榮表現於外。」

「齊歐卡無論是內政還是外交都處理得很好，至少他們目前確實有完美利用著帝國政治孕育出的無可救藥與愚蠢。齊歐卡原本只是從帝國分離獨立出去的小國，頂多只是個與強國接壤的弱小國家，讓它繁榮到這種地步的原因，或許從某個角度來看正是帝國本身。」

這時，公主把伊庫塔足以如此斷言的理由以正確的話語表現。

「因為『在卡托瓦納帝國，政治的定義就是想要利用戰爭來贖回內政的失敗』。」

「很好的摘要。沒錯，正是如此，只要回想起之前東域鎮台那件事，就是個很淺顯易懂的例子。把『開拓失敗』這種內政上的失敗，利用『表面上的敗北』這種軍事方面的小伎倆來強行推給齊歐卡……換言之，在這個國家，所有的負債到最後都會被丟給軍人。」

「對，在此先暫時稱呼這個做法為軍事萬能主義吧……正因為如此，軍人在這個國家裡才會如此受到尊崇。因為他們肩負了扛起皇室在政治上犯下失敗的責任，並代替皇室以戰爭解決問題的職責。」

「對於皇室來說，帝國軍是一個會把皇室丟棄污物自行燒毀的方便垃圾箱。在這個構造下，施

政者不需要為自己處理的政治負責，所以才會腐敗，產生認為無論做了什麼戰爭都會幫忙解決的想法。內閣是滿腦子只顧中飽私囊的權威貴族們聚集的魔窟，皇帝則成為他們的傀儡，無法達成身為君主的任何義務，就這樣逐漸老去。」

公主重重點頭，她的眼中浮現對親生父親的輕蔑與憎惡。

「當今陛下——現任皇帝阿爾夏庫爾特・奇朵拉・卡托沃瑪尼尼克這個人只要摘下那頂至尊王冠，就什麼也不是。他是個好色又愚蠢，而且脾氣暴躁的普通人。或許原本並不是那樣，但沉溺於酒色的生活，讓他從骨髓開始腐爛。光是想到自己是那東西的女兒，我就覺得全身的血液似乎都已腐敗，有種想吐的感覺……」

「這樣講不科學。如果人身上有唯一一個活著時會腐爛的部分，那麼應該不是血而是腦袋吧。」

伊庫塔乾脆地如此斷言。這種爽快態度讓公主露出微笑。

「在才認識沒多久的時期，你也對我說過同樣的話……無論我說過多少次感謝，都無法讓你明白那些話究竟讓我的心減輕多少負擔……」

「算了，那不是我的功勞，而是科學的功勞。」

「何必在這種時候還推辭謝意呢……不管怎麼說，在卡托瓦納帝國的政治已經嚴重腐敗的前提下，我想要拜託你提供協助。」

說到這邊，夏米優殿下先頓了一下，才坐正姿勢開口說道：

「伊庫塔・索羅克——我要你以軍人身分衝上帝國軍的頂端。」

「…………」

「我知道你不想做，但是，我不允許你說做不到。你擁有軍事才能——而且是壓倒性的才能。」

公主刻意沒有繼續說出更進一步的評價。因為現在她自己還活著並身處這裡的事實本身，比任何證據都更能彰顯出伊庫塔的非凡才能。

靠著詭計來突破國境，利用新奇戰術自在玩弄現役的上尉，還憑著用兵上的高水準「預測」讓老練軍人的綁架計畫中途失敗。如果這麼多的實際成績還無法保證將來的飛黃騰達，到底要用什麼來評估人才呢？

「……癡人說夢。雖然講到這邊就已經是無視實現可能的理論，假設我真的晉升到帝國元帥的位置，接下來又該怎麼做？總不會想要叫我對皇室發動軍事政變吧？軍人、貴族、英雄之外，連『獨裁者』的名譽都要贈送給我，還真是大手筆啊。」

「不，不必發動政變。我並不喜歡獨裁者，況且就算成功了，在那之後帝國內部還是會成為政治上的空白地帶。現在的齊歐卡共和國不可能放過這種大好機會，只會讓國家在破綻百出的時候遭到侵略最後亡國。」

「看起來您多少還看得到現實。那麼請告訴我，您想讓出人頭地的我做什麼？」

「我要你在戰爭中落敗。」

到此，公主毫不猶豫的回答才第一次讓伊庫塔愣住——這個少女剛才說了什麼？

「你要成為上將或元帥，指揮帝國軍全軍，然後才在和齊歐卡的戰爭中為國家帶來決定性的敗北。絕對不是勝利，無論如何都必須是敗北。要說為什麼，那就是因為即使在此勝利，帝國在制度面上也已經衰弱到不可能靠自身的力量來重建國家的地步了。」

在這瞬間，伊庫塔感覺自己的腦袋就像是被一道閃電劈中。這是過了在阿納萊·卡恩門下學習的時期後，他第一次感受到的衝擊。也是在他的人生中，具備數一數二變動性的概念巨大轉變。

「……殿下，那也就是說，要透過敗戰來——」

「沒錯，要靠敗戰來救國。如果講得更精確一點，就是要利用戰敗後流入的齊歐卡共和國式文化、經濟、政治哲學——所有這一類的外部壓力來淨化帝國。

聽起來或許是癡人說夢的想法。的確，還沒有自動自發做這種事情的國家。然而敗戰後的結果是國家繁榮的前例在歷史上要多少就有多少。所以我能說，這是一種可行的方案。」

伊庫塔只能啞口無言……的確，至今為止的帝國也曾經發生過把軍事上的小規模敗北利用到政治上的情況，而且不必舉其他例子，利坎中將那件事正為其中之一。然而這些再怎麼說也是僅限於戰術上而且局部性的敗北，也就是以最後勝利作為前提的棄子。簡單來說，就像是下將棋時捨棄自己的飛車直取對方王將那樣。

但是公主殿下的想法卻不同，那是捨棄棋盤上的勝利，想要在棋盤外找出勝利機會的嘗試。在一般的戰爭中，在戰術之上還有戰略，而這種構造有時候會允許局部性的敗北，然而這個公主卻把政治放到了戰略之上的位置，甚至連最後的敗北都能夠容忍。她相信決定性敗戰這個巨大的棄子，將會在政治上帶來今後的勝利。

「……帝國固有的文化和國民性要怎麼辦！對戰敗國的待遇，全看戰勝國下手的輕重啊！要是演變成那種情況，帝國本身就會在再生時毫無止境地變得愈來愈稀薄吧！」

「的確是那樣，但那是我方在戰爭上徹底落敗後的情況吧？只要在還留有充分餘力的狀態下迎接戰敗，就有可能以軍事力量為後盾，限制齊歐卡方對帝國的內政干涉。所以索羅克——我想要求你做的正是這件事。」

「不……不能戰勝，也不能輸到沒有剩餘體力的地步？換句話說我必須……」

「必須巧妙地戰敗，索羅克。為了獲得促進帝國內部淨化的適當外部壓力，為了要在戰敗後依然能夠限制來自齊歐卡的干涉，你要保留絕妙的餘力來迎接敗戰。

只有你能夠擔負起這個職責。這並非是只看軍事能力高低的單純問題，對軍人、貴族和皇族全都心懷厭惡的伊庫塔．索羅克的精神傾向也是不可或缺的要素。就算雅特麗擁有和你相等的能力，我也無法把這個任務交付給她。因為她是個徹頭徹尾的軍人，絕對無法改變那想要擊敗敵人保護國家的純粹心智。透過敗戰帶給國家利益的思維方式本身，和她的生存方式有著近乎悲哀的矛盾。」

伊庫塔感到自己全身都起了雞皮疙瘩——異質。在這個時代，這個國家裡，公主殿下的想法實在過於異常。然而，某一方面她也和帝國的腐敗持續相連。因為公主這種「以戰敗來救國」的提案，和帝國的病態政治性質——「試圖利用戰爭來贖回內政失敗的行為」具備相同的本質。

「我是個空有其名，連一片領地都沒有的公主。現在的我沒有站上表面舞台干涉政治和軍事的權限。所以必須靠你來取得，我能做到的事情就只有事前的各項準備。實際上在時間方面也已經沒有多少餘裕——持續過著放縱生活的當今陛下身體日漸衰弱，不知何時會病倒。恐怕撐不到十年吧？也許只有五、六年，抑或是更短……那樣一來，占據內閣的寄生蟲們就會各自擁立皇帝候補，簡單就能想像到會引起激烈的派閥鬥爭。光是這件事就已經是難以克服的國難了，但齊歐卡想必也會將我方的政治混亂視為大好機會，發動正式的侵略吧。危機將從內外雙方同時逼近……所以在那之前，你必須儘快衝上帝國軍的頂端。」

不管是五年後還是六年後，那時候的伊庫塔也還只有二十出頭。帝國軍裡從來不曾出現過如此年輕的上將或元帥。即使乾脆斷定這是不可能實現的事情，也不會有何人反駁吧。

明明這樣，公主卻叫他去做，卻完全相信如果是眼前的少年就有可能辦到。伊庫塔用力咬牙。不小心建立起如此單方面的信賴，這件事本身對他來說是個再怎麼後悔都覺得不夠的失敗。

「……殿下……妳是在哪裡想出這種主意？這並不是在帝國裡拚命動腦筋就會浮現出的構想。要說哪裡的土壤有可能會促進人們產生這種逆向思維，並不是帝國，而是——」

難道？這種念頭在伊庫塔的腦中一閃而過。公主立刻回答並予以肯定。

「沒錯。雖然這件事情瞞著國民，但我從三歲到十一歲之間，都是在齊歐卡內成長。也就是為了保證兩國之間的休戰狀態，而以政治人質的身分被寄養在齊歐卡共和國。」

「……嗚！……那個構想，是帝國式和齊歐卡式的合體物嗎！」

看到伊庫塔呆然地注視著自己，夏米優殿下把臉靠了過去，來到兩人鼻尖幾乎相碰的距離。然後，她把自己那不算長的人生中累積起來的全部意志，全部灌注在接下來的發言中。

「踐踏軍人的夙願，捨棄對皇室的忠誠，就連以英雄身分持續獲得的一切信賴，都能靠最後這僅僅一次的敗北來徹底背叛到無可挽回的地步——如何？對於無論是對軍人、對皇室、還是對英雄全都深惡痛絕的你，若要賦予任務，沒有比這個更命中注定的角色吧！」

「……嗚……！」

「不要再煩惱了，伊庫塔．索羅克，和我一起戰鬥到落敗吧！反正像你這種乖僻的人，不管發生什麼事應該都無法前往阿爾德拉教宣稱的天國吧！那麼就算陪我踏穿地獄底部，不也都一樣嗎！我已經認定你是我在黃泉路上的伴侶，事到如今，不允許你再提出抱怨！」

面對公主已經完全不講什麼邏輯不邏輯的激情說服，伊庫塔卻沒能立刻反駁。在他無法用一句「無聊透頂」把公主的構想直接踢開的那瞬間，他就已經被命運捲入了吧。

就這樣，真正的傳說從此開始。「常怠常勝的智將」伊庫塔．索羅克和「卡托瓦納帝國最後的公主」夏米優．奇朵拉．卡托沃瑪尼尼克。這兩人並肩往前不斷奔馳，最後會通往註定敗北結局的戰鬥開始了。

終章

在萬里無雲的清澈夜空下，有一名身穿白衣的老人佇立不動。

他手裡的光源不是光精靈而是油燈。然而就連這點不可靠的光源也被他用手遮擋著。因為他想觀察的對象並非油燈光源能照亮的腳下，而是處於正好相反的方向，觀察時並不需要光源的東西。

「嗯？阿納萊博士！這種時間還一直待在外面會感冒啊！」

一名對老人一直站著不動的模樣感到詫異的白衣青年從家中來到外面……比起以前居住的酷熱土地，這裡夜晚的空氣略為偏涼。在身體還沒習慣氣候之前，青年擔心已年老的阿納萊的健康。

「嗯？巴靖啊。你放心，我馬上就回去。」

「……噢，您是在觀察星空嗎？畢竟今天很晴朗嘛……那麼，您想看的星星是？還是月亮呢？」

「是星星，那顆今後約一千年都絕對不會逃走的傢伙。」

根據這奇妙的表現方式，以及阿納萊視線朝往的方向，讓巴靖很快就特定出對象。

「您在看……主神星（Alderamin）嗎？」

「……嗯嗯！夠了，巴靖！只要稱為北極星就可以了，你用的那種名稱會害我想起那些可恨的阿爾德拉教審問官！」

語畢，阿納萊就迅速折返。巴靖想著「無論過多久博士都是隨性的人呢～」同時跟在後面移動。

如果要說齊歐卡政府幫忙準備的新研究室只不過是一間普通的獨棟房子，倒也的確如此，然而對於兩人來說，這裡已經是讓他們不需要親近黴菌和灰塵的地上樂園。雖然光是這樣就快要點起巴靖對齊歐卡的愛國心，但阿納萊卻和他相反，表現得毫不客氣。

「哼～政府那些傢伙，居然又發出了拒絕的回應！」

阿納萊原本正在桌上翻看從郵箱中拿出並集中到一處的郵件，卻突然開口咆哮。理解他所指為何的巴靖聳著肩膀開口。

「……是那個實驗吧？這還用說，就算齊歐卡再怎麼寬容也不會給出許可吧。」

「什麼啊，你不想參與嗎，巴靖？」

「……這是個很難做出決定的問題呢。站在研究者的立場上我是想參與，但是身為一個人並不想做。因為再怎麼說都會覺得難以接受……畢竟是要進行精靈的解剖實驗。」

阿納萊哼了一聲——沒錯，這個老博士向政府申請的許可，是要進行四大精靈的解剖實驗。當然會使用已拿掉「魂石」的空殼，然而就連熱衷於技術立國的齊歐卡共和國都不願輕易給出許可。

「這也沒辦法啊。雖然齊歐卡共和國和帝國不同，並沒有把阿爾德拉教指定為國教，然而就連齊歐卡的國民也有八成以上是教徒。就算政教分離多少有一些進展，但無論如何阿爾德拉教的戒律還是會影響法律。」

「我想提出的是更根本的問題。連『解剖人類』也只要在生前取得許可就能進行，為什麼只有

『解剖精靈』不被允許？精靈和死掉以後就結束的人類不同，只要把『魂石』送到神殿去，那可是不滅的存在啊。」

理論上是沒錯啦……巴靖以這種表情露出苦笑。阿納萊就像是在鬧彆扭般地陷入沉默，卻又突然起身並移動到房間角落。放在那裡的物體和以前研究室裡的類似，是四大精靈的一比一模型。

「那個……博士，您也該告訴我了吧？您著手製作那些『人工精靈』的目的到底是什麼呢？」

「我才不要教導不肖的弟子。」

「啊～！過分！如果跟隨您到這種地步的我還算是不肖弟子，那麼即使找遍全世界也沒有算得上優秀的學生吧！」

巴靖氣沖沖地鼓起雙頰並動手整理亂七八糟的資料。阿納萊橫著眼看了看他這副模樣，接著以平靜的語調開始說話：

「巴靖，雖然這話有點偏感性，但你不覺得自然物全部都有種『無法盡如人意』的傾向嗎？」

「——啥？『無法盡如人意』？」

「沒錯，或者該說是……不會按照人類想法行動的傾向吧？舉例來說，野生動物有時候會襲擊人類。所以為了捕捉牠們，人類也必須使用陷阱或武器戰鬥。就算我們帶著笑容對著野生動物招手，對方也不會隨便就親近人類。這樣算是不如人意吧？」

「噢……」

「然而，對象換成家畜或寵物時，情況就會有點不一樣。牠們會親近人類或向人類撒嬌。命令

『握手』就會遞出前腳，說『雞雞』就會露出生殖器。當然家畜和寵物是對生活有幫助的存在，然而即使不考慮到這些，牠們也已經不能說是『無法盡如人意』吧？」

「也就是……已經從不會盡如人意的自然物，變成配合人類方便的存在嗎？」

「沒錯。如果『無法盡如人意』的傾向是自然物的本質，那麼我認為『配合人類的便利性』就是人造物的本質。那麼，帶著這想法觀察它們時……」

阿納萊依序一一望向眼前的模型。可以輕鬆點起火的火精靈；隨時幫忙準備清潔飲水的水精靈；保持空氣清淨的風精靈；化為暗夜中光明的光精靈……

「……對於人類來說如此方便的存在，完全沒有任何『無法盡如人意』傾向的人類優秀搭檔，真的有可能是自然物嗎？」

聽到這番話，巴靖終於領悟阿納萊製造「人工精靈」的理由。

「阿納萊博士，換句話說……您之所以想要親手重現出精靈，是為了要作為證明『精靈是人造物』這理論的手段嗎？」

「我也很清楚這樣與『完全證明』還有很大的差距。因為就算我真的成功製造，也只要主張什麼神也有做出相同的東西就可以結案……然而就算是這樣，我依舊認為只要能讓一部分的人產生疑問就夠了。」

即使單憑人力也能夠重現到這種程度，那麼再過一百年後、兩百年，或許可以更接近原始版本。一旦產生這個念頭，必定會出現聯想到下列想法的人吧……等一下，既然單憑人力就能夠重現出這種水準，那麼最初製作出原始精靈的原作者有沒有可能也是人類呢？

「但是，精靈是在『神殿』裡誕生。聽說那些神祕的設備是在能夠用文字留下歷史之前的時代就已存在。那個時代的人類怎麼可能製作出連現代的阿納萊博士您都無法完美重現的東西呢？」

「關於這點，你說得沒錯。但是……如果真的有製作出精靈的人類，我猜想那會不會是和我等沒有直接關聯的人類呢？至於那是因為關聯失敗？還是因為刻意想要切斷關聯？……無論答案究竟是哪邊，我想殘留下來的唯一遺產，就是他們──四大精靈吧？」

「聽來真是壯大。按照這個理論來說，意思是在距離我等文明很遙遠的過去，曾經存在著持有技術遠比我等先進的人們。是不是該命名為超古代文明呢？」

「嗯，這命名不錯──好，就決定採用吧。今後針對以『四大精靈的製作者』為中心的各式探求活動，就稱為『超古代文明論』吧！」

或許是因為假設有了名稱所以感到很高興吧？心情突然變得很好的阿納萊開始整修模型。巴靖苦笑著凝視老人一片白的後腦。

無論來到哪個國家的哪個地方，他都會無視法律、政治、神明、時間，只為了追求真理往前衝。阿納萊．卡恩博士的頭腦受到自由的眷顧。這點看在其他許多天才們的眼裡，說不定也是一件非常值得羨慕的事情。

〈完〉

後記

初次見面的讀者，以及再度見面的讀者。各位好，我是宇野朴人。

雖然這樣問很突然，不過大家會去觀星嗎？

星星很棒吧。即使現在相隔兩地，也看著相同的星空。這種情境真是打動人心呢。

……咦，什麼？要是南北相差太遠，能看到的星星也會整個不同？HAHAHA，別這樣嘛，就讓我們無視這種不解風情的現實吧。麻煩無視，快點無視！

總而言之，所謂的星星光輝，是在人類之間非常廣泛且長久共有的指標。即使並非完美，還是會給人一種「星星跨越了地面上經歷的漫長時間，持續存在於夜空中」的安心感。或許不管是從前還是現在，人們都是受到這點吸引。

然而，若以更大的規模來觀察，就連這樣的群星也無法和時間之河完全無關。例如北極星，目前我們仰望夜空看到的北極星，正式的名稱是小熊座α星的勾陳一（Polaris）。在它坐上天的北極之位後，已經過了一千年以上。

雖然對於我們這些連一百年也活不到的人來說，這是能讓人覺得宛如永恆的歲月；然而即使是如此，終點卻在一點點逐漸接近。一顆星星，無法永遠待在天界中心。

那麼，連北極星也變遷之後，地上到底會有多少星星誕生、閃耀，然後消失呢？人們對它們的記憶又能夠保持多久呢？真是規模壯大的話題啊……啊，不，不是，這裡並不是PROJE〇TX的上映會。（註：指NHK的節目「プロジェクトX～挑戦者たち～（PROJECT X ～ Challengers ～）」，是一個介紹各領域企畫的記錄式節目。）

閒聊就到此為止吧，接下來要向在本書執筆之際曾經勞煩過的諸位致意。

首先是插畫家さんば挿老師。在主角的第一張插畫剛完成時，我真的感到很不可思議，不明白自己為什麼會在合作畫師這方面如此受眷顧。非常感謝您的精彩畫作，本系列今後也要請您繼續多多關照。

接下來是從這部作品開始成為我責任編輯的黑崎編輯，謝謝您一有機會就給出確實的建議。最近總是在麻煩您延後截稿日，實在非常抱歉。

再來是給友人M。發生這麼多事後，結果在新天地我們還是在一起。謝謝你總是給我鼓勵，以後還請繼續擔任我的益友。還有，努力找工作吧！要超級努力！

最後，要向拿起這本書的您，致上我乾坤一擲，全心全意的感謝。

宇野　朴人

國家圖書館出版品預行編目資料

發條精靈戰記 : 天鏡的極北之星 / 宇野朴人作 ;
K.K.譯. -- 初版. -- 臺北市 : 臺灣角川, 2014.05-
冊 ; 公分
譯自 : ねじ巻き精霊戦記 天鏡のアルデラミン
ISBN 978-986-325-929-9(第1冊 : 平裝)

861.57 103005981

Kadokawa Fantastic Novels

發條精靈戰記
天鏡的極北之星 1
（原著名：ねじ巻き精靈戰記 天鏡のアルデラミン）

2014年5月27日　初版第1刷發行
2016年8月12日　初版第3刷發行
作　　者：宇野朴人
插　　畫：さんば挿
日版設計：AFTERGLOW
譯　　者：K.K.
發 行 人：塚本進
總　　監：施性吉
副總編輯：蔡佩芬
主　　編：吳欣怡
文字編輯：黎夢萍
美術副總編：黃珮君
美術主編：許景舜
美術編輯：胡芳銘
印　　務：李明修（主任）、張加恩、黎宇凡、張則蝶
發 行 所：台灣角川股份有限公司
地　　址：105台北市光復北路11巷44號5樓
電　　話：（02）2747-2433
傳　　真：（02）2747-2558
網　　址：http://www.kadokawa.com.tw
劃撥帳戶：台灣角川股份有限公司
劃撥帳號：19487412
法律顧問：寰瀛法律事務所
製　　版：巨茂科技印刷有限公司
ISBN：978-986-325-929-9
香港代理：香港角川有限公司
地　　址：香港新界葵涌興芳路223號
新都會廣場第2座17樓 1701-02A室
電　　話：（852）3653-2888